피츠제럴드 단편선 2

F. Scott Fitzgerald

세계문학전집 199

피츠제럴드 단편선 2

F. Scott Fitzgerald

F. 스콧 피츠제럴드

한은경 옮김

민음사

차례

벤저민 버튼의 기이한 사건

1

1860년 무렵에는 집에서 출산하는 게 적절하다고들 생각했다. 현대에 와서는 아기의 첫 울음소리가 마취제 냄새 가득한 병원, 그것도 인기 있는 병원에서 터져야 한다고 의학의 신들이 선언했다고 한다. 그러니 1860년의 어느 여름날에 젊은 로저 버튼 부부가 첫아이를 병원에서 낳겠다고 결정한 사건은 거의 오십 년이나 시대를 앞선 셈이었다. 이러한 시대착오가 지금부터 내가 적어 나갈 놀라운 역사와 어떤 관계가 있는지는 결코 밝혀지지 않으리라.

나는 어떤 상황이 벌어졌는지에 대해서만 설명하고 판단은 독자에게 맡기도록 하겠다.

남북 전쟁이 터지기 전의 볼티모어에서 로저 버튼 부부는 사회적으로나 경제적으로 남들이 부러워할 만한 지위를 누렸다. 그들은 명망 있는 이런저런 가문과 친척인 덕으로 남부 연방에 주로 거주하는 대규모 귀족 계급에 낄 수 있었다. 아이를 낳는 매력적이고도 오랜 관습을 처음 경험하는 것이어서 버튼 씨는 당연히 예민해졌다. 그는 사내아이를 낳아서 코네티컷의 예일 대학교에 보냈으면 했다. 그는 그 제도권에서 사 년 동안 '커프'라는 별명으로 지냈다.

이 엄청난 사건이 일어난 9월의 어느 아침에 그는 6시에 일어나 긴장된 심정으로 말끔하게 옷을 갈아입고 볼티모어 거리를 지나 병원까지 서둘러 달려갔다. 밤새 새로운 생명의 꽃이 피어났는지 확인하고 싶었다.

메릴랜드 신사숙녀 개인 병원을 100미터 정도 앞에 두었을 무렵 그는 가정의 키인 씨를 보았다. 의사는 앞쪽 계단을 내려오면서 손을 씻듯이 두 손을 비볐다. 의사라는 직업상 갖게 되는 윤리의식에서 나온 행동이었다.

로저 버튼 철물도매회사의 회장인 로저 버튼 씨는 그 아름다운 시대의 남부 신사라면 응당 보여야 할 위엄을 제대로 갖추지 못하고 키인 씨에게 달려가며 외쳤다. "키인 선생님, 키인 선생님!"

의사는 그의 목소리를 듣고 뒤를 돌아보더니 냉정하고 불쾌한 얼굴에 기묘한 표정을 지으며 기다려 주었다.

버튼 씨가 숨을 가쁘게 몰아쉬면서 물었다. "어떻게 되었습니까? 뭐죠? 아내는 어떤가요? 딸인가요, 아니면 아들인가요? 어떤……."

"정신 좀 차리게!" 키인 박사가 냉정하게 말했다. 좀 화가 난 것 같았다.

"아이가 태어나긴 했나요?" 버튼 씨가 애걸하듯 물었다.

"음, 그래, 그런 것 같네. 어떤 의미에서는." 키인 박사가 얼굴을 찌푸렸다. 그가 다시 기묘한 표정으로 버튼 씨를 바라보았다.

"아내는 건강한가요?"

"그렇지."

"딸인가요, 아들인가요?"

키인 박사가 벌컥 화를 내며 외쳤다. "지금 여기에서 그런 걸 묻다니! 직접 가 보게. 정말 터무니없어!"

그는 마지막 단어를 거의 한 음절로 말하더니 몸을 돌리며 중얼거렸다. "이런 사례가 의사로서의 내 평판에 도움이 될 거라고 생각하나? 이런 일이 한 번만 더 있다가는 난 망할 거야. 아니 누구라도."

"무슨 일이죠? 세 쌍둥이인가요?" 버튼 씨가 공포에 질려 물었다.

의사가 잘라 말했다. "아니, 세 쌍둥이는 아니네! 그보다 더하지. 직접 가서 보고 다른 의사를 알아보게. 자네를 이 세상에 들여놓은 이후로 사십 년간 자네 집안의 주치의 노릇을 했지만 이젠 끝이야! 자네나 자네 친척 누구도 보고 싶지 않아! 잘 가게!"

의사는 몸을 돌려 보도 연석에 서 있던 쌍두 사륜마차에 올라타더니 마차를 몰고 휙 가 버렸다.

버튼 씨는 보도에 멍하니 서 있었다. 머리끝부터 발끝까지 덜덜 떨렸다. 도대체 얼마나 끔찍한 일이 벌어진 것일까? 메릴랜드 신사숙녀 개인 병원으로 들어가고 싶은 마음도 완전히 사라졌다. 그는 잠시 후 간신히 계단을 올라 힘들게 병원 문을 열었다.

어둑한 홀의 탁자 뒤에 간호사가 앉아 있었다. 버튼 씨는 수치스러운 마음을 누르며 간호사에게 다가갔다.

"안녕하세요?" 그녀는 즐겁게 그를 바라보며 물었다.

"안녕하세요? 저는, 저는 버튼이라고 합니다."

그의 말을 듣자마자 간호사의 얼굴에 공포의 표정이 퍼졌다. 그녀는 벌떡 일어나 달아나 버리고 싶은 충동을 간신히 참는 것 같았다.

"내 아이를 보고 싶은데요." 버튼 씨가 말했다.

간호사가 작게 소리를 질렀다. "아, 물론 그러셔야죠!"

그녀가 신경질적으로 외쳤다. "2층이요. 바로 올라가세요!"

간호사가 2층을 가리키자 버튼 씨는 식은땀으로 범벅이 된 채 비틀거리며 몸을 돌려 2층으로 올라가기 시작했다. 그가 2층에 올라갔을 때 대야를 든 한 간호사가 그 옆을 지나쳤다. 그가 또 박또박 자기 이름을 밝혔다. "저는 버튼이라고 합니다. 내……."

쿵! 대야가 소리를 내며 떨어져 계단 쪽으로 굴렀다. 쿵, 쿵! 대야는 이 신사가 일으킨 전반적인 공포를 나누기라도 하듯이 규칙적으로 굴러갔다.

"내 아이를 보고 싶소!" 버튼 씨가 발악하듯 외쳤다. 거의 실신할 지경이었다.

쾅! 대야가 아래층 바닥에 떨어졌다. 간호사는 다시 감정을 억누르며 버튼 씨에게 진심으로 경멸의 눈길을 던졌다.

그녀가 거친 목소리로 말했다. "좋습니다, 버튼 씨. 아주 좋다고요! 오늘 아침 내내 그 아기가 우리를 어떤 지경으로 몰았는지 알긴 아세요? 정말 터무니없어요! 병원은 이제 절대로 과거의 명성을 누리지 못할 거예요. 그런 일이……."

그가 쉰 목소리로 외쳤다. "얼른요! 더 이상 못 참겠어요!"

"이쪽으로 오시죠, 버튼 씨."

그는 발을 질질 끌며 간호사를 따라갔다. 긴 복도 끝 병실에서 다양한 울음소리가 들렸다. 후세대에 '우는 방'*이라고 알려지게 되는 병실이다. 그들은 안으로 들어갔다. 하얀 에나멜 아기 침대 여섯 개가 벽을 빙 둘러싸고 놓여 있고, 침대 머리맡에 이름표가 붙어 있었다.

"음, 내 아이는 어디 있죠?" 버튼 씨가 헐떡였다.

"저기요!" 간호사가 말했다.

버튼 씨의 눈길이 간호사의 손가락을 따라갔다. 일흔 살쯤 되어 보이는 노인이 커다랗고 하얀 담요에 싸여 아기 침대에 앉아 있었다. 듬성듬성한 백발에 희뿌옇고 긴 턱수염이 창문으로 들어오는 산들바람에 엉성하게 흔들렸다. 그가 흐리멍텅한 눈으로 버튼 씨를 바라보았다. 이게 다 무슨 소란인가 하는 표정 같았다.

버튼 씨는 공포가 분노로 변해서 천둥 치듯 큰 소리로 물었다. "내가 미친 거요, 아니면 으스스한 병원식 장난이오?"

간호사가 진지하게 대답했다. "장난하는 것이 아닙니다. 또 선생님이 미쳤는지 안 미쳤는지도 저는 모릅니다. 하지만 선생님 아이인 건 틀림없어요."

버튼 씨의 이마에서 식은땀이 갑절로 솟았다. 그는 두 눈을

---

* 병원에서 환자나 보호자가 맘 놓고 울 수 있도록 마련된 방. 또는 영화관에서 우는 아기를 달래는 방이나 신생아실을 뜻하기도 한다.

감았다가 다시 떠 보았다. 상황은 그대로였다. 그의 눈앞에는 예순 살하고도 열 살은 더 많아 보이는 남자의 모습만 보였다. 그 남자가 아기 침대에 누워 두 발을 밖으로 걸치고 있었다.

노인은 평온하게 자신의 두 발을 번갈아 바라보다가 나이 들고 갈라진 목소리로 갑자기 물었다. "당신이 내 아버지인가요?"

버튼 씨와 간호사는 소스라치게 놀랐다.

노인이 불평하듯 말했다. "만약 그렇다면 날 여기에서 데리고 나가 주시오. 아니면 적어도 편안한 흔들의자를 달라고 해요."

"도대체 당신은 어디에서 왔소? 당신은 누구요?" 버튼 씨가 미친 사람처럼 소리쳤다.

노인이 불평 가득한 목소리로 대답했다. "내가 정확히 누구인지 말할 수 없소. 태어난 지 몇 시간밖에 되지 않아서 말이오. 내 성이 버튼인 것은 분명하지만."

"당신은 거짓말쟁이요! 사기꾼이야!"

노인이 피곤한 표정으로 간호사에게 몸을 돌리며 불평했다. "새로 태어난 아이를 잘도 대해 주는군. 그에게 틀렸다고 말해 주시오, 얼른이요."

간호사가 엄하게 말했다. "선생님이 틀렸어요. 선생님 아이니까 최선을 다하셔야죠. 가능한 한 빨리 집으로 데려가시라고 부탁드립니다. 오늘 내로요."

"집으로?" 버튼 씨가 믿을 수 없다는 듯이 따라 했다.

"그래요, 여기 놔둘 수 없어요. 정말 그럴 수 없어요. 아시잖아요?"

노인이 다시 불평했다. "그러면 아주 기쁘겠소. 여기는 조용한 취향의 젊은이를 넣어 두기 참이나 좋은 곳이오. 다들 소리를 지르고 울어 젖히는 통에 한잠도 못 자겠어. 먹을 것을 달라고 했더니……." 그가 더욱 목소리를 높이며 항의했다. "우유병을 갖다 주지 뭐요!"

버튼 씨는 아들 옆의 의자에 주저앉아 두 손에 얼굴을 묻었다. 그는 공포가 극에 달해 중얼댔다. "이런! 사람들이 뭐라고 할까? 어떻게 해야 하지?"

"집으로 데려가야 해요. 당장이요!" 간호사가 주장했다.

그의 눈앞에 엽기적이고 두려운 상황이 생생하게 펼쳐지는 것 같았다. 이 무시무시한 유령과 나란히 혼잡한 시내를 걸어가는 모습이었다. 그가 신음했다. "그럴 수 없어요. 그럴 수 없어."

사람들이 걸음을 멈추고 물어보면 뭐라고 대답한다? 이 칠십 대 노인을 소개시켜야 한다면? "제 아들입니다. 오늘 아침 일찍 태어났죠."

그러면 노인은 다시 담요로 몸을 감쌀 것이며, 그들은 계속 걸음을 옮겨 부산한 가게와 노예 시장을 지날 것이다. 버튼 씨는 잠시나마 아들이 흑인이었으면 하고 진심으로 바랐다. 주택가의 웅장한 저택들을 지나고 노인들이 사는 집을 지나면…….

"저기, 힘내세요!" 간호사가 명령하듯 말했다.

노인이 갑자기 말했다. "저기, 내가 이 담요를 두르고 집까지 걸어갈 거라고 생각했다면 완전히 오산이오."

"아기는 언제나 담요가 필요해요."

노인은 사악한 웃음을 지으며 작고 하얀 배내옷을 들었다. 그가 몸을 떨었다. "봐요! 이게 그들이 나를 위해 준비해 둔 것이오."

"아기는 언제나 이런 걸 입어요." 간호사가 새치름히 말했다.

노인이 대꾸했다. "음, 이 아기는 이 분 후에 아무것도 걸치지 않을 거요. 이 담요는 간지러워요. 적어도 시트라도 줘야지."

"좋아요, 좋아!" 버튼 씨가 서둘러 대꾸하고 간호사를 바라보며 물었다.

"이제 어떻게 하죠?"

"시내로 가서 아들 옷을 사 오세요."

버튼 씨가 나가는데 아들의 목소리가 복도까지 따라왔다. "지팡이도요, 아버지. 지팡이가 있으면 좋겠어요."

버튼 씨는 병원 문을 쾅 하고 세차게 닫았다.

2

버튼 씨가 체사피크 옷가게 점원에게 신경질적으로 말했다. "안녕하세요. 우리 아이가 입을 옷을 사러 왔는데요."

"자제 분이 몇 살이죠?"

"여섯 시간쯤 되었소." 버튼 씨가 별생각 없이 대답했다.

"신생아복은 뒤쪽에 있습니다만."

"음, 뭐가 필요한지 잘 모르겠소. 아기가 비정상적으로 커서요. 아주 커요."

"아이들 옷도 특대형이 있습니다."

"아동복은 어디 있죠?" 버튼 씨가 필사적으로 에둘러 물었다. 그는 점원이 자신의 수치스러운 비밀을 눈치챘다고 확신했다.

"바로 여깁니다."

"음……." 그가 주저했다. 아들에게 성인복을 입힌다고 생각하니 혐오스러웠다. 만약 특대형 소년 양복을 구해서 입히고 길고 덥수룩한 턱수염을 면도하고 백발은 갈색으로 염색해서 최악의 상태를 감출 수만 있다면! 그래서 자신의 자존심을 조금이라도 유지할 수만 있다면! 볼티모어 사회에서 그의 지위는 말할 필요도 없지만.

그러나 아동복 코너를 아무리 뒤져도 버튼의 신생아에게 맞는 옷은 없었다. 물론 그는 가게 탓을 했다. 그런 경우에는 가게를 탓해야 한다.

"자제 분이 몇 살이라고 하셨죠?" 점원이 궁금한지 다시 물었다.

"우리 애는…… 열여섯 살이오."

"아, 죄송합니다. 여섯 시간이라고 하신 줄 알았어요. 다음 통로에 청소년 코너가 있습니다."

버튼 씨가 비참한 심정으로 몸을 돌렸다. 곧 그는 환한 표정으로 창가에 전시된 마네킹을 가리키며 외쳤다. "저거요! 마네킹이 입은 저 양복을 사겠소!"

점원이 그를 빤히 쳐다보았다. "음, 저건 아동복 정장이라고는 할 수 없어요. 더군다나 예식용이라 선생님에게나 어울리겠는데요!"

"포장해 주시오. 저게 내가 찾던 거요." 이 고객은 신경질적으로 우겼다.

점원은 당혹스러워하면서도 그의 요구대로 해 주었다.

버튼 씨는 병원의 신생아실로 돌아와서 아들에게 포장된 물건을 내팽개치듯이 건네주면서 쌀쌀맞게 말했다. "네 옷이다."

노인은 꾸러미의 포장을 열고 야릇한 눈빛으로 안에 든 물건을 바라보았다.

"좀 웃기는데요. 놀림감이 되고 싶지는 않은데……." 그가 불평했다.

버튼 씨가 과민하게 대꾸했다. "네가 날 놀리려 드는구나! 네가 얼마나 웃긴지는 절대로 신경 쓰지 마. 옷을 입어라. 안 그러면, 안 그러면 엉덩이를 때릴 거다."

그는 불편하게 마지막 단어를 입속으로 삼켰다. 그렇지만 꼭 해야 할 말이라고 느꼈다.

"좋아요, 아버지. 아버지가 더 오래 사셨으니까 뭐가 최선인지 아시겠죠. 시키는 대로 할게요." 아들이 효자인 척하는 것은 너무나 기괴했다.

전과 마찬가지로 버튼 씨에게는 '아버지'라는 단어가 너무나 낯설었다.

"얼른 해라."

"서두르고 있어요, 아버지."

아들이 옷을 다 입자 버튼 씨는 침울하게 그를 바라보았다. 물방울 무늬 양말에 분홍색 바지, 넓고 하얀 깃이 달린 벨트 와이셔츠였다. 하얀 깃 위로 길고 하얀 턱수염이 허리까지 휘날렸다. 그다지 어울리지 않는 차림새였다.

"잠깐만!"

버튼 씨는 병원 가위를 세 번 휘둘러서 턱수염을 대부분 잘라 냈다. 그러나 개선하려 노력해 봐도 완벽함과는 거리가 멀었다. 더부룩한 머리카락과 축축한 눈, 오래된 치아는 경쾌한 의상과 너무나 부조화를 이루었다. 그래도 버튼 씨는 완강했다. 그는 손을 내밀고 단호하게 말했다. "따라와!"

아들은 확신에 차서 아버지의 손을 잡았다. 그리고 신생아실에서 걸어 나오면서 떨리는 목소리로 물었다. "날 뭐라고 부를 거죠, 아빠? 얼마 동안은 '아가야.'라고 부를 건가요? 더 좋은 이름이 떠오를 때까지요?"

버튼 씨가 툴툴거리며 대답했다. "나도 모르겠다. 널 무드셀라*라고 불러야 할 것 같은데."

3

버튼 가문에 추가된 이 새 식구는 머리를 짧게 자르고 검은색으로 어설프게 염색하고 살갗이 번들거릴 정도로 바싹 면도를 했다. 또 재단사는 그의 외모에 소스라치게 놀라면서도 주문받은 대로 아동복을 만들어 주었다. 그래도 버튼 씨는 이 아들이 가족의 첫 아기로 받아들여지기에는 너무도 궁색하다는 사실을 차마 무시할 수 없었다. 늙어서 등이 굽었는데도 벤저민 버튼 ─ 그는 적절하지만 비위에 거슬리는 무드셀라라는 이름 대신 이 이름으로 불리게 되었다 ─ 은 키가 177센티미터나 되었다. 어떤 옷으로도 이 사실을 감출 수 없었다. 길게 자란 눈썹을 자르고 염색해도 그 아래 흐리멍덩하고 물기 많고 지친 두 눈은 그대로였다. 미리 고용되었던 유모는 아이를 한

─────────────

* 구약성경에 나오는 가장 오래 산 노인.

번 보더니 벌컥 화를 내고 가 버렸다.

그러나 버튼 씨는 불굴의 의지를 가다듬었다. 벤저민은 아기이니 계속 아기여야 한다는 것이었다. 처음에 그는 벤저민이 따뜻한 우유를 좋아하지 않는다면 아예 먹이지 말라고 선언했다. 하지만 결국에는 버터 바른 빵을 허용했고 심지어 오트밀까지 먹이면서 타협했다. 한번은 벤저민에게 딸랑이를 주면서 "이걸 가지고 놀아라." 하고 분명하게 지시했다. 그러자 노인은 지친 표정으로 딸랑이를 가져가서 하루 종일 가끔씩 딸랑거렸다.

당연히 그는 딸랑이에 싫증이 났고, 혼자 있을 때 위안이 될 만한 다른 놀이거리를 찾았다. 버튼 씨는 지난주에 자신이 유난히 시가를 많이 피웠다고 생각했다가 며칠 후에 우연히 그 이유를 알아냈다. 아기 방에 들어갔을 때 푸른 안개가 자욱하고 벤저민이 죄지은 표정으로 아바나산 시가 꽁초를 숨기려 했던 것이다. 물론 몹시 매를 맞을 만한 짓이었지만, 버튼 씨는 차마 그럴 수가 없었다. 그래서 그는 아들에게 '성장에 방해되는 것'이라고만 경고했다.

그럼에도 그는 같은 태도로 일관했다. 장난감 병정과 장난감 기차, 귀엽고 커다란 봉제 인형을 집으로 가져왔다. 또한 자신이 만들어 낸 환상을 완벽하게 하려고(적어도 자신을 위해) 장난감 가게 점원에게 '아기가 분홍색 오리를 빨면 물감이 벗겨질지' 진지하게 물어보기까지 했다. 아버지가 온갖 노력을 기울여도 벤저민은 아무런 관심도 보이지 않았다. 벤저민은 몰래 뒷계단으로 내려가서 『브리태니커 백과사전』 한 권을 들고 아기 방으로 돌아와 오후 내내 그것만 들여다보았다. 소 봉제 인형과 노아의 방주 장난감은 마루에 그대로 방치되었다. 아들이 이렇게 고집을 부리는 통에 버튼 씨의 노력은 거의 효과가 없었다.

처음에 볼티모어 사회는 몹시 동요했다. 이 불행한 사태로 인해 버튼 가족과 친척들이 사회적으로 어떤 대가를 치러야 하는지는 아무도 단언할 수 없었다. 마침 남북 전쟁이 터져서 시민들의 관심이 그쪽으로 쏠렸기 때문이다. 예의 바른 사람들 몇은 이 부모에게 어떤 칭찬을 해야 좋을지 생각하느라 머리를 쥐어짜다가 결국 아기가 할아버지를 닮았다는 기발한 칭찬을 생각해 냈다. 칠십 대 남자라면 누구나 겪는 퇴화의 기준 때문에 누구도 부인할 수 없는 사실이기도 했다. 로저 버튼 부부는 그런 칭찬을 전혀 좋아하지 않았고, 벤저민의 할아버지 역시 자기가 몹시 무시당했다고 생각했다.

벤저민은 병원에서 나온 후에는 인생을 있는 그대로 받아들였다. 놀이 상대로 어린 소년 몇 명이 집에 놀러왔을 때 그는 오후 내내 뻣뻣한 관절로 팽이와 공깃돌에 관심을 가져 보려고도 해 보았다. 우연히 새총으로 부엌 창문을 깨트렸을 때는 아버지가 남몰래 아주 즐거워하기도 했다.

그 후 벤저민은 매일 무언가를 깨려고 애썼다. 그에게 기대된 행동이었고, 또한 그가 천성적으로 자상했기 때문이다.

할아버지는 처음에는 적대적이었으나 얼마 후에는 벤저민과 함께 있는 것을 아주 즐거워했다. 그들은 몇 시간이고 같이 앉아 있었다. 이 둘은 나이와 경험이 매우 달랐지만 오랜 친구처럼 하루에 일어난 느린 사건들에 대해 지치지도 않고 단조로이 이야기를 나누었다. 벤저민은 부모보다 할아버지와 있을 때가 더 편했다. 부모는 그에게 독재적으로 권위를 휘두르면서도 늘 그를 두려워하는 듯했고, 자주 '미스터'라고 불렀다.

벤저민은 다른 사람들이 자기처럼 신체와 정신이 진보된 상태로 태어나는 경우가 없다는 것을 알고 당황했다. 그는 의학 전문지에서 관련된 글을 읽다가 그런 사례가 기록된 적이 없다는 것을 알아냈다. 그는 아버지의 권유대로 다른 소년들과 놀아 보려고 진심으로 애쓰면서 가벼운 운동에 참가했다. 그러나 축구를 하면 온몸이 다 뒤흔들렸고, 잘못하다 오래된 뼈가 부러지기라도 했다가 다시 붙지 않으면 어쩌나 걱정이 되었다.

다섯 살 되던 해에는 유치원에 들어갔다. 주황색 종이에 초록색 종이를 붙이고 색깔 있는 지도를 만들고 판지 목걸이를 길게 만드는 일이 시작되었다. 벤저민이 이런 일을 하다 말고 잠이 들어 버리는 경우가 종종 벌어지자 젊은 유치원 선생은 짜증도 나고 한편으로는 두려웠다. 선생이 부모에게 불평하는 바람에 다행히도 유치원을 그만둘 수 있었다. 로저 버튼 부부는 벤저민이 아직 어린 것 같다고 친구들에게 말했다.

그가 열두 살이 되었을 때 부모도 점차 그에게 익숙해졌다. 사실 습관의 힘은 무서운 것이어서 이제 그들은 그가 다른 아이와 다르다고 느끼지도 않았다. 신기하고 비정상적인 일이 벌어져서 그 사실을 되새기는 경우를 제외한다면 말이다. 열두 번째 생일이 지나고 몇 주 후에 벤저민은 거울을 보다가 놀라운 사실을 발견했다. 잘못 본 것일까? 아니면 그동안 백발을 감추려고 염색한 덕에 머리카락이 회색으로 변한 것일까? 얼굴의 빽빽한 주름살도 점차 줄어드는 것일까? 피부가 건강하고 탄력이 넘치고 심지어 겨울철의 혈색 좋은 얼굴처럼 변하는 것일까? 그로서는 뭐라 단정할 수 없었다. 그는 더 이상 허리를 구부리지 않았고, 신체 조건이 이전보다 향상된 것만은 분명했다.

'이런 일이 일어날 수 있을까?' 그는 생각했다. 아니, 감히 생각하기도 힘들었지만.

그는 아버지에게 가서 단호하게 선언했다. "난 다 자랐어요. 긴 바지를 입을래요."

아버지는 주저하다가 결국 대답했다. "음, 난 잘 모르겠는데. 긴 바지를 입으려면 열네 살은 되어야 하는데 넌 겨우 열두 살 이잖니."

"하지만 내가 나이에 비해 크다는 건 아버지도 인정해야 할 걸요." 벤저민이 우겼다.

아버지는 환각과 추측의 눈으로 아들을 바라보았다. "아, 그건 그렇게 확신할 수 없는데. 나도 열두 살 때 너만 했는걸."

그건 사실이 아니었다. 그건 아들이 정상이라고 믿고 싶은 로저 버튼의 묵언의 확신이었다.

결국 타협이 이루어졌다. 벤저민은 계속 염색하고 또래 소년들과 어울리려고 더 노력하기로 했다. 안경도 쓰지 않고 거리에서 지팡이도 짚고 다니지 않기로 했다. 이런 양보의 보답으로 그는 처음으로 긴 바지 정장을 입을 수 있었다…….

4

벤저민 버튼의 열두 살에서 스무 살 사이의 삶에 대해서는 별로 할 말이 없다. 성장하지 않은 정상적인 시기라고만 말하면 충분하겠다. 벤저민은 열여덟 살 때 오십 대의 남자처럼 보였다. 머리카락은 회색으로 짙어지고 숱도 많아졌다. 걸음걸이도 굳건해지고, 금이 가듯 떨리던 목소리도 건장한 바리톤의 저음이 되었다. 그래서 아버지는 아들을 코네티컷으로 보내 예일대학교 입학시험을 치르게 했다. 벤저민은 합격해서 신입생이 되었다.

그는 입학하고 사흘 후에 대학 사무주임 하트 씨로부터 사무실에 들러 시간표를 확정하라는 통고를 받았다. 벤저민은 거울을 보고 갈색으로 염색해야겠다고 생각하고 열심히 서랍을 뒤져 보았지만 염색약이 없었다. 그때 전날에 약을 다 쓰고 통을 버렸던 일이 떠올랐다.

진퇴양난이 아닐 수 없었다. 오 분 내에 사무주임의 사무실에 가야 한다는 건 피할 도리가 없었다. 결국 있는 모습 그대로 갈 수밖에 없었다.

사무주임이 정중하게 인사했다. "안녕하십니까? 아드님에 대해 문의하실 게 있어서 오셨군요."

"음, 실은 제가 버튼……." 벤저민이 말을 하려는데 하트 씨가 그의 말을 잘랐다.

"만나서 반갑습니다, 버튼 씨. 곧 아드님이 올 겁니다."

벤저민이 소리쳤다. "그게 저라고요! 제가 신입생이에요."

"뭐라고요!"

"제가 신입생입니다."

"지금 농담하시는 거죠?"

"천만에요."

사무주임은 얼굴을 찌푸리며 앞의 카드를 힐끗 보았다. "음,

벤저민 버튼 씨는 열여덟 살이라고 기록되었는데요."

"그게 바로 제 나이죠." 벤저민이 얼굴을 약간 붉히면서 확인했다.

사무주임이 피곤한 눈으로 그를 바라보았다. "제가 믿어 줄 거라고 바라지는 않으시죠, 버튼 씨?"

벤저민도 피곤하게 미소를 지으며 똑같은 말을 되풀이했다. "전 열여덟 살이에요."

사무주임은 단호하게 문을 가리켰다. "나가시오. 우리 대학에서 나가고 이 지역에서 나가시오. 당신은 위험한 미치광이요."

"전 열여덟 살이에요."

하트 씨가 문을 열고 소리쳤다. "당신 나이의 남자가 신입생으로 여길 들어오려고 하다니! 열여덟 살이라고? 음, 십팔 분 내에 이 지역에서 나가시오."

벤저민 버튼은 위엄 있게 걸어 나갔다. 복도에서 기다리던 대학생 대여섯 명이 호기심 어린 눈으로 그를 바라보았다. 벤저민은 몇 걸음 걷다가 몸을 돌렸다. 그는 여전히 화를 내며 문간에 서 있던 사무주임을 향해 단호하게 말했다. "전 열여덟 살이에요."

대학생들이 킥킥대는 소리에 맞춰 벤저민은 걸어 나갔다.

쉽게 도망칠 수도 없었다. 벤저민이 우울하게 정거장까지 걸어가는데 몇몇이 그를 따라왔다. 곧 사람들이 더 많아졌고 마침내는 대학생들이 빽빽하게 무리를 지어 따라왔다. 예일 대학교 입학시험에 합격한 미치광이가 열여덟 살짜리 젊은이로 가장하려 했다는 소문이 퍼져 나갔다. 수업을 받던 학생들은 모자도 쓰지 않은 채 뛰어나왔고, 축구팀은 연습을 하다 말고 합

세했다. 교수 부인들마저 보닛을 대충 걸치고 옷을 버스럭거리며 행렬 뒤에 붙어 소리를 질러 댔다. 벤저민 버튼의 섬세한 감수성을 건드리는 말들이 계속 들려왔다.

"틀림없이 방랑하는 유대인*일 거야!"

"저 나이라면 예비학교에나 가 보라지!"

"저 소년 천재를 보라!"

"여기가 양로원인 줄 아나 봐."

"하버드로 가 버려!"

벤저민은 조금씩 걸음을 빨리하다가 곧 달리기 시작했다. 본때를 보여 줄 거야! 하버드에 가면 이렇게 나를 모욕한 것을 후회하겠지!

그는 볼티모어행 기차에 안전하게 몸을 실은 후에 창밖으로 머리를 내밀고 외쳤다.

"이 일을 후회할 것이오!"

대학생들이 웃었다. "하하! 하하하!"

그날의 일은 예일 대학교 최대의 실수였다…….

5

1880년에 벤저민 버튼은 스무 살이 되었다. 그해 생일을 기점으로 벤저민은 아버지가 경영하는 로저 버튼 철물도매회사

---

* 형장으로 끌려가는 그리스도를 조소한 죄로 세상의 종말 때까지 방랑하게 되었다는 전설 속 유대인.

에서 근무하기 시작했다. 그리고 바로 이 해에 '사교계에 나가기' 시작했다. 다시 말해서 아버지가 아들을 인기 있는 무도회에 억지로 끌고 갔던 것이다. 로저 버튼은 이제 쉰 살이었고 아들과 점점 더 친구 같아졌다. 사실 벤저민이 염색을 그만둔 이후로(여전히 회색빛이 돌았다.) 그들은 비슷한 나이의 형제지간으로 보였다.

8월의 어느 밤에 볼티모어 외곽의 쉐블린가 전원주택에서 무도회가 열렸다. 버튼 부자는 예복을 차려입고 쌍두 사륜마차에 올랐다. 눈부신 밤이었다. 보름달에 길은 무광의 백금처럼 빛났고, 만개한 꽃들의 향기가 적막한 대기에 나지막한 웃음소리처럼 뿜어 나왔다. 밝은 빛깔의 밀밭이 양탄자처럼 깔린 너른 전원 도로는 대낮처럼 투명했다. 이렇듯 순전하고 아름다운 날에는 누구라도 영향을 받게 마련이다.

"직물업의 미래는 대단하지." 로저 버튼이 말했다. 그는 정신을 추구하는 사람이 아니어서 미적 관념도 별로 없다.

그가 진지하게 말했다. "나같이 나이 든 사람은 새로운 기술을 배울 수 없어. 하지만 힘과 생기가 넘치는 너희 같은 젊은이들 앞엔 대단한 미래가 펼쳐져 있지."

멀리 도로 위쪽에서 쉐블린 가의 전원주택을 밝힌 불빛이 둥둥 떠다니는 것처럼 보이고 이윽고 한숨 같은 소리가 스며들었다. 바이올린의 구슬픈 음조이거나 달빛 아래서 은빛 밀이 바스락거리는 소리 같았다.

그들이 마차를 세웠을 때 앞에 있던 화려한 유개 마차에서 사람들이 내렸다. 먼저 한 숙녀가 내리고 곧이어 중년 신사와 너무나 아름다운 젊은 숙녀가 따라 내렸다. 벤저민은 그녀를 바라보다가 소스라칠 정도로 충격을 받았다. 온몸에 화학작용이 퍼졌다가 한군데로 모이는 것 같았다. 온몸이 오싹해지고 뺨과 이마에 피가 몰리면서 귀에서 계속 펌프질 소리가 들렸다. 첫사랑이 찾아온 것이다.

그 숙녀는 날씬하고 연약해 보였다. 달빛 아래에서는 잿빛이던 머리카락이 현관의 가스등 아래에서는 꿀빛 같았다. 검은색으로 가장자리를 두른 아주 옅은 노란색의 스페인 망토를 걸치고 있었고, 사각거리는 드레스 끄트머리에서 두 발이 단추처럼 반짝였다.

로저 버튼이 아들에게 몸을 기울이고 말했다. "저 젊은 숙녀는 힐더가드 몽크리프란다. 몽크리프 장군의 딸이지."

벤저민은 아무렇지 않게 고개를 끄덕이며 관심 없는 듯 대꾸했다. "꽤 예쁘군요."

그러나 흑인 소년이 마차를 끌고 가자 그는 이렇게 덧붙였다. "아빠, 절 좀 소개시켜 주세요."

그들은 몽크리프 양 일행에게 다가갔다. 전통적인 예절 교육을 받은 그녀는 벤저민에게 고개를 깊이 숙이고 인사했다. 그렇다, 그는 춤을 출 수 있었다. 그는 그녀에게 감사하다고 말하고 휘청거리며 걸어갔다.

그의 차례가 될 때까지 시간은 지루하게 질질 흐르는 것 같았다. 볼티모어의 젊은이들이 열정과 찬미 가득한 표정으로 힐더가드 몽크리프 주변에 몰려드는 광경을 그는 조용히 벽에 붙어 살기 띤 눈으로 지켜보았다. 벤저민은 그들이 너무나 혐오스러웠다. 참을 수 없을 정도로 벌건 얼굴이라니! 구불거리는 갈색 구레나룻을 보고 있자니 소화 불량에 걸릴 지경이었다.

드디어 차례가 되자 그는 파리에서 들여온 최신 왈츠에 맞춰 그녀와 함께 마루를 떠돌았다. 그의 질투와 근심은 눈처럼 녹아내렸다. 마법에 걸려 눈이 멀어 버린 그에게는 인생이 이제야 시작되는 것만 같았다.

"당신과 당신 형님이 우리와 같은 시간에 왔죠?" 힐더가드가 밝고 푸른 에나멜 같은 눈으로 그를 바라보며 물었다.

벤저민은 멈칫했다. 그녀가 자기를 아버지의 동생으로 아는 마당에 진실을 알려 주는 것이 최선일까? 그는 예일 대학교에서의 경험을 떠올리고 그러지 않기로 했다. 숙녀의 말을 반박하는 건 무례한 짓이며, 자신의 엽기적인 출생 이야기로 이 절묘한 순간을 망치는 건 죄악이다. 나중에 기회가 있겠지. 그래서 그는 고개를 끄덕이며 미소를 지었다. 그녀의 말을 듣는 매 순간이 너무나 행복했다.

"당신 나이의 남자가 좋아요. 젊은 남자들은 어리석죠. 대학에서 샴페인을 얼마나 마셨는지 카드 게임 하면서 돈을 얼마나 잃었는지 그런 이야기만 해요. 당신 나이의 남자들은 여자의 진가를 이해할 줄 알아요."

벤저민은 청혼하고 싶은 충동을 간신히 억눌렀다.

그녀가 말을 이었다. "당신은 낭만적인 나이, 쉰 살이죠. 스물다섯 살은 너무 세속적이에요. 서른 살은 과로에 지치기 십상이고, 마흔 살은 시가 한 대를 다 피울 정도로 오래 이야기할 나이죠. 예순 살은, 음, 예순 살은 일흔 살에 너무 가까워요. 하지만 쉰 살은 달콤한 나이죠. 나는 쉰 살이 좋아요."

벤저민에게 쉰 살은 영광스러운 나이로 보였다. 그는 쉰 살이 되기를 갈망했다.

"난 오십 대의 남자와 결혼해서 그이가 날 돌봐 주는 편이 서른 살 남자와 결혼하는 것보다 낫다고 늘 생각했어요."

벤저민은 그날 저녁 꿀빛 안개에 목욕하는 것 같았다. 힐더가드는 그와 두 번 더 춤을 추었고, 그들은 그날의 모든 화제에 대해 둘이 같은 의견이라는 데 놀랐다. 그들은 다음 일요일에 함께 드라이브하면서 그 화제들에 대해 더 이야기해 보기로 했다.

새벽이 되기 직전 마차를 타고 집으로 돌아오는 길에 새벽벌들이 웅웅거리고, 지는 달이 차가운 이슬에 반짝일 때 벤저민은 아버지가 철물도매업에 대해 이야기하고 있는 것을 어렴풋이 알아챘다.

"……그리고 망치와 못 다음으로 우리가 가장 관심을 가져야 할 게 뭐라고 생각하니?" 아버지가 물었다.

"러브요." 벤저민이 멍하니 대답했다.

"러그(손잡이)? 러그는 내가 막 이야기했는데." 로저 버튼이 놀라서 말했다.

벤저민은 멍한 눈으로 그를 바라보았다. 동쪽 하늘이 갑자기 빛으로 갈라지고 소생하는 나무들 사이에서 꾀꼬리 한 마리가 높게 지저귀었다…….

6

육 개월 후에 힐더가드 몽크리프 양과 벤저민 버튼 군이 약혼했다고 알려졌을 때(나는 '알려졌다'는 표현을 사용한다. 몽클리프 장군이 약혼 발표를 하느니 칼 위로 엎어지겠다고 선언했기 때문이다.) 볼티모어 사교계는 최고조로 흥분했다. 거의 잊혀졌던 벤저민의 출생 이야기가 다시 회자되고 피카레스크*처럼 엄청나게 퍼져 나갔다. 벤저민이 사실은 사십 년간 감방살이를 한 로저 버튼의 아버지라는 소문이 나돌았다. 존 윌크스 부스**가 변장한 것이라고도 했다. 심지어 그의 머리에서 원뿔이 두 개나 솟아 나왔다고도 했다.

뉴욕 신문들은 일요 증보판에서 벤저민 버튼의 머리가 물고기와 뱀 그리고 단단한 청동 몸체에 붙어 있는 그림을 실으면서 이 이야기를 더욱 확대했다. 그는 언론계에서 메릴랜드의 신비의 남자로 알려졌다. 그러나 늘 그러하듯이 진짜 이야기는 그다지 널리 알려지지 않았다.

어쨌거나 볼티모어 최고의 청년과 결혼할 수도 있을 만큼 아름다운 숙녀가 족히 쉰 살은 되어 보이는 남자의 품에 몸을 던지는 건 '죄악'이라는 데 모두들 몽크리프 장군과 함께했다. 로저 버튼이 볼티모어 《블레이즈》에 아들의 출생증명서를 큰 활자체로 발표해도 소용이 없었다. 아무도 믿지 않았다. 벤저민을 보기만 해도 알 수 있었던 것이다.

그러나 이 소동과 직접 관련된 당사자 둘은 전혀 동요하지 않았다. 힐더가드는 약혼자에 대한 갖가지 거짓 이야기가 떠돌자 진짜까지도 믿지 않으려 했다. 몽크리프 장군이 오십 대, 적어도 오십 대로 보이는 남자의 사망률이 높다고 지적해도 소

---

* 악한을 주인공으로 하는 소설.
** 링컨 대통령의 암살자.

용이 없었다. 철물도매업의 미래가 불안정하다고 해도 소용이 없었다. 힐더가드는 감미로운 결혼을 선택했고, 그렇게 결혼했다……

7

힐더가드 몽크리프의 친구들이 잘못 예상한 부분이 적어도 하나는 있었다. 철물도매업이 놀랄 정도로 번창했던 것이다. 1880년 벤저민 버튼이 결혼하고 1895년 아버지가 은퇴할 때까지 이 가족의 재산은 두 배로 늘었는데, 이는 주로 회사에 새로 영입된 젊은 아들 덕택이었다.

결국 볼티모어 사회는 이 부부를 진심으로 받아들이게 되었다. 심지어 몽크리프 노장군조차 사위 벤저민이 저명한 출판사 아홉 군데에서 거절당했던 자신의 『남북전쟁사』를 스무 권으로 출간할 자금을 마련해 주자 그와 화해했다.

벤저민 본인에게도 그 십오 년 동안 큰 변화가 일어났다. 정맥에서 새로운 피가 신명나게 흐르는 것 같았다. 아침에 일어나서 햇빛이 비치는 분주한 거리를 활기차게 걷고 망치와 못을 쉴 새 없이 선적하는 일들이 기쁨이 되기 시작했다. 1890년에는 유명한 사업 혁신을 일으켰다. 상자를 선적할 때 사용되는 모든 못의 소유권은 선적 받은 자에게 있다는 그의 제안은 포사일 판사의 승인을 받고 법제화되었다. 그 결과 로저 버튼 철물도매회사는 매년 600개 이상의 못을 절감할 수 있었다.

더욱이 벤저민은 인생의 즐거운 면에 점점 더 끌려들었다.

그가 볼티모어 시에서 최초로 자동차를 소유하고 직접 운전했던 일은 그가 오락을 즐겼다는 것을 말해 주는 단적인 예이다. 동년배들은 거리에서 벤저민을 만나면 건강하고 생기에 넘치는 그를 부럽게 쳐다보았다.

"저 친구는 매년 젊어지는 것 같아." 그들은 말하곤 했다. 이제 예순다섯 살이 된 로저 버튼은 처음에 아들을 제대로 환영하지 못했으나 지금은 아들을 찬미하다시피 하면서 미진했던 과거를 벌충했다.

이제 불쾌한 주제를 언급해야 할 시점이 되었으니 가능한 한 빠르게 지나가도록 하겠다. 벤저민 버튼이 걱정하는 것은 딱 하나였다. 더 이상 아내에게 끌리지 않았던 것이다.

힐더가드는 서른다섯 살이 되었고, 아들 로스코는 열네 살이었다. 신혼 때 벤저민은 아내를 숭배했다. 그러나 시간이 흐르면서 아내의 꿀빛 머리카락은 무미건조한 갈색으로 변했고 푸른 에나멜 같던 눈은 싸구려 도자기처럼 보였다. 무엇보다 그녀는 자신의 삶에 지나치게 안주하고, 너무 평온하고, 너무 만족하고, 너무 활기가 없고, 너무 진지해졌다. 그녀도 신부일 때는 벤저민을 무도회와 저녁 모임에 '끌고' 다녔다. 그러던 상황이 역전되었다. 그녀는 벤저민과 함께 사교 모임에 나갔지만 열정도 없었고, 어느 틈엔가 우리 곁에 다가와 마지막 날까지 머무는 그 영원한 무력증의 노예가 되었던 것이다.

벤저민은 더욱더 불만이 쌓여 갔다. 그러다가 1898년 미국-스페인 전쟁이 터지자 그는 더 이상 집에 매력을 느끼지 못하고 입대하기로 마음먹었다. 사업가였던 덕택에 대위로 임관되었는데 장교직에 잘 적응해서 소령으로 진급했고, 결국에는 중

령으로 진급해서 그 유명한 산후안 언덕 전투에도 참전했다. 그는 가벼운 부상을 입고 훈장을 받았다.

벤저민은 활기차고 흥미진진한 군 생활에 애착을 느낀 나머지 전역하기도 싫어했다. 하지만 사업을 포기할 수 없어서 결국 전역하고 귀향했다. 그는 정거장에서 취주악단의 환영과 호위를 받으며 집으로 돌아왔다.

8

현관에서 힐더가드가 커다란 실크 깃발을 흔들며 그를 맞이했다. 그는 아내에게 키스하면서 지난 삼 년간의 변화에 가슴이 쿵 내려앉았다. 아내가 어느덧 마흔 줄에 접어들고 새치까지 살짝 드러난 걸 보자니 우울해졌다.

그는 자기 방으로 올라와 익숙한 거울 앞에 다가가 근심스럽게 자기 얼굴을 들여다보았다. 그러고는 전쟁 직전에 군복 차림으로 찍은 사진과 비교해 보았다.

"이런!" 그가 크게 소리쳤다. 아직도 진화가 진행되고 있었다. 이제 그는 확연히 서른 살로 보였다. 그는 기쁘기보다는 불편했다. 자신이 젊어지고 있었다. 언젠가는 실제 나이와 신체 나이가 같아져서 자신의 출생에 오명을 남긴 엽기적인 현상이 그치기를 바랐다. 그는 몸을 부르르 떨었다. 자신의 운명이 두렵고 믿을 수 없었다.

아래층으로 내려와 보니 힐더가드가 기다리고 있었다. 아내는 부아가 난 것 같았고, 그는 아내가 드디어 잘못된 상황을 알아차린 것 같아 불안해졌다. 그는 부부 사이의 긴장감을 덜어 볼 심산으로 저녁 식사 때 나름대로 신중하게 그 문제를 끄집어냈다.

"음, 내가 더 젊어 보인다고 다들 그러던데." 그가 지나가는 말처럼 던졌다.

힐더가드가 멸시 어린 눈으로 그를 바라보더니 냉소적으로 대꾸했다. "그게 자랑할 거리나 된다고 생각해요?"

"자랑하는 게 아니오." 그가 불편하게 말했다.

"그런 생각은." 그녀는 다시 코웃음을 쳤고 얼마 후 말을 이었다. "당신도 자존심이 있다면 그만둬야 한다고 생각해요."

"내가 뭘?" 그가 물었다.

그녀가 쏘아붙였다. "당신과 논쟁하려는 게 아니에요. 하지만 일을 하는 데는 올바른 방법과 잘못된 방법이 있어요. 당신이 다른 사람들과 달라지기로 결심했다면 내가 막을 수는 없겠죠. 그렇다고 당신이 사려 깊게 행동한다고는 생각지 않아요."

"나도 어쩔 수 없소, 힐더가드."

"아뇨, 당신은 고집이 너무 세요. 당신은 다른 사람과 같아지고 싶지 않다고 생각해요. 당신은 늘 그런 식이었고 앞으로도 그러겠죠. 하지만 다른 사람들이 모두 당신처럼 사물을 본다면 어떻게 될지 생각해 봐요. 이 세계가 어떻게 되겠어요?"

이 무의미하고 대답할 수도 없는 논쟁에 벤저민은 아무런 대꾸도 하지 않았다. 그 이후로 부부의 틈은 더욱 벌어졌다. 그로서는 과거에 아내가 자신에게 어떤 매력을 행사했었는지조차 의심이 갈 정도였다.

부부의 불화를 부채질이라도 하듯이, 새로운 세기가 다가오면서 벤저민은 즐거움을 향한 열정을 더욱 강하게 느꼈다. 그는 볼티모어의 모든 파티에 참석해서 가장 예쁘고 젊은 유부녀와 춤을 추고, 사교계에 처음 나온 아가씨 중 가장 인기 있는 여자와 수다를 떨면서 그들과 함께 시간을 보내는 데 즐거움을 느꼈다. 한편 불길한 징조의 귀부인이 된 그의 아내는 늘 보호자들 사이에 앉아 있었다. 그녀는 남편을 도저히 인정하지 못하겠다는 표정을 짓거나 근엄하지만 당황하고 책망하는 눈초리로 남편의 행동거지를 감시했다.

"봐요! 정말 안됐어요. 저 나이의 젊은 친구가 마흔다섯 살 난 여자에게 매여 있다니 말입니다. 틀림없이 부인보다 스무 살은 연하일걸요." 사람들이 수군댔다. 1880년으로 거슬러 가 보면 그들의 부모들 역시 이 어울리지 않는 한 쌍에 대해 수군댔지만 모두 그 사실을 잊어버렸다. 사람들은 망각하게 마련이다.

집에 대해 불만이 커져 갔지만 벤저민은 새로운 일에 큰 관심을 갖게 되면서 불만을 해소했다. 새로 시작한 골프에서도 크게 두각을 보였다. 여러 가지 춤도 배웠다. 1906년에는 '보스턴'의 전문가가 되었고 1908년에는 '머시셔'에 능통했다. 1909년에는 '캐슬 워크'*로 시내 모든 젊은이들에게 질투의 대상이 되었다.

물론 이런 사교 활동은 사업에 어느 정도 지장을 주었다. 사실 그는 이미 이십오 년간 철물도매업에 전력했기 때문에 최근 하버드를 졸업한 아들 로스코에게 회사를 넘겨줄 때가 되었다고 느끼던 참이었다.

---

* 보스턴은 미국 왈츠, 머시셔는 브라질 탱고, 캐슬워크는 탱고와 비슷한 춤임.

사실 그는 아들과 혼동되는 경우가 종종 있었다. 벤저민으로서는 즐거운 상황이었다. 그는 미국-스페인 전쟁에 참가하고 돌아온 후에 느꼈던 불안감을 곧 잊고 순진하게 자신의 젊은 외모를 즐기게 되었다. 이 달콤한 상황에 파리 새끼 같은 것이 하나 끼어들었다. 아내와 함께 공공장소에 가는 일이 아주 싫어진 것이다. 힐더가드는 이제 곧 쉰 살이었고, 그녀를 보노라면 참으로 부조리하다는 생각이 들었던 것이다…….

9

젊은 로스코 버튼이 버튼 철물도매회사를 물려받고 몇 년 후인 1910년 9월의 어느 날, 스무 살 정도 되어 보이는 남자가 케임브리지의 하버드 대학교에 입학했다. 그는 자기가 다시는 쉰 살로 보이지 않을 거라거나 아들이 십 년 전에 바로 이 학교를 졸업했다는 등의 말실수도 하지 않았다.

그는 입학하고 바로 상당한 위치에 올랐다. 평균 나이가 열여덟 살인 다른 신입생들에 비해 다소 나이 들어 보였던 것도 큰 몫을 했다.

무엇보다 그는 예일 대학교와의 풋볼 경기에서 크게 활약하면서 두각을 나타냈다. 그는 너무나 과감하게, 그리고 냉혹하고 무자비한 분노를 드러내면서 터치다운을 일곱 번이나 성공시키고 열네 번이나 득점을 올렸다. 결국 예일 대학교 선수 열한 명 전원이 한 명씩 정신을 잃고 운동장에서 실려 나갔다. 그는 대학에서 가장 유명한 인물이 되었다.

이상한 이야기이지만, 그는 3학년 때 팀에 '합류'하지 못할 뻔했다. 코치들은 그의 체중이 줄었다고 했다. 하지만 키가 준 것이 가장 눈에 띄었다. 그는 이제 터치다운도 하지 못했지만, 그의 이름만으로도 예일 대학 팀에 공포심과 분열을 조장할 수 있으리라는 희망으로 팀에 잔류했다.

　4학년이 되면서는 아예 팀에 끼지도 못했다. 체구가 작아지고 체력도 떨어졌다. 2학년생들이 자기를 신입생으로 여기는 일까지 벌어지자 그는 몹시 수치심을 느꼈다. 그는 4학년이지만 분명 열여섯 살에 불과한, 천재로 알려졌다. 더욱이 동급생들의 세속적인 면 역시 충격적이었다. 공부도 어려워졌고, 내용이 지나치게 앞서 가는 것으로 보였다. 그는 친구들이 유명한 예비학교인 세인트 마이더스에 대해 이야기하는 것을 들었다. 친구들 대다수가 거기에서 대학 입학 준비를 했었던 것이다. 그래서 그는 졸업한 후에 세인트 마이더스에 들어가기로 결심했다. 거기에서 비슷한 몸집의 소년들과 은둔 생활을 하는 것이 오히려 맘 편할 것 같았다.

　1914년 대학을 졸업한 벤저민은 하버드 졸업장을 들고 볼티모어의 집으로 돌아갔다. 힐더가드는 이탈리아에 살고 있어서 그는 아들과 살 작정이었다. 아들에게 환영을 받긴 했지만, 로스코는 아버지에 대해 그다지 진심을 보이지 않았다. 심지어 아들은 아버지가 사춘기 소년처럼 멍하니 집 안을 어슬렁대는 것이 거슬렸다. 로스코는 결혼도 하고 볼티모어에서 안정된 사회적 지위를 누리며 살고 있어서 자기 가족과 연관된 추문이 새어 나오는 것을 바라지 않았다.

　벤저민은 사교계에 처음 나온 여자나 젊은 대학생들과 더 이상 어울릴 수 없게 되면서 혼자 있는 시간이 꽤 많아졌다. 열다섯 살 난 이웃 소년 서너 명 정도가 그의 상대가 되었고, 그는 세인트 마이더스에 가야겠다고 새삼 생각했다.

하루는 그가 로스코에게 말했다. "저기 말인데, 예비학교에 가고 싶다고 벌써 몇 번이나 말했잖니?"

로스코가 짧게 대답했다. "음, 그러면 가시죠." 그는 이 문제가 혐오스러워서 아예 말을 꺼내고 싶지도 않았다.

벤저민이 무기력하게 말했다. "혼자 갈 수는 없다. 날 입학시켜 주고 거기까지 데려다 주렴."

"시간이 없어요." 로스코가 무뚝뚝하게 대답했다. 그는 두 눈을 가늘게 뜨고 불편하게 아버지를 바라보았다. "실은, 아버지가 더 이상 이러지 않았으면 좋겠어요. 짧게 끝내요. 차라리, 차라리." 그는 말을 멈추었고, 얼굴이 상기된 채로 적당한 단어를 찾았다. "차라리 당장 되돌아서 거꾸로 시작하는 편이 낫겠어요. 이건 농담이라기에는 너무 심해요. 더 이상 웃기지도 않아요. 아버지는, 아버지는 처신 좀 잘해요!"

벤저민은 눈물이 터질 것 같은 표정으로 아들을 바라보았다.

"하나 더 있어요. 손님들이 집에 오면 절 '삼촌'이라고 불러 줘요. '로스코'가 아니라 '삼촌'이요. 이해하시죠? 열다섯 살 난 남자애가 내 이름을 부르다니 말도 안 돼요. 아니면 늘 '삼촌'이라고 부르세요. 그래야 익숙해질 테니까요."

로스코는 아버지를 사납게 쳐다보고 몸을 돌렸다⋯⋯.

10

아들과 이야기를 마치고 벤저민은 침울한 심정으로 2층을 헤매다가 거울 속의 자기를 노려보았다. 석 달이나 면도를 하지 않았는데도 수염 자국이 너무 미미해서 굳이 손댈 필요도 없었다. 하버드에서 집으로 돌아왔을 때 로스코는 안경을 쓰고 가짜 턱수염을 붙이라고 제안했다. 잠시나마 과거의 소극이 반복되는 듯했다. 그러나 턱수염은 따갑고 수치스러웠다. 그가 질질 짜자 로스코가 마지못해서 물러섰다.

벤저민은 소년들의 이야기책인 『비미니 섬의 보이스카우트』를 읽기 시작했다. 그랬더니 내내 전쟁 생각만 났다. 전달에 미국은 연합군에 합류했고, 벤저민도 다시 입대하고 싶었다. 그러나 최소 열여섯 살은 되어야 하는데 그는 그 정도 나이도 안 되어 보였다. 실제 나이 쉰일곱 살 역시 불합격이기는 마찬가지였다.

문을 두드리는 소리가 나더니 집사가 편지를 가져왔다. 한 귀퉁이에 커다란 공식 인장이 찍혀 있었는데, 벤저민 버튼 씨 앞으로 온 편지였다. 벤저민은 신이 나서 봉투를 열고 내용을 읽었다. 미국-스페인 전쟁에 참전했던 예비군들이 진급되어 징집되었으며 그 역시 미군 준장으로 당장 복귀하라는 내용의 명령문이었다.

벤저민은 흥분해서 펄쩍 뛰었다. 바로 그가 고대하던 일이었다. 그는 모자를 집어 들었고, 십 분 후에 찰스가의 대형 양복점에 들러 불안한 고음으로 군복 치수를 재 달라고 했다.

"병정놀이 하고 싶은 거니?" 점원이 별생각 없이 물었다.

벤저민은 화가 나서 얼굴을 붉히며 쏘아붙였다. "이보시오! 내가 뭘 원하는지는 신경 쓰지 마시오! 내 이름은 버튼이고 마운트버논 플레이스에 살고 있소. 그러니 그럴 만하다는 걸 알 텐데."

점원이 주저하며 말했다. "음, 네가 아니라면 네 아버지겠지."

벤저민은 치수를 쟀고 일주일 후에 군복이 완성되었다. 그는 적절한 장군의 기장을 구하느라 애를 먹었다. YWCA 배지면 충분하고 갖고 놀기에도 더 재미있다고 판매인이 우겼기 때문이다.

그는 로스코에게는 한마디도 없이 어느 날 밤에 집에서 나와 기차를 타고 사우스캐롤라이나 주의 캠프 모스비로 출발했다. 거기에서 보병대를 지휘할 예정이었다. 4월의 어느 무더운 날 그는 캠프 입구에 도착해서 역에서부터 타고 온 택시의 요금을 내고 보초병에게 고개를 돌렸다.

"내 짐을 들고 갈 사람을 불러오게!" 그가 경쾌하게 말했다.

보초병이 책망하듯 그를 바라보았다. "이봐, 장군 옷차림으로 어딜 가려는 거지?"

미국-스페인 전쟁 퇴역 군인 벤저민은 이글이글 타오르는 눈으로 그를 노려보았다. 그러나 불행히도 목소리는 변성기의 고음이었다.

"차렷!" 그는 크게 고함치려고 애썼으나 숨이 차서 잠깐 멈추었다. 그런데 보초병이 갑자기 두 발을 모으고 받들어총 자세를 취하자 벤저민은 흡족한 미소를 지었다. 그러나 주위를 둘러보고는 표정이 굳었다. 보초병에게 복종의 자세를 취하게 한 건 그가 아니라 말을 타고 다가오는 포병 대령이었던 것이다.

"대령!" 벤저민이 날카롭게 불렀다.

대령이 다가와서 말 고삐를 붙잡고 눈을 반짝이며 그를 내려다보고 친절하게 물었다.

"자네는 어느 집 자제인가?"

"내가 어느 집 자제인지는 곧 보여 주겠네! 당장 말에서 내리시지!" 벤저민이 격노해서 대꾸했다.

대령이 크게 웃음을 터트렸다.

"말이 필요하신가요, 장군 각하?"

"여기! 여길 읽어 보게." 벤저민이 필사적으로 외치면서 대령에게 위임장을 내밀었다.

대령은 편지를 읽더니 두 눈이 튀어나올 것 같은 표정으로 물었다.

"이걸 어디서 났지?" 그는 자기 주머니에 문서를 집어넣었다.

"정부에서 받았소, 곧 당신도 알아내겠지만!"

대령이 그를 이상하다는 듯이 바라보았다. "따라오게. 본부로 가서 이 문제를 논의할 테니 따라오게."

대령은 말을 탄 채로 본부 쪽으로 방향을 돌렸다. 벤저민으로서는 최대한 위엄을 갖추고 그를 따라가는 수밖에 없었다. 그는 제대로 복수해 주겠다고 다짐했다.

그러나 복수는 이루어지지 못했다. 이틀 후에 아들 로스코가 볼티모어에서 직접 내려왔다. 그는 서둘러 오느라 열도 나고 화도 났지만 군복도 없이 징징대는 장군을 다시 집까지 호위해서 데려갔다.

11

1920년 로스코 버튼의 첫아이가 태어났다. 경사스러운 이 시기에 집에서 장난감 병정과 서커스 모형을 갖고 노는 열 살 쯤 되어 보이는 작고 지저분한 소년이 아기의 할아버지라고 언급해야 한다고 생각하는 사람은 아무도 없었다.

착하고 즐거운 표정이지만 슬픔의 흔적이 엿보이는 이 작은 소년을 싫어하는 사람은 없었다. 그러나 로스코 버튼에게 그는 존재하는 것만으로도 고문이었다. 그의 세대에 걸맞은 어법으로 말하자면, 로스코는 이 문제가 '효율적'이 아니라고 보았다. 그는 아버지가 예순 살로 보이기를 거부하고 '붉은 피의 남자다운 남자'(로스코가 가장 좋아하는 표현이다.)로 행동하지 않으며, 기묘하고 심술궂기만 하다고 여겼다. 사실 그는 이 문제를 반 시간만 생각해도 곧 미칠 지경이 되었다. 로스코는 '정력가'는 계속 젊어야 한다고 믿었지만, 이 정도로까지 확장되는 건 효율적이지 못하다고 여겼다. 로스코의 생각은 여기까지였다.

오 년 후에 로스코의 어린 아들은 보모의 보호 아래 어린 벤저민과 유치한 놀이를 할 정도의 나이가 되었다. 로스코는 둘을 유치원에 같이 데려갔다. 벤저민은 색지 조각으로 노는 것이나, 매트와 고리와 신기하고 아름다운 도안을 만드는 것이 세상에서 가장 매혹적인 놀이라고 생각했다. 한번은 못된 짓을 한 벌로 구석에 서 있다가 운 적도 있다. 그러나 대부분은 이 방에서 유쾌한 시간을 보냈다. 창문으로는 햇빛이 들어오고 베일리 선생님의 친절한 손이 그의 헝클어진 머리에 잠시 놓였다 가곤 했다.

로스코의 아들은 일 년 후에 1학년으로 올라갔지만 벤저민은 유치원에 머물렀다. 그는 아주 행복했다. 때로 다른 어린아이들이 커서 뭘 하고 싶은지 조잘거리면 그의 얼굴에 잠시 그림자가 스쳤다. 그는 어리지만 자신이 그런 것을 절대로 공유할 수 없다는 걸 깨달은 것 같았다.

시간은 단조롭게 흘러갔다. 그는 유치원을 삼 년이나 다녔고 이제 너무 작아져서 밝은색의 종잇조각으로 뭘 해야 하는지도 몰랐다. 그는 다른 아이들이 자기보다 커서 무섭다며 울었다. 선생님이 하는 말도 도무지 이해할 수 없었다.

그는 유치원도 그만두었다. 풀 먹인 깅엄 드레스를 입은 보모 나나가 그의 작은 세계의 중심이 되었다. 날이 좋으면 그들은 공원을 산책했다. 나나가 커다란 회색 괴물을 가리키며 '코끼리'라고 하면 벤저민도 따라 했다. 그날 밤 벤저민은 잠자리에 들기 전에 옷을 갈아입고 몇 번을 반복했다. "코끼니, 코끼니, 코끼니."

침대에서 뛰어도 좋다고 나나가 허락할 때도 있었다. 침대에 앉았다가 다시 폴짝 튀어 오르는 일이 재미있었다. 침대에서 뛰면서 '아.'라고 말하면 목소리가 덜덜 떨리는 것도.

그는 모자걸이에 걸린 커다란 지팡이를 꺼내 와서 의자와 탁자를 치고 다니면서 "싸워, 싸워, 싸워."라고 말하는 것도 무척 좋아했다. 그의 집을 방문한 노부인들이 그를 향해 중얼대는 말도 흥미로웠다. 젊은 부인들이 그에게 뽀뽀하려 하면 그는 지겨워하면서도 얌전하게 순종했다. 5시에 긴 하루의 일정이 끝나면 나나와 2층으로 올라갔다. 나나가 숟가락으로 오트밀과 부드러운 죽을 떠먹여 주었다.

아이다운 그의 잠에 괴로운 기억이라고는 없었다. 용감했던 대학 시절이나 여러 소녀의 가슴을 흔들어 놓았던 빛나던 시절의 흔적도 없었다. 아기 침대를 둘러싼 하얗고 안전한 패드와 나나, 가끔 그를 보러 오는 남자, 그리고 해가 지고 나서 잠들기 직전에 나나가 '태양'이라 부르는 커다란 주황색 공만이 있을 뿐이었다. 해가 지면 그의 눈가에 졸음이 엄습했다. 아무 꿈도, 그 어떤 꿈도 그를 괴롭히지 못했다.

산후안 언덕 전방에서 부하들을 이끌고 공격했던 일이며 신혼 무렵 사랑하는 힐더가드를 위해 바쁜 도시에서 여름 해 질 무렵까지 늦도록 일했던 것, 몬로 거리에 있던 버튼가의 낡은 저택에서 할아버지와 함께 밤이 깊도록 담배를 피우던 일 등 모든 과거는 별 볼일 없는 꿈처럼 시들어 갔다. 그런 일이 아예 일어나지도 않았던 것 같았다.

그는 조금 전에 마신 우유가 차가웠는지 따뜻했는지도 기억하지 못했다. 하루가 어떻게 흘러갔는지도 분명하게 기억하지 못했다. 그저 아기 침대와 낯익은 나나가 있을 뿐 그는 아무것도 기억하지 못했다. 배가 고프면 울었고, 그게 전부였다. 낮과 밤이 흐르고 숨을 쉬었다. 그 위로 그의 귀에 간신히 들리는 웅얼거림과 간신히 식별되는 냄새와 빛과 어둠이 있었다.

모든 것이 어두워졌고 그가 누운 하얀 아기 침대와 위에서 움직이던 희미한 얼굴들, 따뜻하고 달콤한 우유향이 그의 뇌리에서 모두 사라져 버렸다.

얼음 궁전

1

태양이 그림물감통의 황금색 물감처럼 집을 적셨다. 군데군데 생겨난 그늘 덕에 흠뻑 햇빛을 머금은 광경이 더욱 강조되었다. 크고 우람한 나무들 뒤편에 버터워스와 라킨 가의 저택들이 숨어 있었다. 해퍼 가의 저택만 하루 종일 햇빛을 오롯이 받으며 흙먼지 날리는 도로변을 끈기 있게 지켰다. 9월 오후, 조지아 주 최남단의 탈턴 시였다.

샐리 캐롤 해퍼는 자기 방의 오십이 년 된 창턱에 십구 년 된 턱을 올려놓고 클라크 대로의 낡은 포드 자동차가 길모퉁이를 도는 것을 내려다보고 있었다. 차체 일부가 금속인 터라 열기를 모조리 받아들이고 더욱 달궈져서 차 안은 무척이나 뜨거웠다. 몸을 곧추세우고 운전석에 앉아 있는 클라크 대로는 자신이 예비 부품이며 곧 고장날 것이라 여기는 듯 고통스럽게 인내하는 표정이었다. 그는 흙바닥 위로 난 두 개의 바큇자국을 힘겹게 가로지르는 중이었고, 핸들은 그런 바큇자국을 만나서 화가 난 것처럼 삐거덕거렸다. 마침내 그가 험상궂게 인상을 쓰면서 스티어링 기어를 마지막으로 돌리고 해퍼 저택 계단 앞에 차를 댔다. 임종 때 나는 가래 끓는 소리처럼 구슬프고 높은 경적 소리가 들리더니 잠시 조용했다가 다시 깜짝 놀랄 정도로 크게 경적이 울렸다.

샐리 캐롤 해퍼는 나른하게 아래를 응시했다. 그녀는 하품을 하려다가 그러려면 창턱에서 턱을 들어야 한다는 사실을 깨닫고 다시 가만히 차를 내려다보았다. 차 주인은 자기가 보낸 신호에 답이 오기를 기다렸다. 그는 햇빛에 눈이 부셨지만 무시하고 그대로 앉아 있었다. 잠시 후 먼지 낀 공기를 가르며 다시 경적이 울렸다.

"좋은 아침이야."

클라크는 기다란 몸을 힘들게 비틀고 2층 창문을 올려다보았다.

"아침이 아닌데, 샐리 캐롤."

"아니었나?"

"지금 뭐 해?"

"사과 먹고 있어."

"수영하러 가자. 어때?"

"그러지 뭐."

"빨리 가자."

"알았어."

샐리 캐롤은 길게 한숨을 내쉬고 천천히 마룻바닥에서 몸을 일으켰다. 마룻바닥에 앉아 풋사과를 조금씩 베어 먹으며 여동생에게 줄 종이인형을 색칠하는 중이었다. 그녀는 거울 앞으로 다가가서 스스로도 즐겁고 남에게도 즐거움을 주는 나태한 몸짓으로 립스틱을 두 번 바르고 코에도 분을 살짝 발랐다. 옥수수 색의 단발머리 위에 장미가 흩어진 보닛도 썼다. 그러다가 그만 그림물감용 물을 차 버리고는 "이런 제길!" 하고 중얼댔다. 하지만 그녀는 쏟아진 물을 그냥 놔둔 채 방을 나갔다.

"안녕, 클라크!"

잠시 후 샐리 캐롤이 옆자리로 유연하게 올라타면서 인사했다.

"아주 좋아, 샐리 캐롤."

"어디로 수영하러 갈 건데?"

"웰리스 풀에 가자. 마릴린과 조 유잉에게 데리러 갈 거라고 해 뒀어."

클라크는 마르고 까무잡잡했다. 맨발로 걸어 다닐 때면 등이 다 구부정해 보였다. 두 눈은 험악해 보였고, 환한 미소를 자주 짓긴 하지만 그러지 않을 때는 까다로워 보였다. 그는 안락한 삶을 영위하고 차에 휘발유를 채워 둘 정도의 '수입'이 있었다. 조지아 공과대학을 졸업하고 지난 이 년 동안 고향의 나른한 거리를 배회하며 자신의 자본을 어떻게 투자해야 떼돈을 벌 것인지 이야기하며 보냈다.

그로서는 어슬렁대는 일이 몸에 잘 맞았다. 어린 소녀들은 아름답게 자라났고, 그중에서도 샐리 캐롤의 미모가 가장 뛰어났다. 그들은 같이 수영하고 춤추고 꽃향기 가득한 여름밤에 사랑을 나누었다. 다들 그를 무척 좋아했다. 여자들과 같이 있는 게 시들해질 때면, 언제나 새로운 일을 벌이길 좋아하는 젊은이 대여섯과 골프나 당구를 치거나 '자극적인 노란 액체'를 1쿼트 정도 마셨다. 가끔씩 또래의 친구가 뉴욕이나 필라델피아, 피츠버그로 일자리를 찾아 떠나기 전에 작별 인사를 하러 찾아오기도 했다. 그들은 주로 꿈같은 하늘과 개똥벌레가 날아다니는 저녁과 시끄러운 흑인 시장으로 이루어진 나른한 낙원에 머물렀다. 무엇보다 돈 대신 추억으로 살아가는 우아하고 나긋나긋한 목소리를 지닌 여자들의 낙원이었다.

포드 자동차는 흥분해서 분노하는 생명체로 변했고, 클라크와 샐리 캐롤이 밸리 애버뉴를 지나 제퍼슨 스트리트로 가는 동안 흙길은 포장도로가 되었다. 차는 몽롱한 기운이 감도는 밀리센트 플레이스의 부유한 저택 여섯 채를 지나 시내로 들어갔다. 사람들이 물건을 사러 나오는 시간대라 운전하기가 위험했다. 행인들은 도로를 불쑥불쑥 건넜고 소 떼는 나지막하게 울어 대면서 평온한 전차 앞으로 끌려갔다. 가게들도 곧 완전한 혼수상태로 빠져들기 전에 조금 열린 문으로 하품을 하는 듯했고 햇빛에 창문을 깜빡거리는 듯싶었다.

클라크가 느닷없이 물었다.

"샐리 캐롤, 약혼했다는 게 사실이야?"

그녀는 얼른 클라크를 쳐다보았다.

"어디서 그 이야기를 들었는데?"

"약혼한 게 사실이냐고."

"좋은 질문이야!"

"지난여름에 애슈빌에서 만난 양키 놈과 약혼했다고 어떤 여자애가 그러던데."

샐리 캐롤이 한숨을 내쉬었다.

"여기만큼 소문을 밝히는 곳은 본 적이 없어."

"양키 놈과 결혼하지 마, 샐리 캐롤. 넌 여기 있어야 해."

샐리 캐롤은 잠시 아무 말도 없다가 갑자기 물었다.

"클라크, 도대체 내가 누구와 결혼해야 하지?"

"난 어때?"

"넌 아내를 부양할 능력이 없어. 어쨌든 난 널 너무 잘 알기 때문에 사랑에 빠질 수 없어."

그녀가 명랑하게 말했다.

"그렇다고 양키와 결혼해야 한다는 건 아니지."

그가 우겼다.

"그 사람을 사랑한다면?"

그가 고개를 저었다.

"그럴 수 없어. 그는 모든 면에서 우리와 많이 다를 거야."

그는 다 낡고 허름한 집 앞에 차를 세웠다. 마릴린 웨이드와 조 유잉이 현관에 나타났다.

"어, 샐리 캐롤!"

"안녕!"

"다들 어때?"

"약혼했다며?"

차가 다시 출발하자 마릴린이 물었다.

"도대체 이 소문이 어디에서 시작된 거지? 내가 누군가를 쳐다보기만 해도 다들 그 사람과 약혼했다고 여기는 거야?"

클라크는 덜걱거리는 앞유리의 볼트를 노려보다가 무척 궁금한 것처럼 질문을 던졌다.

"샐리 캐롤, 넌 우릴 좋아하지 않아?"

"뭐라고?"

"여기 우리 말이야."

"클라크, 내가 어떤지 잘 알잖아? 너희 모두를 아주 좋아해."

"그런데 왜 양키 놈과 약혼한 거야?"

"나도 몰라. 내가 뭘 할 건지 확신하진 못하지만, 음, 여기저기 다니면서 사람들을 만나고 싶어. 내 영혼이 자랐으면 해. 여러 일들이 더 크게 벌어지는 곳에서 살아 보고 싶고."

"그게 무슨 소리야?"

"아, 클라크, 널 사랑해. 여기 조도 사랑해. 그리고 밴 애롯과 너희 모두. 하지만 너희들은, 너희들은……."

"모두 낙오자라고?"

"그래, 이건 돈 문제만은 아니야. 뭐랄까, 무능하고 슬프고. 아, 어떻게 말해야 하지?"

"우리가 여기 탈턴에 살기 때문이라는 거야?"

"그래, 클라크. 또 그걸 좋아하잖아. 생각을 바꾸거나 앞으로 나아갈 생각은 절대로 하고 싶어 하지도 않고."

그가 고개를 끄덕이자 그녀가 손을 뻗어 그의 손에 자기 손을 포개며 다정하게 말했다.

"클라크, 이 세상을 다 준다 해도 너와 바꾸지는 않을 거야. 너는 너 나름대로 매력이 있어. 너를 낙오자로 만드는 요소들을 나는 언제까지고 사랑할 거야. 과거 속에 사는 것이며, 네가 보내는 나른한 낮과 밤, 그리고 부주의하고 여유로운 성격까지도."

"그런데 가 버리겠다고?"

"그래, 절대로 너와 결혼할 수 없으니까. 내 마음속에 있는 네 자리에는 아무도 들어올 수 없어. 하지만 여기 묶여 있으면 난 쉴 수 없어. 날 탕진하는 기분이야. 너도 알겠지만 나에게는 양면성이 있어. 네가 사랑하는 건 나른하고 오래된 면이야. 또 에너지도 있지. 열광적으로 일을 벌이는 감정. 그것도 쓸모가 있는 곳이 있겠지. 내 미모가 사라진 후에도 그건 여전히 남을 거야."

그녀는 습관대로 갑자기 말을 끊고 한숨을 내쉬다가 기분이 변했는지 "아, 넌 매력적이야!"라고 말했다.

그녀는 눈을 반쯤 감고 고개를 좌석 등받이 위로 젖혔다. 향긋한 산들바람이 두 눈에 부채질을 해 주었고 곱슬거리는 단발머리가 물결처럼 흔들렸다. 자동차는 어느새 시골길로 접어들어 연녹색의 관목 숲과 풀길 사이를 빠르게 질주했다. 커다란 나뭇잎들이 시원스러운 환영의 손짓을 보내 주었다. 흑인들이 사는 낡은 오두막 앞을 지나칠 때면 백발의 늙은 흑인들이 현관 옆에 앉아 옥수수 속대로 만든 곰방대로 담배를 피우는 모습을 볼 수 있었다. 대충 옷을 걸친 흑인 아이 대여섯이 집 앞의 무성한 풀밭에서 낡은 인형들을 행진시키며 놀았다. 더 멀리에는 목화밭이 한가로이 펼쳐져 있었는데, 목화밭의 일꾼들마저 태양이 대지에 빌려 준 손댈 수 없는 그림자처럼 보였다. 그들은 노동을 하러 온 게 아니라 9월의 황금빛 들판에서 오래된 전통에 따라 유유자적하라며 보내진 것 같았다. 그림처럼 나른한 풍경 주변의 나무와 오두막과 진흙길 너머로 열기가 흘렀다. 어린 대지에게 따뜻하고 영양 가득한 젖가슴처럼 위안만을 안겨 주는, 적대감이라고는 전혀 없는 그런 열기였다.

"샐리 캐롤, 다 왔어!"

"이 귀여운 친구는 깊이 잠들었는데."

"자기, 이제 드디어 완전한 나태로 들어선 거야?"

"물이야, 샐리 캐롤! 시원한 물이 널 기다려."

그녀는 졸린 눈을 뜨고 미소 지으며 중얼댔다. "안녕!"

2

11월에 북부 도시에서 키 크고 어깨가 벌어지고 활기찬 해리 벨라미가 나흘간 지낼 셈으로 내려왔다. 지난여름 노스캐롤라이나 주의 애슈빌에서 샐리 캐롤을 만난 이후로 질질 끌어 오던 문제를 담판 지을 작정이었다. 그 일은 어느 조용한 낮부터 저녁까지 타오르는 불 앞에서 진행되었다. 해리 벨라미는 샐리가 원하는 것을 전부 갖고 있었고, 그녀는 사랑을 위해 남겨 두었던 자신만의 특성으로 그를 사랑했다. 샐리 캐롤에게는 확실하게 정의될 수 있는 특성이 그 외에도 몇 가지 있었다.

그가 떠나는 날 오후에 그들은 함께 산책했고, 그녀는 혼자서 자주 들르던 묘지로 자신도 모르게 발걸음을 옮겼다. 늦은 오후의 유쾌한 햇빛 아래로 어릿어릿한 흰색과 반짝이는 초록색의 묘지가 보이자 그녀는 망설이며 철문 옆에서 걸음을 멈추었다.

"당신은 원래 우울한 편이야?"

그녀가 살짝 미소를 지으며 물었다.

"우울한 편이냐고? 전혀."

"그렇다면 안으로 들어가자. 묘지에 오면 우울해하는 사람들도 있지만 난 좋더라."

그들은 문을 지나 파도처럼 무덤이 들어선 계곡 사이의 길을 걸었다. 1850년대의 무덤에는 탁한 회색빛 먼지와 곰팡이가 끼었고, 1870년대 무덤은 꽃과 항아리 모양으로 기이하게 조각되어 있었다. 1890년대 무덤은 가증스럽고 통통한 대리석 천사들이 돌베개에서 몽롱하게 잠들어 있고, 이름 모를 화강암 꽃들은 거대하게 만개해 있었다. 무덤 앞에 꽃을 바치고 무릎을 꿇은 사람도 가끔 보였지만, 대부분의 무덤 위에는 침묵과 시든 나뭇잎만 쌓여 있었고, 살아 있는 사람들이 그림자 같은 추억을 통해서만 되새길 수 있는 그런 향기가 맴돌았다.

언덕 꼭대기에 올라가 보니 높고 둥근 묘석 하나가 보였다. 축축하고 시커먼 반점으로 군데군데 얼룩지고 덩굴로 반쯤 덮인 묘석이었다.

샐리 캐롤이 비명(碑銘)을 읽었다.

"마저리 리. 1844년부터 1873년까지. 이 여자 멋지지 않아? 스물아홉 살에 죽었대. 사랑스러운 마저리 리가."

그녀가 부드러운 목소리로 덧붙였다.

"당신은 이 여자가 보이지 않아?"

"그래, 보여."

그의 손 안으로 작은 손이 쑥 들어왔다.

"흑인인 것 같아. 언제나 머리에 리본을 달고 밝은 파란색과 빛바랜 장밋빛의 화려한 후프 치마*를 입었을 거야."

---

* 치마를 풍성하게 보이게 하려고 고래 뼈나 철사 등으로 만든 버팀살을 넣은 속치마.

"그래."

"아, 정말 사랑스러운 여자야! 지붕이 달린 웅장한 현관에
서서 손님들을 맞이하는 여자였을 거야. 전쟁터에 나가면서 꼭
돌아오겠다고 다짐한 남자들이 많았지만 결국 아무도 돌아오
지 못했겠지."

그는 묘석 옆으로 가서 몸을 숙여 결혼 기록이 있는지 찾아
보았다.

"여기에는 구체적인 정보가 없는데."

"물론 없지. '마저리 리'와 저 명쾌한 날짜보다 더 좋은 게
있겠어?"

그녀가 그의 옆으로 다가갔다. 그녀의 노란 머리가 자신의
뺨에 닿자 그는 뜻밖에도 목에 덩어리가 걸리는 기분이었다.

"그녀가 어땠는지 보이지, 해리?"

그가 다정하게 대답했다.

"그래, 당신의 소중한 눈 속으로 보이는군. 지금 당신이 아
름다운 것처럼 그녀도 틀림없이 그랬겠지."

그들은 아무 말 없이 나란히 서 있었고, 그는 그녀의 어깨
가 가볍게 떨린다고 느꼈다. 언덕 위로 바람이 느릿느릿 불어
와 비스듬하게 씌워진 그녀의 모자 테두리를 건드렸다.

"저기 내려가 보자."

샐리 캐롤이 언덕 맞은편의 평지를 가리켰다. 초록색 잔디
를 따라 희끄무레한 천 개의 십자가가 차곡차곡 쌓인 군대 무
기처럼 질서정연하게 끝없이 서 있었다.

"남군 전사자들이야."

샐리 캐롤이 짧게 말했다.

그들은 함께 걸으며 비명을 읽었다. 비명이라고 해 봐야 이름과 날짜뿐이고, 알아보기 힘든 것도 있었다.

"마지막 줄이 제일 슬퍼. 저길 봐. 십자가마다 날짜만 있고 '무명씨'라고 적혀 있어."

그녀가 눈물이 그렁그렁한 눈으로 그를 바라보았다.

"그게 얼마나 현실처럼 다가오는지 말로 표현할 수 없어. 당신은 모를 거야."

"당신이 저걸 보고 느끼는 그 마음이 나에겐 아름답기만 한데."

"아니, 아니야. 내가 아니라 그들이 그렇지. 내가 내 안에서 살고자 노력했던 그 옛날 말이야. 그들은 분명 중요하지 않은 사람들이었으니까 '무명씨'가 되었겠지. 그래도 그들은 이 세상에서 가장 아름다운 것, 바로 죽은 남부를 위해 죽었어."

그녀는 여전히 허스키한 목소리로 눈물 지으며 말을 이었다. 두 눈이 눈물로 반짝였다.

"당신도 알겠지만, 사람들은 이런 꿈을 사물에 고정시켜 왔고, 난 늘 그런 꿈과 함께 자랐어. 다들 죽었고 아무런 환멸도 느껴지지 않아서 아주 쉬운 일이었지. 난 '가진 자의 의무'라는 과거의 기준에 맞춰 살려고 나름대로 노력했어. 그마저 우리 주변에서 죽어 가는 오래된 정원의 장미처럼 마지막 잔여물만 남았지만. 일부 남자들의 해괴한 기사도 정신이나 옆집에 살던 남군 병사, 또 몇몇 흑인들에게서 들었던 이야기들이야. 그건 정말 대단한 거야, 해리! 당신에게 이해하라고 하지는 못하겠지만 그래도 분명히 있어."

"나도 이해해."

그가 또다시 그녀에게 다짐하듯 대답했다.

샐리 캐롤은 미소를 지으면서 그의 가슴주머니에서 튀어나온 손수건 끝자락으로 눈가의 물기를 닦아 냈다.

"당신은 우울해할 필요 없어. 눈물이 나긴 해도 여기만 오면 행복해지고 힘도 얻는걸."

그들은 손을 잡은 채 발길을 돌려 천천히 내려왔다. 둘은 샐리 캐롤이 찾아낸 부드러운 잔디밭에 이어진 나지막하고 부서진 벽에 등을 기대고 나란히 앉았다.

"저 노인네 셋만 없으면 키스하고 싶어, 샐리 캐롤."

그가 불평하듯 내뱉었다.

"나도."

그들은 고개를 숙인 세 노인이 자리를 옮기기를 초조하게 기다렸다. 그다음에 그녀가 그에게 키스했다. 황홀하고 영원한 그 순간에 하늘이 희미해지고 그녀의 미소와 눈물도 모두 사라지는 것 같았다.

그들은 다시 천천히 걸었다. 하늘 한 귀퉁이에서 황혼이 낮의 끝자락을 붙잡으며 나른하게 흑백의 장기놀이를 벌이고 있었다.

"1월 중순에는 올라와서 적어도 한 달은 머물러야 해. 근사할 거야. 겨울 축제가 열리는데, 당신은 진짜 눈을 본 적이 없으니까 꼭 동화 나라 같겠지. 스케이트랑 스키는 물론이고 터보건*과 썰매도 타야지. 눈신발을 신고 횃불 행진도 할 거야. 지난 몇 년 동안 겨울 축제가 한 번도 열리지 않아서 이번에는

---

* 바닥이 평평한 썰매.

끝내 주게 할 작정이래."

"춥진 않을까?"

그녀가 문득 생각났다는 듯이 물었다.

"전혀. 코끝은 얼겠지만 몸이 떨릴 정도로 춥지는 않아. 차갑고 건조하긴 할 테지만."

"나는 여름 아이인 것 같아. 지금까지 겪어 본 추위는 다 질색이었어."

그녀가 말을 멈추었고 그들은 잠시 아무 말도 하지 않았다. 그가 천천히 물었다.

"샐리 캐롤, 그러면…… 3월은 어때?"

"당신을 사랑해."

"3월?"

"3월이야, 해리."

3

풀먼식* 차량에서 밤을 보내는 건 매우 추웠다. 샐리는 짐꾼에게 담요 한 장을 더 달라고 부탁했지만 얻을 수 없었다. 몇 시간이라도 자 보려고 침대보를 반으로 접고 침대 속으로 파고들어 보았지만 잠이 오지 않았다. 그녀는 아침에 최고로 근사해 보이고 싶었다.

그녀는 6시에 일어나서 불편하게 옷을 갈아입고 커피를 마

* 침대 시설을 갖춘 안락한 기차.

시러 식당 칸으로 비틀거리며 걸어갔다. 중간 통로로 눈이 스며들어서 바닥이 미끄러웠다. 추위는 음모를 꾸미듯 어디에나 스며들었다. 그녀는 숨을 내쉬었다가 숨이 하얗게 살아나는 것을 보고 재미 삼아 계속 숨을 내쉬었다. 식당 칸에 자리를 잡고 창밖으로 하얀 언덕과 계곡, 드문드문 솟아오른 소나무를 바라보았다. 소나무 가지들이 차가운 눈의 축제를 위해 준비된 초록색 접시처럼 보였다. 외딴 농가를 스쳐 지나갈 때면 하얀 황무지에 집만 덩그러니 서 있는 모습이 볼품사납고 황량하고 외로워 보였다. 그런 집을 지나칠 때마다 그녀는 봄을 기다리며 그 집 안에 갇혀 있을 사람들에게 차가운 연민을 느꼈다.

샐리 캐롤은 식당 칸에서 비틀대며 침대칸으로 돌아오면서 기운이 샘솟는 걸 느꼈다. 해리가 말했던 기운을 돋운다는 상쾌한 공기인 듯싶었다. 여기는 북부, 북부다. 이제 그녀의 땅이다!

불어라 바람아, 야호!
나는 배를 저을 거야.

그녀는 혼자 활기차게 노래를 불렀다.
"무슨 노래죠?"
짐꾼이 예의 바르게 물었다.
"'헤치고 나가'라고 했어요."
전봇대의 긴 전선이 두 배로 늘어났다. 기찻길 두 개가 기차 옆으로 달렸다. 셋, 아니 넷이었다. 지붕이 새하얀 집들이 줄줄이 이어지고 차창에 서리가 낀 전차들의 모습도 힐끗 보이고 도로도 더 많아졌다. 이제 도시다.

그녀는 서리 낀 정거장에서 잠시 멍하니 서 있었다. 그때 모피로 몸을 감싼 세 사람이 그녀를 향해 걸어왔다.

"저기다!"

"아, 샐리 캐롤!"

샐리 캐롤이 가방을 떨어트렸다.

"안녕!"

어렴풋이 낯익고 얼음처럼 차가운 얼굴이 다가와 그녀에게 키스했다. 그녀는 두꺼운 김을 내뱉는 얼굴들에 둘러싸여 악수를 했다. 고든과 마이러 부부였다. 고든은 서른 살의 땅딸막하고 진지한 남자로, 해리를 어설프게 따라 하다 만 것 같았다. 그의 아내인 마이러는 냉담해 보이는 여자였는데, 모피 모자 아래로 담황색의 머리카락이 드러나 있었다. 샐리 캐롤은 그녀를 보자마자 스칸디나비아 사람 같다고 생각했다. 유쾌한 운전기사가 그녀의 가방을 들어 주었다. 그들은 감탄사를 연발하며 짧은 말을 주고받았고, 마이러는 예의를 차리듯이 계속 "내 사랑하는 사람들"이라고 불렀다. 그들은 이렇게 떠들며 정거장 밖으로 몰려나갔다.

그들은 세단 자동차에 올라 눈 내리는 구불구불한 거리를 계속 달렸다. 수십 명의 어린아이가 청과상 마차와 자동차 뒤에 썰매를 매달고 돌아다녔다.

"아, 나도 타 보고 싶어. 우리도 할 수 있지, 해리?"

샐리 캐롤이 외쳤다.

"아이들이나 저러는 거지. 그래도 우리는……."

"서커스 같은데!"

그녀가 아쉬워하며 대답했다.

하얀 눈이 쌓인 언덕에 넓게 뻗어 있는 해리의 목조 가옥에서 샐리 캐롤은 괜찮다고 인정해 줄 만한 남자와 계란처럼 생긴 부인을 만났는데, 부인이 그녀에게 입맞춤해 주었다. 이 두 사람이 바로 해리의 부모님이었다. 뚝뚝 끊어지는 인사말, 뜨거운 물, 베이컨, 계란으로 뒤죽박죽 채워진 혼란스러운 한 시간이 흘렀다. 숨을 내쉬기도, 설명하기도 어려운 그 시간이 지나고 마침내 서재에 해리와 단둘이 남게 되자 샐리 캐롤은 담배를 피워도 되느냐고 물어보았다.

서재는 넓었다. 벽난로 위에 성모마리아 그림이 걸려 있었다. 환한 금색, 어두운 금색, 반짝이는 빨간색 표지의 책들이 줄지어 꽂혔고 의자마다 머리를 기대는 부분에 작고 네모난 레이스가 놓였다. 소파는 안락했고, 책들은 적어도 일부는 읽은 것 같았다. 샐리 캐롤은 자기 집의 낡은 서재를 떠올렸다. 아버지의 커다란 의학 도서와 증조부 세 명의 유화, 그리고 지난 사십오 년 동안 수선되어 왔지만 여전히 거기에서 꿈을 꾸기엔 호화로운 오래된 소파까지도. 이 방은 매력적이지도, 그렇다고 아주 보기 싫지도 않다. 그저 모두 십오 년 정도 되어 보이고 꽤 값나가는 물건이 가득 찬 방일 뿐이었다.

"여기 올라오니까 어때? 놀랍지 않아? 기대한 그대로야?"

해리가 진지하게 물었다.

"당신이 그래, 해리."

그녀가 차분하게 대답하고 그를 향해 두 팔을 뻗었다.

그는 짧게 키스한 후에 좀 더 열정적인 대답을 들었으면 하는 것처럼 다시 질문을 던졌다.

"그러니까 이 도시 말이야, 맘에 들어? 대기에서 펄펄한 힘이 느껴지지 않아?"

그녀가 크게 웃었다.

"해리, 시간 좀 줘. 그렇게 질문을 연거푸 하면 어떡하라고?"

그녀는 담배를 피우며 만족스럽게 숨을 내쉬었다.

그가 변명하듯이 말했다.

"당신에게 부탁하고 싶은 게 하나 있어. 당신 같은 남부 사람들은 가족이며 뭐 그런 걸 중시하지. 그게 옳지 않다는 건 아니지만, 여긴 좀 다를 거야. 무슨 말이냐 하면, 당신은 여러 가지를 보게 될 거야. 처음에는 다소 천박하게 과시하는 것 같겠지만, 여기가 겨우 삼대(三代)의 도시라는 걸 잊지 마. 모두 아버지가 있고 절반은 할아버지가 있지. 하지만 그 위로는 없어."

"그래." 그녀가 중얼댔다.

"알다시피 우리 할아버지들이 이곳을 세웠는데, 그때는 별 볼일 없는 직업을 가진 사람도 많았어. 예를 들자면 현재 이 도시에서 사회적으로 모범이 되는 여인이 있는데 음, 그녀의 아버지는 이 시 최초의 공공 쓰레기 청소부였어. 뭐 그런 식이야."

"왜 내가 여기 사람들에 대해 평을 할 거라고 생각한 거야?"

샐리 캐롤이 궁금한 마음에 물었다.

해리가 얼른 대답했다. "아니, 그런 건 전혀 아니야. 또 내가 뭘 변명하는 것도 아니고. 실은 지난여름에 남부 출신의 여자가 여기 왔다가 불미스러운 말을 좀 했어. 그래서 당신에게도 말해 줘야겠다고 생각한 거야."

샐리 캐롤은 부당하게 매를 맞은 것처럼 갑자기 화가 났다. 그런데 해리는 이 문제는 이미 해결되었다고 여겼는지 다시 열정적으로 말했다.

"당신도 알겠지만 요즘은 축제 기간이야. 십 년 만에 처음이지. 또 1885년 이후 처음으로 얼음 궁전을 짓고 있어. 최고로 깨끗한 얼음을 구해서 어마어마한 규모로 만드는 거지."

그녀는 일어나서 창가로 걸어가 묵직한 터키 휘장을 옆으로 밀고 밖을 내다보았다.

그녀가 갑자기 소리쳤다. "와! 저기 어린애 둘이 눈사람을 만들고 있어. 나가서 도와줘도 될까?"

"꿈도 꾸지 마. 이리 와서 키스해 줘."

그녀는 마지못해하며 창가에서 돌아왔다.

"여기가 키스할 만한 날씨 같지는 않은데. 무슨 말이냐 하면, 그냥 앉아 있고 싶지는 않다는 거야. 당신은 어때?"

"나도 그래. 당신이 여기 머무는 첫 주에 휴가를 얻어 두었고, 오늘 밤엔 댄스파티도 있어."

그녀는 그의 무릎과 베개에 몸을 반반씩 기대고 속내를 털어놓았다.

"해리, 난 정말 혼란스러워. 내가 여길 좋아하게 될지 잘 모르겠고, 사람들이 뭘 기대하는지도 모르니까 당신이 도와줘야 해."

"그렇게. 당신은 여기 와서 기쁘다고 말해 주기만 하면 돼." 그가 부드럽게 말했다.

"기뻐, 정말 기뻐! 당신이 있는 곳이 바로 내 집이야, 해리." 그녀가 속삭이며 자신만의 특이한 방식으로 그의 품을 파고들었다.

　그녀는 평생 거의 처음으로 자신이 연기를 한다고 느꼈다.

　그날 밤 열린 파티의 빛나는 촛불들 사이에서 대화는 주로 남자들이 주도했고, 여자들은 오만하고 값비싼 표정으로 고독하게 앉아 있었다. 그래서인지 왼쪽에 해리가 앉아 있는데도 샐리 캐롤은 편안한 기분이 들지 않았다.

　"사람들 모두 잘생기지 않았어? 주위를 둘러봐. 저기 스퍼드 허바드는 작년에 프린스턴에서 럭비 태클을 맡았어. 주니 모턴과 그 옆의 빨강 머리는 둘 다 예일대 하키 주장이었지. 주니는 나와 동창이야. 음, 세계 최고의 운동 선수들이 여기다 몰려와 있어. 여기는 남자들의 나라야. 존 J. 피시번을 봐!"

　"그 사람이 누군데?" 샐리 캐롤이 순진하게 물었다.

　"정말 몰라?"

　"이름은 들어 봤어."

　"북서부에서 가장 대단한 밀 판매업자이자 국내 최대 금융가야."

　오른쪽에서 어떤 목소리가 들려서 그녀가 고개를 돌렸다.

　"사람들이 깜빡 잊고 우리를 소개시켜 주지 않았나 봅니다. 전 로저 패턴이라고 합니다."

　"전 샐리 캐롤 해퍼예요." 그녀가 우아하게 이름을 말했다.

　"아, 알아요. 해리가 당신이 온다고 했지요."

　"친척이신가요?"

　"아뇨, 교수입니다."

　"아." 그녀가 크게 웃었다.

　"대학교에 있죠. 당신은 남부 출신이죠?"

"네, 조지아 주 탈턴이죠."

그녀는 그를 보자마자 마음에 들었다. 붉은 기가 도는 갈색 콧수염 위로 물기 많은 파란 눈이 빛났다. 이곳의 다른 눈에는 결여된 그 무언가, 일종의 감상적인 느낌이 그 눈에 들어 있었다. 그들은 저녁 식사를 하며 띄엄띄엄 이야기를 나누었고 그녀는 그를 다시 만나야겠다고 생각했다.

커피를 마신 후에 그녀는 잘생긴 여러 젊은이들을 소개받았다. 그들은 의식적으로 정확하게 춤을 추었고 그녀가 당연히 해리에 대해서만 이야기하고 싶어 할 거라고 여겼다.

'이런, 저 사람들은 내가 약혼을 했으니까 자기네들보다 더 나이가 많다고 여기고 있어. 마치 내가 자기네 엄마들에게 자기네들 얘기를 할 것처럼 말이야.' 그녀가 생각했다.

남부에서는 약혼녀나 젊은 기혼녀도 사교계에 처음 발을 디딘 여인에게 베풀어지는 조금은 가식적인 농담이나 찬사를 똑같이 기대할 수 있었지만, 여기에서는 그런 것이 전부 금지된 것 같았다. 한 젊은이가 샐리 캐롤에게 그녀가 안으로 들어온 순간부터 그 눈에 매혹되었다고 말하다가 그녀가 벨라미가를 방문한 해리의 약혼녀라는 사실을 알고는 몹시 당혹스러워했다. 그는 외설적이고 용서받을 수 없는 실수를 저질렀다고 느끼는 모양이었다. 그는 얼른 격식을 갖추어 그녀를 대하면서 기회만 엿보다가 곧 자리를 떴다.

그녀는 로저 패턴이 다가와서 잠깐 밖에 나가서 앉아 있자고 청하자 기쁘기까지 했다.

"음, 남부에서 온 카르멘은 기분이 어떤가요?" 그가 유쾌하게 눈을 껌뻑이며 물었다.

"아주 좋아요. 위험한 댄 맥그루*는 기분이 어때요? 미안해요, 잘 아는 북부 사람이 그 사람뿐이라서요."

그는 그녀의 농담을 즐기는 것 같았다.

그가 고백했다. "물론 문학 교수로서 나는 위험한 댄 맥그루를 읽어서는 안 되지요."

"여기 토박인가요?"

"아뇨. 필라델피아 출신입니다. 하버드 대학교에서 프랑스어 강의를 하라고 수입된 처지입니다. 그래도 여기 온 지 십 년이 되었어요."

"나보다 구 년하고도 364일 더 오래 있었군요."

"여기가 마음에 들어요?"

"뭐 그냥. 그럼요!"

"정말이요?"

"음, 그러지 않을 이유라도 있나요? 내가 재미있어하는 것 같지 않아요?"

"방금 전에 창밖을 보며 몸을 떠는 걸 봤어요."

샐리 캐롤이 웃었다. "뭔가를 상상했을 뿐이에요. 난 밖이 조용한 데 익숙해요. 그런데 밖을 내다보다가 눈발이 휘날리는 걸 보니까 죽은 것이 움직이는 것 같았어요."

그가 알아듣겠다는 듯이 고개를 끄덕였다.

"북부가 처음인가요?"

"노스캐롤라이나 주 애슈빌에서 7월을 두 번 보냈어요."

"모두 잘생기지 않았어요?" 플로어에서 몸을 휘감듯 움직이

---

* 러시아 혁명과 역사에 정통한 로버트 서비스가 쓴 동명소설의 주인공.

는 사람들을 가리키며 그가 물었다.

셀리 캐롤은 깜짝 놀랐다. 해리가 했던 말과 똑같았다.

"그럼요. 그들은…… 개 같아요."

"뭐라고요?"

그녀가 얼굴을 붉혔다.

"미안해요. 말로 옮기자니 생각보다 더 이상하게 들리네요. 당신은 내가 성별에 무관하게 사람들을 개나 고양이로 분류한다고 여기겠군요."

"당신은 어느 쪽이죠?"

"난 고양이죠. 당신도 마찬가지고. 남부 남자 대부분과 여기 여자 대부분이 그렇죠."

"해리는요?"

"해리는 분명히 갯과(科)죠. 오늘 밤 본 남자들도 모두 개 같아요."

"'갯과'라는 게 무슨 의미죠? 민감성과 대비되는 과도한 남성성을 뜻하나요?"

"그런 것 같아요. 따로 분석해 본 적은 없지만요. 그냥 사람들을 보면 바로 '갯과'나 '고양잇과'라고 느끼게 돼요. 좀 엉뚱하죠."

"천만에요. 흥미로운데요. 나도 이 사람들에 대해 나름대로 이론을 가지고 있어요. 나는 그들이 얼어붙고 있다고 생각해요."

"뭐라고요?"

"스웨덴인처럼, 그러니까 입센처럼 성장한다고도 생각해요. 점차 우울하고 침울해지죠. 겨울이 이렇게 오래가니까요. 입센의 글을 읽어 본 적이 있나요?"

그녀가 고개를 저었다.

"음, 그의 인물들은 생각이 많고 엄정하죠. 공정하지만 편협하고 웃음이 없어요. 아주 슬퍼하거나 아주 기뻐할 가능성도 전혀 없죠."

"미소나 눈물도 없나요?"

"바로 그래요. 그게 내 이론이죠. 당신은 여기에서 스웨덴인 수천 명을 보게 될 겁니다. 자기 고향과 기후가 비슷해서 오는 모양인데, 점차 여기 사람들과 섞여 들죠. 오늘 밤 여기엔 여섯 명 정도지만 지금까지 스웨덴 출신 주지사가 넷이나 있었어요. 내 말이 지루하지는 않나요?"

"아주 흥미로워요."

"미래에 당신의 동서가 될 분도 스웨덴계이죠. 난 개인적으로 그녀를 좋아하지만, 전반적으로 스웨덴인들이 우리에게 좋은 영향을 주지 못한다는 게 내 이론이에요. 스칸디나비아인들의 자살률이 전 세계에서 가장 높다는 건 알죠?"

"그렇게 우울하다면서 당신은 왜 여기 사는 건가요?"

"아, 나는 상관없어요. 나는 은둔 생활을 즐기는 편이고 어쨌든 사람보다는 책을 더 중요하게 여기니까요."

"하지만 작가들은 모두 남부가 비극적이라고 해요. 당신도 알 거예요. 스페인의 아가씨들이며 검은 머리, 단도, 잊을 수 없는 음악 등등이요."

그가 고개를 저었다.

"아뇨. 북부 사람이야말로 비극적이죠. 그들은 눈물이라는 즐거운 사치를 누릴 줄도 모르니까요."

샐리 캐롤은 자신이 들르곤 하는 묘지를 떠올렸다. 묘지가 자신을 우울하게 만들지 않는다고 말했던 것과 대강 일맥상통하는 이야기 같았다.

"이탈리아인들은 세계에서 가장 즐거운 민족일걸요. 지루한 주제이긴 하지만." 그가 잠시 말을 끊었다. "어쨌든 당신이 꽤 괜찮은 남자와 결혼하는 거라고 말하고 싶었어요."

샐리 캐롤은 충동적인 확신에 감동을 받았다.

"나도 알아요. 어느 시점이 지나면 누가 날 돌봐 주었으면 하는 마음이 들거든요. 또 그렇게 될 거라고 확신하죠."

"우리 춤출까요? 당신도 알겠지만." 그는 그녀와 함께 일어나면서 말했다. "자기가 왜 결혼하는지 아는 여자분을 만난다는 건 고무적인 일입니다. 구십 퍼센트는 결혼이 영화에 나오듯 일몰을 향해 걸어 들어가는 거라고 생각하니까요."

샐리 캐롤이 웃음을 터트렸다. 그가 너무나 맘에 들었다.

두 시간 후 집에 돌아오는 길에 그녀는 뒷좌석에서 해리 옆에 바싹 다가앉아 속삭였다. "아, 해리, 너무 추워!"

"여긴 따뜻해, 자기야."

"하지만 밖은 추워. 아, 저 울부짖는 바람 소리 좀 들어 봐."

그녀는 그의 모피 코트에 얼굴을 파묻었다. 그가 차가운 입술로 귀 끝에 키스를 하자 그녀는 자기도 모르게 몸을 부르르 떨었다.

4

첫 주는 소용돌이처럼 지나갔다. 샐리 캐롤은 추운 1월의 황혼 무렵에 자동차 뒤에 터보건을 매달고 달려 보겠다는 다짐을 지킬 수 있었다. 어느 날 아침 컨트리클럽 언덕에서 그녀는 모피로 몸을 둘둘 감싸고 터보건을 탔다. 스키도 타 보았다. 한순간 영광스럽게 허공을 가르다가 포근한 눈 위로 웃으면서 떨어져서 엉망진창의 신세가 되기도 했다. 오후의 흐릿한 햇빛 아래에서 눈신발을 신고 눈부신 평원을 달리는 스노슈잉을 했던 일을 제외한다면 겨울 놀이는 다 즐거웠다. 그러나 그녀는 이런 놀이가 아이들이나 즐기는 거라는 사실을 곧 깨닫게 되었다. 자신이 웃음거리가 되었다는 것과 자기 혼자 즐거운 기분에 젖어 주변 사람들도 함께 즐거워한다고 착각했다는 것도.

처음에는 벨라미가 사람들이 그녀를 당혹스럽게 했다. 그나마 남자들은 믿을 만하고 마음에 들었다. 특히 벨라미 씨가 원래 켄터키 출신이라는 것을 알게 된 후에는 그의 강철 같은 회색 머리카락과 힘이 넘치는 권위까지 좋아졌다. 고향으로 인해 과거의 삶과 새로운 삶 사이에 유대 관계가 형성된 셈이었다. 반면 여자들에게는 분명하게 적대감을 느꼈다. 예비 동서 마이러는 아무 활기도 없고 관습만 몸에 밴 것 같았고, 말투도 개성이라고는 전혀 찾아볼 수가 없었다. 여자도 당연히 자신만의 매력과 자신감이 있어야 한다고 생각하는 남부에서 온 샐리 캐롤은 그녀를 경멸하게 되었다.

'저 여자들에게 미모마저 없다면 아무것도 아니겠지. 눈앞에서 그대로 사라지는 것 같아. 여자들은 아름다운 가축에 불과하고 어디에서나 남자가 중심이야.' 샐리 캐롤은 생각했다.

마지막으로 벨라미 부인이 있는데, 샐리 캐롤은 부인을 몹시 싫어했다. 계란 같아 보이던 첫 인상 그대로였다. 목소리는 갈라진 심줄처럼 끽끽거리는 데다가 행동거지는 너무나 어색하고 볼품이 없는 계란 같아서 넘어지면 그대로 스크램블*이 될 것 같았다. 더욱이 부인은 외지인들에게 본능적으로 적대감을 드러낸다는 점에서 그 시(市)의 전형적인 인물이기도 했다. 부인은 이름이 둘이나 되는 건 고루하고 우스꽝스러운 별명에 지나지 않는다며 샐리 캐롤을 '샐리'라고 불렀다. 샐리 캐롤의 입장에서는 누가 자기 이름을 절반만 부른다는 것이 공공장소에서 옷을 입다 만 것이나 진배없었다. 그녀는 '샐리 캐롤'이라는 이름은 아주 좋아했지만 '샐리'는 혐오했다. 또한 부인이 자신의 단발머리를 인정하지 않는다는 것도 신경이 쓰였다. 도착한 날에 부인이 코를 킁킁대며 서재로 들이닥친 이후로 아래층에서는 담배도 피울 수 없었다.

북부에서 만난 남자 중에서는 로저 패턴이 가장 마음에 들었다. 그는 집에도 자주 들렀지만, 사람들이 입센 식이라는 이야기를 다시는 하지 않았다. 하루는 샐리 캐롤이 소파에 몸을 웅크리고 「페르귄트」**를 읽는 모습을 본 그가 크게 웃으면서 자기가 했던 말은 전부 헛소리니까 잊으라고 했다.

둘째 주의 어느 오후에 샐리 캐롤과 해리는 위험하고 아슬

---

* 계란 요리와 '기어가다'라는 두 가지 뜻이 있다.
** 입센의 5막 극시.

아슬한 말다툼을 벌였다. 그녀는 다툼의 원인이 오로지 해리 때문이라고 생각했지만, 사실 이번 말다툼에서 '세르비아'*가 된 것은, 다리지도 않은 바지를 입은 어떤 남자였다.

그들은 샐리 캐롤이 햇빛이라고 인정해 줄 수도 없는 햇빛 아래에서 눈이 둔덕처럼 높이 쌓인 샛길로 집에 돌아오는 중이었다. 회색 털옷 차림의 어린 소녀를 지나치다가 샐리 캐롤은 작은 곰인형 같은 그 소녀의 모습에 모성애를 느꼈다.

"해리, 좀 봐!"

"뭘?"

"저 어린 여자애. 얼굴 봤어?"

"그래, 왜?"

"얼굴이 작은 딸기처럼 붉어. 정말 귀여워."

"음, 당신 얼굴도 벌써 딸기처럼 붉은데, 뭐. 여기에서는 다들 건강해. 걸음마만 떼면 밖으로 나오니까. 정말 멋진 날씨야!"

그녀는 그의 얼굴을 쳐다보고 동의하지 않을 수 없었다. 그는 아주 건강해 보였고, 그의 형도 마찬가지였다. 그날 아침에 그녀는 자기 뺨에 새로운 홍조가 생긴 걸 확인했다.

갑자기 두 사람의 눈길이 앞쪽의 길모퉁이로 쏠렸다. 한 남자가 무릎을 구부린 자세에다 이글이글 타오르는 눈빛으로 하늘을 올려다보고 있었다. 추운 하늘로 도약하려는 듯이 긴장된 표정이었다. 그러다가 둘 다 갑자기 웃음을 터트렸다. 가까이에 가 보았더니 남자의 바지가 너무 평퍼짐해서 순간적으로 말도 안 되는 착각을 했던 것이다.

---

*1차 대전을 촉발시킨 총살 사건이 벌어진 나라.

"우리 둘 다 똑같았네." 그녀가 웃었다.

"남부 사람이 분명해. 바지 좀 봐." 해리가 장난치듯 말했다.

"해리!"

그녀가 놀란 표정을 짓자 해리는 짜증을 냈다.

"바보 같은 남부 사람들!"

샐리 캐롤의 눈이 번쩍였다.

"그런 말 하지 마!"

해리가 사과했다.

"미안해. 그래도 내가 어떻게 생각하는지는 당신도 알잖아? 과거의 남부인들과는 딴판으로 완전히 퇴화해 버렸어. 거기 아래에서 유색인들과 함께 너무 오래 살아서 게으르고 무능해졌다고."

그녀가 화가 나서 외쳤다.

"그만해, 해리! 그렇지 않아! 남부 사람들이 게으를지 몰라도 그런 기후에서라면 누구라도 그럴 거야. 그래도 내가 가장 좋아하는 친구들을 그런 식으로 싸잡아 비난하는 건 듣고 싶지 않아. 그중에는 이 세계 최고도 있어."

"아, 나도 알지. 북부의 대학으로 오는 사람들은 괜찮아. 하지만 옷도 제대로 입지 못하고 지저분한, 시골 동네의 남부 사람들은 최악이야!"

샐리 캐롤은 흥분해서 장갑 낀 두 손을 굳게 쥐고 입술을 깨물었다.

해리가 말을 이었다. "음, 뉴헤이븐에서 우리 과에 괜찮은 친구가 있어서 다들 드디어 진정한 남부 귀족을 찾았다고 여겼지. 그런데 알고 보니 귀족이 아니라 북부 정상배의 아들이었어. 모빌*의 목화밭은 다 자기 거라던데."

"남부인이라면 당신처럼 말하지 않을 거야." 그녀가 진지하게 반박했다.

"그들에겐 에너지가 없어!"

"아니면 다른 게 없겠지."

"미안해, 샐리 캐롤. 하지만 내가 당신에게서 직접 들은 바로는 당신이 절대로 결혼하지 않을 상대가 바로……."

"그건 전혀 다른 문제야. 탈턴에서 어슬렁대는 남자와 내 인생을 엮을 생각이 없다고 했지만 그들이 전부 다 그런다는 건 아니었어."

그들은 묵묵히 걸음을 옮겼다.

"내가 너무 심했어. 미안해, 샐리 캐롤."

그녀는 고개만 끄덕이고 아무 말도 하지 않았다. 얼마 후 집 안으로 들어와서 샐리 캐롤이 갑자기 해리를 끌어안았다.

그녀는 눈물이 그렁그렁한 눈으로 말했다.

"해리, 다음 주에 결혼하자. 조금 전처럼 또 말다툼을 할까 두려워. 해리, 난 두려워. 결혼하면 그런 일은 없겠지."

그러나 해리는 여전히 심사가 뒤틀려 있었다.

"바보같이. 3월에 하기로 했잖아?"

샐리 캐롤의 눈가에서 눈물이 사라지고 표정도 조금 굳었다.

"그래, 됐어. 그런 소리 하는 게 아닌데."

해리가 기분이 풀린 듯 소리쳤다.

"사랑하는 우리 강아지. 이리 와서 키스해 줘. 다 잊어버리자."

---

* 미국 앨라배마 주의 도시.

바로 그날 밤 보드빌 공연이 끝날 무렵 오케스트라가 「딕시」*를 연주했다. 샐리 캐롤은 낮의 눈물과 미소보다 더 강하고 지속적인 감정이 몸 안에서 꿈틀거리는 것을 느끼고 의자 팔걸이를 붙잡고 몸을 앞으로 숙였다. 그녀의 얼굴이 빨갛게 상기되었다.

"괜찮아?" 해리가 속삭였다.

그녀의 귀에 그의 말은 들리지 않았다. 활기 넘치는 바이올린 소리와 케틀드럼**의 박자에 맞춰 그녀의 마음속 늙은 유령들이 어둠 속을 행진했다. 피리 소리가 낮게 들릴 때는 그들이 너무 멀리 가 버린 것 같아서 그녀가 잘 가라고 손짓할 정도였다.

멀리, 멀리,
남부의 딕시로 멀리!
멀리, 멀리,
남부의 딕시로 멀리!

5

아주 추운 겨울밤이었다. 갑작스레 눈이 녹아 전날의 거리를 말끔하게 치워 버리는가 싶더니 다시금 분말 같은 눈의 유

---

* 한때 미국 남부의 국가처럼 불리던 노래.
** 솥 모양의 큰 북.

령들이 바람의 발치에 구불구불 모여들어 찌푸린 하늘에 미세한 안개를 가득 채웠다. 파란 하늘이라고는 찾아볼 수 없었고, 어둡고 불길한 장막이 거리 위에 드리워진 것 같았다. 사실 엄청난 눈송이 군대가 다가오는 중이었다. 한편 끝없이 불어오는 북풍에 갈색과 초록색으로 환하던 창문에서 편안함이 사라지고 썰매를 끄는 말의 부지런하던 발걸음도 더뎌졌다. 샐리 캐롤은 참으로 황량한 거리라고 생각했다. 정말 황량하다.

밤이면 이곳에 아무도 살지 않는 것 같다는 생각이 들었다. 사람들 모두 오래전에 사라지고, 불 켜진 집들은 진눈깨비에 짓눌려 매장되는 것 같다. 아, 그녀의 묘지에 눈이 내리면 어떻게 될까? 겨울 내내 거대한 눈 더미에 덮여서 자신의 묘석조차 작고 작은 그림자에 불과하다면……. 꽃들이 흐드러지고 태양과 비로 씻겨야 하는데.

그녀는 기차를 타고 오면서 지나쳤던 외로운 시골집들을 다시 떠올렸다. 긴 겨울 내내 그곳에서 지내야 하는 사람들에 대해서도. 창문 너머로 쉬지 않고 반짝이면서 내려 쌓인 부드러운 눈 더미 위에 단단한 표면이 형성될 것이다. 마침내 눈이 기척도 없이 천천히 녹아내리면 로저 패튼이 말했던 가혹한 봄이 올 것이다. 라일락 향기와 달콤하고 나른한 기운이 가득한 그녀의 봄을, 그 봄을 영원히 잊어버릴 것이다. 그녀는 그 봄을 저버리고, 결국 그 봄의 달콤함도 저버릴 것이다.

눈보라가 점차 거세졌다. 샐리 캐롤은 속눈썹에 눈송이가 잠시 쌓였다가 빠르게 녹아내린다고 느꼈다. 해리가 모피 소매에서 팔을 뻗어서 그녀의 뒤얽힌 플란넬 모자챙을 내려 주었다. 이제 작은 눈송이들이 모자 앞까지 내려왔다. 말은 투명하고 하얀 것이 제 몸에 잠시 쌓이자 유순하게 목을 구부렸다.

"아, 쟤가 춥겠어, 해리." 그녀가 급히 말했다.

"누구? 아, 말? 아니, 아니야. 좋아하는걸."

십 분 후에 모퉁이를 돌자 목적지가 시야에 들어왔다. 겨울 하늘을 배경으로 기운 찬 초록색의 높은 언덕 위에 얼음 궁전이 우뚝 서 있었다. 총안, 성가퀴, 고드름이 달린 좁다란 창문들이 있는 3층짜리 건물이었는데, 전구가 눈부신 투명하고 화려한 커다란 중앙 홀까지 갖추고 있었다. 샐리 캐롤이 모피 가운 아래로 해리의 손을 꼭 잡았다.

그가 흥분해서 외쳤다.

"와, 아름다운데! 정말 아름다워. 85년 이후로 처음이야."

85년 이후로 처음이라는 말에 그녀는 가슴이 짓눌린 기분이었다. 얼음은 유령이었고, 이 눈의 저택은 1880년대의 창백한 얼굴과 눈으로 얼룩진 머리카락의 그림자들로 가득한 것 같았다.

"이리 와 봐." 해리가 말했다.

그녀는 해리를 따라 썰매에서 내리고 그가 말을 잡는 동안 기다렸다. 고든, 마이러, 로저 패튼 그리고 한 여자가 그들에게 다가왔다. 종소리가 크게 울렸다. 사람들이 이미 상당히 모여 있었다. 모피나 양가죽을 뒤집어쓴 사람들은 눈을 뚫고 이동하면서 서로의 이름을 크게 불렀다. 눈은 이제 너무 두껍게 쌓여서 바로 몇 미터 앞도 가늠하기 힘들었다.

일행이 입구로 들어갈 때 해리가 몸을 둘둘 감은 옆 사람에게 말했다. "높이가 52미터래. 넓이는 1500제곱미터이고."

그녀는 그들의 이야기를 조각조각 들을 수 있었다.

"중앙 홀."

"벽의 두께가 50센티미터에서 1미터에 달하고……."

"동굴 길이가 1킬로미터가 넘고……."

"이걸 세운 프랑스계 캐나다 사람은……."

그들은 안으로 들어갔다. 마법 같은 거대한 수정 벽에 눈이 멀 지경이었던 샐리 캐롤은 「쿠블라 칸」*의 두 구절을 되새겨 보았다.

진귀한 장치가 일으킨 기적이었지.

얼음 동굴을 갖추고 햇빛이 잘 드는 즐거운 환락궁!

그녀는 어둠이 차단된 반짝이는 큰 동굴의 나무 벤치에 앉았다. 그날 저녁 자신을 누르던 중압감이 벗겨져 나간 기분이었다. 해리의 말은 사실이었다. 궁전은 아름다웠다. 매끄러운 벽면을 바라보던 그녀의 시선이 유백광의 반투명 효과를 위해 특별히 선택된 순전하고 깨끗한 벽돌로 옮겨 갔다.

"이리 와 봐! 여기, 아니!" 해리가 외쳤다.

멀리 한 구석에서 「안녕, 안녕, 사람들이 모두 여기 있어」를 연주하는 밴드 소리가 거칠고 혼란스러운 음향으로 메아리쳤다. 그 순간 갑자기 불이 꺼졌다. 얼음 위로 침묵이 흘러내리는 것 같았다. 샐리 캐롤은 어둠 속에서 하얗게 피어오르는 자신의 입김을 보았다. 맞은편의 창백한 얼굴들이 침침하게 줄지어 서 있는 것도.

---

* S. T. 콜리지가 쓴 54행의 시.

음악은 한숨 섞인 불평처럼 가벼워졌고 밖에서 합창단원들이 행진하면서 목청껏 노래 부르는 소리가 흘러들었다. 그 소리는 고대의 거친 바다를 항해하는 바이킹의 애가처럼 점점 커졌다. 소리는 더욱 부풀어 오르고 가까워졌다. 횃불들이 일렬로 나타나더니 다른 횃불들이 계속 이어졌다. 회색 바둑판 무늬 담요를 둘러쓴 사람들이 모카신을 신은 발로 박자를 맞추면서 기둥처럼 기다랗게 밀려 들어왔다. 그들은 눈신발을 어깨에 걸치고 횃불을 높이 치켜들었고, 거대한 벽을 타고 그들의 목소리가 솟아올랐다.

회색 기둥이 끝나자 다른 기둥이 들어오기 시작했다. 이제 불빛은 빨간 썰매 모자와 불타는 진홍색 담요 위에서 섬뜩하게 빛났다. 이번 일행은 들어오면서 후렴구를 불렀다. 곧이어 파란색과 흰색, 초록색, 흰색, 갈색, 노란색의 소대가 길게 들어왔다.

해리가 신이 나서 속삭였다. "저 하얀 무리가 와쿠타 클럽이야, 댄스파티에서 만났던."

목소리들이 점점 커졌다. 그 큰 동굴은 커다랗게 불길을 이루며 움직이는 횃불과 여러 깃발의 주마등이었고, 부드러운 가죽신의 리듬이 넘쳐 났다. 앞서 가던 기둥이 몸을 돌리고 정지하더니 소대별로 일렬로 배치되다가 마침내 모든 행렬이 횃불의 깃발을 일구어 냈다. 수천 명의 목소리가 천둥처럼 사방을 채우고 횃불이 흔들렸다. 장엄하고도 웅장한 광경이었다! 샐리캐롤에게는 그 광경이 북부가 강력한 제단에서 '눈의 신'이라는 회색 이교도 신에게 제물을 바치는 것 같았다. 고함 소리가 사라지자 밴드가 다시 연주하기 시작했고 노랫소리가 이어진 뒤 각 클럽마다 길게 박수를 보냈다. 그녀는 자리에 앉아 아무 말 없이 경청했다. 그때 정적을 가르며 고함 소리가 뚝뚝 끊어지며 이어졌다. 뭔가 폭발하고 커다란 연기 구름이 여기저기에서 동굴을 뚫고 올라가자 그녀는 깜짝 놀랐다. 사진사들이 플래시를 터트려 댔고 모임은 끝이 났다. 밴드를 앞세운 합창단원들이 또다시 기둥을 이루며 노래를 부르고 행진했다.

해리가 외쳤다. "이리 와 봐! 불을 끄기 전에 아래층의 미로를 보고 싶어."

그들은 모두 일어나서 비탈진 길로 향했다. 해리와 샐리 캐롤이 앞장섰다. 그의 커다란 모피 장갑이 그녀의 작은 벙어리장갑을 붙잡았다. 비탈 끝에 텅 비고 긴 얼음 방이 있었다. 천장이 너무 낮아서 고개를 숙여야 했고, 마주 잡았던 손이 떨어졌다. 어느새 해리는 방과 연결된 대여섯 개의 통로 중 하나로 쏜살같이 내려갔다. 그의 뒷모습이 초록색 미광을 배경으로 조금씩 후퇴하는 점 같았다.

"해리!" 그녀가 외쳤다.

"이리 와!" 그도 외쳤다.

그녀는 빈 방을 둘러보았다. 다른 일행은 집으로 가기로 결정했는지 눈 내리는 바깥으로 이미 나가 있었다. 그녀는 주저하다가 해리를 따라갔다.

"해리!" 그녀가 외쳤다.

10미터 앞의 전환점에 도착했을 때 왼쪽 멀리에서 희미하고 막힌 듯한 대답이 들려왔고 그녀는 공포에 질려 다시 그쪽으로 달려갔다. 전환점 하나와 크게 벌어진 길 두 개를 더 지나쳤다.

"해리!"

아무 대답도 없었다. 그녀는 곧장 앞으로 달렸다가 번개처럼 몸을 돌려서 왔던 길로 되돌아갔다. 불현듯 얼음장 같은 공포가 엄습해 왔다.

그녀는 새로운 전환점에 도착했다. (여기가 어디지?) 왼쪽으로 돌면 천장이 낮고 긴 방으로 들어서야만 했다. 그런데 그 방의 먼 끝은 어두컴컴하고 반짝이는 또 다른 통로에 불과했다. 그녀가 또다시 그의 이름을 불렀지만 벽들은 밋밋하고 생명감 없는 메아리만 전해 줄 뿐, 아무런 대답도 해 주지 않았다. 뒤로 돌았다가 다시 모퉁이를 돌게 되었는데 이번에는 넓은 길이 나타났다. 홍해의 갈라진 물 사이에 있는 초록색 길 같았다. 빈 무덤들을 이어 주는 축축한 지하실 같기도 했다.

방한용 덧신 바닥에 얼음이 달라붙어서 조금 미끄러웠다. 그래서 미끄럽고 끈적거리는 벽을 장갑 낀 손으로 짚고 균형을 잡으며 걸어야 했다.

"해리!"

여전히 아무 대답도 없었다. 그녀의 목소리는 통로 끝에서 조롱하듯 튕겨 나왔다.

순식간에 불빛이 모두 꺼지고 완벽한 어둠이 찾아왔다. 그녀는 두려운 나머지 비명을 지르며 작고 차가운 덩어리처럼 얼음 바닥에 쓰러졌다. 쓰러지는 순간 왼쪽 무릎에 이상을 느꼈지만 길을 잃을지 모른다는 두려움보다 훨씬 큰 공포감으로 인해 아픔을 제대로 의식하지도 못했다. 그녀는 북부에서 생겨난 어떤 존재와 함께 있었다. 그것은 바로 북극의 얼음 바다에 갇힌 포경선에서, 또는 연기나 흔적도 없이 모험가의 백골만 흩뿌려진 황무지에서 올라오는 황량한 외로움이었다. 얼음장같이 차가운 죽음의 숨결이 데굴데굴 굴러와 그녀를 붙잡으려 했다.

그녀는 필사적으로 힘을 쥐어짜서 다시 일어나 어둠을 향해 맹목적으로 내려갔다. 빠져나가야만 했다. 여기에서 길을 잃었다가는 며칠 안에 얼어 죽어서 완벽하게 냉동되었다가 빙하가 녹을 때 발견되었다던 시체처럼 얼음 속에 파묻힐지도 모른다. 해리는 그녀가 다른 사람들과 같이 집으로 갔다고 생각하리라. 이제 그도 돌아갔을 것이다. 다음 날 늦게까지 아무도 모르겠지. 그녀는 벽을 향해 애처롭게 나아갔다. 두께가 1미터라고 했다. 1미터라고!

"아!"

양쪽 벽을 따라 무언가 기어 나오는 것이 느껴졌다. 이 궁전, 이 동네, 이 북부를 돌아다니는 축축한 영혼들이다.

"아, 누굴 좀 보내 줘요! 보내 달라고요!" 그녀가 소리쳤다.

클라크 대로나 조 유잉이라면 이해해 줄 텐데. 여기에서 영원히 방황하다가 심장과 몸과 영혼이 모두 얼어 버릴 수는 없다. 다름 아닌 샐리 캐롤이! 그녀는 행복했다. 행복한 어린 소녀였다. 더위와 여름과 딕시를 좋아했다. 여기는 낯설다. 정말이지 낯설다.

누군가 큰 소리로 말했다. "당신은 울지 않아요. 절대로 울수 없어요. 눈물이 그대로 얼어붙으니까요. 여기서는 눈물이다 언다고요!"

그녀는 얼음 위로 길게 누워 버렸다.

"오, 하느님!" 그녀는 손으로 주변을 더듬거렸다.

기나긴 시간이 흘렀다. 그녀는 몹시 피곤했고, 눈이 절로 감기는 것 같았다. 누군가가 옆에 앉아 따뜻하고 부드러운 손으로 얼굴을 만지는 게 느껴졌다. 그녀는 고마운 마음에 그를 올려다보았다.

"음. 마저리 리구나. 올 줄 알았어." 그녀가 부드럽게 중얼거렸다.

상상했던 모습 그대로 하얗고 젊은 이마, 환영이 담긴 커다란 눈, 그리고 기대기 편한 천으로 만든 후프 치마 차림이었다.

"마저리 리."

날은 더욱 어두워졌다. 묘석들을 전부 새로 칠해야 한다. 물론 보기 싫겠지만, 그래도 읽을 수는 있어야 한다.

빨랐다가 느렸다가 하는 순간들이 이어지다가 마침내 흐릿한 광선으로 변해서 빛바랜 노란 태양으로 합쳐지는 것 같았다. 그때 샐리 캐롤은 새로 발견한 이 정적을 깨부수는 소리를 들었다.

태양과 빛이었다. 횃불이 연달아 나타나고 여러 목소리가 들렸다. 횃불 아래에서 구체적인 모습의 한 얼굴이 두툼한 두 팔로 그녀를 일으켰다. 뺨에 무언가가 느껴졌다. 축축했다. 누군가가 그녀를 잡아서 얼굴을 눈〔雪〕으로 문질렀다. 눈이라니, 얼마나 우스운가!

"샐리 캐롤! 샐리 캐롤!"

위험한 댄 맥그루와 모르는 얼굴 둘이 더 있었다.

"일어나, 일어나요! 두 시간이나 찾아다녔어. 해리는 정신이 반쯤 나갔어."

사물들이 제자리로 돌아갔다. 노래와 횃불과 행진 군대의 커다란 외침 소리도 제자리로 돌아갔다. 그녀는 패턴의 팔에 안겨 흐느꼈다.

"아, 여기에서 나가고 싶어! 집에 가고 싶어. 집에 데려다 줘요."

그녀의 목소리는 비명으로 변해서, 때마침 옆의 통로로 달려오던 해리의 가슴을 얼어붙게 만들었다. 그녀는 감정을 억누르지 못하고 미친 사람처럼 외쳐 댔다.

"내-일! 내-일! 내-일! 내-일!"

6

하루 종일 먼지 자욱한 긴 길을 마주 보던 집 위로 황금빛 태양이 나른하지만 위안을 주는 열기를 쏟아부었다. 이웃집의 나뭇가지에서 서늘한 그늘을 찾은 새 두 마리가 요란하게 울어 댔다. 도로변에서 한 흑인 여자가 딸기를 들고 가면서 유쾌하게 노래를 불렀다. 4월의 오후였다.

샐리 캐롤 해퍼는 오래된 창턱에 팔을 올리고 턱을 기댄 채 졸린 눈으로 반짝이는 흙길을 내려다보았다. 올봄의 첫 열기가 올라오고 있었다. 그녀는 아주 낡은 포드 자동차가 위태롭게 모퉁이를 돌아 덜커덩대며 길이 끝나는 곳에서 쿵 서는 것을 보고서도 가만히 있었다. 잠시 후 낯익은 새된 경적 소리가 공기를 가르자 그녀가 미소를 지으며 눈을 깜박였다.

"좋은 아침이야."

머리 하나가 차 지붕 밑에서 힘겹게 모습을 드러냈다.

"아침이 아니야, 샐리 캐롤."

"아니라고? 그럼 아니겠지." 그녀가 과장되게 놀란 표정을 지었다.

"뭐 해?"

"덜 익은 복숭아를 먹는 중이야. 곧 죽을 것 같아."

클라크는 그녀의 얼굴을 보려고 고개를 꼬아 올려다보았지만 그녀의 얼굴은 보이지 않았다.

"물이 수증기처럼 뜨거워, 샐리 캐롤. 수영하러 갈래?"

"움직이는 것도 귀찮지만, 그러지, 뭐."

샐리 캐롤이 게으르게 한숨을 내쉬며 대답했다.

해변의 해적

이 황당한 이야기는 푸른 꿈과도 같고 파란 실크스타킹처럼 다채로운 바다에서, 어린아이의 동공처럼 푸르른 하늘 아래에서 시작된다. 서쪽 하늘에서 태양이 황금색의 작은 원반들을 바다에 던지고 있었다. 눈을 부릅뜨고 응시해 보면 그 원반들이 파도의 꼭대기를 연달아 뛰어넘다가 황금색 동전의 널찍한 가장자리에 합류하는 모습도 볼 수 있을 터였다. 그 황금 동전은 1킬로미터 정도 뻗어 나가다가 마침내 눈부신 일몰을 이룰 것이다. 플로리다 해안과 그 황금빛 가장자리 중간에 우아하고 하얀 최신형 증기 요트 한 대가 정박 중이었다. 그리고 배의 푸른색과 하얀색의 차일 아래에서 금발의 여인이 긴 왕골 의자에 몸을 기대고 아나톨 프랑스의 『천사들의 반란』을 읽고 있었다.

그 여인은 열아홉 살 정도에 유연하고 날씬한 몸매에 당돌해 보이는 입술이 매혹적이었고, 회색빛 눈은 호기심으로 반짝이며 재빠르게 움직였다. 푸른색 공단 슬리퍼가 신발이라기보다는 장신구처럼 엄지발가락에 걸려서 무감각하게 흔들리고, 스타킹도 신지 않은 두 발은 그녀가 차지하고 앉은 의자의 옆 의자 팔걸이에 높이 걸쳐 있었다. 그녀는 책을 읽으면서 손에 쥐고 있던 레몬 반쪽을 혀에 살짝 갖다 대곤 했다. 다 빨아 먹은 반쪽은 발치의 갑판에 떨어져서 거의 보이지도 않는 파도의 움직임을 따라 이리저리 굴렀다.

남은 레몬 반쪽도 과육이 거의 없어졌고, 노란 테두리만 점점 넓어졌다. 그때 요트를 감싸던 나른한 고요함이 둔중한 발소리에 깨지고 곧 단정한 회색 머리에 하얀 플란넬 양복 차림의 중년 남자가 승강계단에 모습을 드러냈다. 그는 승강계단에서 잠시 걸음을 멈추고 햇빛이 눈에 익을 때까지 기다렸다. 그는 차일 아래의 여인을 보고 못마땅하다는 듯이 오래 혀를 찼다.

그가 혀를 차면서 어떤 식으로든 사태가 바뀌기를 바랐다면 분명 실망했을 것이다. 여인은 태연하게 두 페이지를 넘겼다가 다시 한 페이지를 되돌리고 입에 넣을 정도의 거리로 레몬을 기계적으로 들어 올리더니 아주 희미하지만 분명하게 하품을 했다.

"아디터!" 회색 머리의 남자가 단호하게 불렀다.

아디터가 별 뜻 없는 소리를 작게 냈다.

"아디터! 아디터!"

그가 그녀의 이름을 다시 불렀다.

아디터는 나른하게 레몬을 들어 올리더니 두 마디 말을 내뱉고는 레몬을 혀에 댔다.

"오, 그만하세요."

"아디터!"

"뭐요?"

"내 말 좀 들어라. 아니면 하인에게 널 붙잡으라고 시켜야겠어?"

조소하듯 레몬이 천천히 아래로 내려갔다.

"글로 쓰시죠."

"그 혐오스러운 책을 점잖게 덮어 두고 그 염병할 레몬을 잠시라도 내려 두지 않겠니?"

"잠시라도 절 좀 그냥 내버려 두면 안 돼요?"

"아디터, 해변에서 전화가 왔는데……."

"전화요?" 그녀가 처음으로 약간의 흥미를 보였다.

"그래, 그건……."

"그러니까 여기에서 전화를 걸 수 있다는 거죠?" 그녀가 호기심이 발동했는지 그의 말을 자르며 물었다.

"그래, 방금 전에……."

"다른 보트와 부딪치지 않을까요?"

"아니, 그건 해저에 있다. 오 분만……."

"음, 정말 좋은데요! 와! 과학이란 황금처럼 대단해요. 그렇지 않아요?"

"내가 하던 말을 좀 끝내면 안 되겠니?"

"제기랄!"

"음, 그건, 음, 내가 여기 온 건……."

그는 말을 멈추고 정신없이 몇 차례 침을 삼켰다.

"그래, 몰런드 대령이 널 꼭 저녁 식사에 데려오라는 확인 전화를 다시 걸었다. 대령의 자제인 토비 군이 널 만나러 뉴욕에서 내려오는 데다가 다른 청년도 몇 명 더 온다는구나. 마지막으로 네가……."

아디터가 짧게 대답했다. "안 가요. 안 갈 거예요. 내가 이 염병할 배에 탄 건 오로지 팜비치에 가기 위해서라는 건 삼촌도 알잖아요? 그 미친 대령이나 토비라는 미친 젊은이나 다른 미친 젊은이들은 절대로 만나지 않을 거예요. 또 이 미친 주(州)의 그 어떤 미친 도시에도 한 발자국도 내딛지 않을 거라고요. 그러니 팜비치까지 데려다 주거나 아니면 아무 말 말고 가 버리세요."

"잘 알았다. 이게 마지막이었는데. 넌 절제를 모른다는 소문이 자자한 데다가 네 아버지라면 네 이름을 입에 올리는 것조차 허락하지 않았을 남자에게 홀딱 빠졌어. 넌 지금까지 네가 자라 온 사회보다는 화류계를 그대로 반영하고 있어……."

아디터가 비꼬는 말투로 끼어들었다. "나도 알아요. 이제부터 삼촌은 삼촌의 길을 가고 나는 내 길을 가기로 해요. 삼촌도 전에 그렇게 말했잖아요. 내가 그 이상을 좋아하지 않는다는 건 삼촌도 알잖아요?"

그가 웅변조로 선언했다. "지금부터 넌 내 조카딸도 아니다. 난……."

아디터가 방황하는 영혼처럼 고통스럽게 소리를 질러 댔다. "오……! 귀찮게 굴지 좀 말아요! 가 버려요! 배에서 뛰어내려 바다에나 빠져 버려요! 이 책을 삼촌에게 던지면 좋겠어요?"

"네가 감히 그런……."

쾅! 『천사들의 반란』이 공기를 가르고 날아가 목표물의 코 앞을 스쳐 승강계단 아래로 요란한 소리를 내며 떨어졌다.

회색 머리의 신사가 본능적으로 한 걸음 뒤로 물러섰다가 조심스럽게 두 걸음 앞으로 나왔다. 165센티미터인 아디터가 벌떡 일어나 이글거리는 회색빛 눈으로 그를 노려보았다.

"저리 가요!"

"네가 감히!" 남자가 외쳤다.

"제기랄, 내가 그러고 싶으니까요!"

"이제 도저히 못 봐주겠다. 네 성질머리는……"

"삼촌이 이렇게 만들었어요! 아이가 성질이 나쁘다면 그건 가족의 잘못이죠! 지금의 내 모습은 바로 삼촌이 만든 거라고 요!"

그녀의 삼촌은 씩씩거리며 중얼대더니 몸을 돌려서 걸어가 운항하라고 크게 외치고는 차일 아래로 돌아왔다. 아디터는 다시 자리에 앉아 레몬을 들여다보고 있었다.

그가 느리게 말했다.

"난 해변으로 갈 거다. 오늘 밤 9시에 다시 나갈 거야. 내가 돌아온 후에 우린 뉴욕으로 출발한다. 거기에서 너의 자연스러운, 아니 꽤 부자연스러운 여생을 네 숙모에게 넘기도록 하지."

그는 말을 멈추고 그녀를 바라보았다. 그녀의 순진한 아름다움 앞에서 타이어처럼 부풀었던 그의 분노가 구멍이 뚫린 것처럼 터지고, 그는 무기력하고 자신감 없는 얼간이처럼 되어 버렸다.

그가 친절하게 말했다.

"아디터, 나도 알 건 안다. 여기저기 다녀 봤고, 남자에 대해서도 알지. 무엇보다 난봉꾼이라고 낙인찍힌 자들은 심신이 지쳐 빠진 후에야 자기 행동을 고치게 마련이지. 이미 그때는 헛껍데기일 뿐이지만 말이다."

그는 동의를 구하는 표정으로 그녀를 바라보았지만, 그녀에게서 인정한다는 뜻의 말도 표정도 없자 다시금 말을 이었다.

"그 사람이 널 사랑하는지도 몰라. 그럴 수 있어. 그 사람은 지금까지 여러 여자를 사랑했고 또 앞으로도 여러 여자를 사랑하겠지. 한 달 전에, 아디터, 한 달 전에 그 사람이 그 빨강 머리 여자와 추문을 일으켰어. 미미 메릴이라나 뭐라나. 러시아의 황제가 자기 어머니에게 주었던 다이아몬드 팔찌를 그녀에게 주겠다고 약속했다더라. 너도 알 거야. 신문은 봤겠지?"

아디터가 하품했다. "삼촌이 걱정하면서 들려주는 스릴 넘치는 추문이라! 영화나 찍으시죠. 사교계의 사악한 인사가 정숙한 어린 아가씨에게 추파를 던진다. 마침내 정숙한 아가씨는 그의 무시무시한 과거에 유혹되어 팜비치에서 만나기로 약속한다. 걱정하는 삼촌 때문에 일은 엉망이 되어 버린다."

"도대체 왜 그 사람과 결혼하려는 건지 이유나 들어 보자."

아디터가 짧게 대답했다. "확실히 말할 수는 없어요. 성품이 좋건 나쁘건 간에 상상력이 있고 자신의 신념을 실행할 용기가 있는 남자라고는 그 사람밖에 본 적이 없다는 게 이유일 수도 있죠. 아니면 전국에서 내 뒤나 쫓아다니면서 시간을 보내는 젊은 바보들에게서 도망치려는 게 이유일 수도. 어쨌든 그 유명한 러시아 팔찌에 대해서는 마음 놓으세요. 팜비치에서 나에게 준다고 했으니까요. 삼촌이 약간의 지성이라도 보여 준다면요."

"그 빨강 머리 여자는 어떻게 하고?"

그녀가 화를 내며 말했다. "그 여자와는 육 개월 전에 만난 게 다래요. 그런 일 하나도 처리하지 못할 정도로 내가 변변치 못한 줄 알았어요? 내가 원하는 어떤 남자와 어떤 일이라도 할 수 있다는 거 아직도 몰라요?"

그녀는 「자극받은 프랑스」*처럼 턱을 치켜세웠지만 레몬을 드는 바람에 포즈가 조금 망가졌다.

"너, 혹시 러시아 팔찌에 현혹된 거 아니냐?"

그녀는 다시 부아가 돋는 것 같았다. "아뇨. 그저 삼촌의 지적 수준에 맞춰서 이야기했을 뿐인걸요. 이제 제발 좀 가세요. 내가 절대로 마음을 바꾸지 않을 거라는 건 삼촌도 알잖아요. 삼촌이 사흘이나 지겹게 구는 바람에 머리가 돌 지경이라고요. 나는 해변에 안 갈 거예요! 절대로! 들었죠? 안 가요!"

"잘 알았다. 그리고 넌 팜비치에도 안 갈 거다. 넌 내가 지금까지 보아 온 이기적이고 버릇없고 제멋대로이고 불쾌하고 어쩔 수 없는 여자애 중에서도……."

철퍼덕! 레몬 반쪽이 그의 목에 맞았다. 동시에 옆에서 큰 소리가 들렸다.

"배를 진수시킬 준비가 되었습니다, 파넘 씨."

파넘 씨는 할 말이 넘쳤지만 분노가 치밀어 차마 말을 잇지 못하고 저주의 눈빛으로 조카딸을 노려보았다. 그리고 몸을 돌려 사다리를 타고 빠르게 내려갔다.

---

* 조각가 조 데이비슨의 조각상.

2

태양에서 5시가 굴러 내려와 조용히 바다로 빠졌다. 황금빛 테두리는 반짝이는 섬으로 넓어졌다. 차일 끄트머리와 장난치면서 파란 슬리퍼 한쪽을 흔들던 산들바람이 느닷없이 노랫소리를 실어 날랐다. 푸른 바다를 가르는 노 젓는 소리를 반주 삼은, 화음을 맞춘 합창 소리였다. 아디터는 고개를 빼 들고 귀를 기울였다.

　당근과 완두콩,
　강낭콩은 무릎을 꿇고,
　바다에는 돼지가,
　운 좋은 친구들!
　우리에게 산들바람을 불어 줘,
　우리에게 산들바람을 불어 줘,
　우리에게 산들바람을 불어 줘,
　네 울음소리로.

아디터는 경이로운 기분에 이마를 찡그렸다. 합창단이 2절을 부르자 그녀는 아무 말 없이 앉아서 열심히 경청했다.

　양파와 강낭콩,
　보안관과 학장,
　골드버그와 그린,
　그리고 코스텔로스.

우리에게 산들바람을 불어 줘,
우리에게 산들바람을 불어 줘,
우리에게 산들바람을 불어 줘,
네 울음소리로.

아디터가 탄성을 지르며 책을 갑판으로 집어던지고 난간으로 달려가자 책이 두 다리를 벌린 것처럼 갑판 바닥에 떨어졌다. 15미터 앞에서 노 젓는 큰 배가 다가오고 있었다. 배에는 모두 일곱 명이 타고 있었는데 그중 여섯 명이 노를 젓고 한 명은 고물에 서서 오케스트라 지휘봉으로 박자를 맞추었다.

굴과 바위,
톱밥과 양말,
누가 시계를 만들까,
첼로에서?

아디터는 호기심에 넋이 나가 난간을 붙잡고 몸을 내밀었다가 지휘자와 눈이 딱 마주쳤다. 그가 지휘봉을 획 휘두르자 노래는 순식간에 그쳤다. 지휘자만 백인이고 노 젓는 나머지는 모두 흑인이었다.

"안녕하시오, 나르시스호!" 그 남자가 예의 바르게 말을 걸었다.

아디터가 즐겁게 대꾸했다. "이 불협화음은 다 뭐죠? 시골 땅콩 농장 출신의 대학 대표팀인가요?"

이때쯤에 보트가 요트의 옆면을 긁기 시작했고, 뱃머리에 앉았던 거구의 흑인이 몸을 돌리고 사다리를 붙잡았다. 그러자 배 끝에 앉아 있던 지휘자가 사다리를 타고 난간을 올라와 헐떡이며 그녀 앞에 섰다. 그녀가 그의 의도를 알아차리기도 전에 순식간에 벌어진 상황이었다.

"여자와 아이들은 건드리지 마! 우는 아기는 모두 물에 빠트리고 남자들은 이중 철끈으로 묶어!" 그가 빠르게 명령을 내렸다.

아디터는 흥분해서 드레스 주머니 속으로 손을 집어넣으며 그를 노려보았다. 놀라서 아무 말도 나오지 않았다.

그의 얼굴은 어둡고 예민해 보였다. 무시하는 듯한 입매에 파란 눈을 가진 건강한 아기 같은 젊은이였다. 검고 촉촉한 곱슬머리는 그리스 조각상의 머리를 거무스름하게 바꿔 놓은 듯했다. 체격이 좋고 옷도 잘 입은 데다가 날렵한 공격수처럼 우아했다.

"이런 개자식!" 그녀가 넋을 잃고 말했다.

두 사람의 시선이 냉랭하게 마주쳤다.

"배를 양도하겠소?"

"지금 제정신인가요? 당신, 바보예요? 아니면 새로 우애단체라도 창단했어요?"

"배를 양도할 거냐고 물었소."

아디터가 오만하게 대답했다. "이 나라는 제정신이라고 생각하는데요. 매니큐어라도 먹었어요? 당장 이 요트에서 나가요!"

"뭐라고요?" 젊은이가 못 믿겠다는 투로 물었다.

"요트에서 나가라고요! 내 말 들었죠!"

그는 그녀의 말을 되새겨 보는 것처럼 잠시 그녀를 바라보왔다.

그는 경멸하는 어투로 천천히 대꾸했다. "아니, 아니, 난 요트에서 내리지 않을 거요. 원한다면 당신이나 내리시지."

그가 난간으로 가서 뭐라고 짤막하게 지시를 내리자 노를 젓던 선원들이 곧바로 사다리를 타고 올라와 그 앞에 한 줄로 섰다. 석탄처럼 검고 맷집이 좋은 흑인이 한 끝에, 그리고 150센티미터의 작은 물라토*가 반대편 끝에 섰다. 다들 맞춰 입기라도 한 듯한 파란 옷들이 먼지와 진흙으로 뒤범벅이 되어 누더기로 보였다. 어깨에 묵직하고 하얀 자루를 하나씩 메고, 악기가 들어 있는 것 같은 커다란 검은 상자를 들고 있었다.

젊은이가 두 발로 경쾌하게 바닥을 차며 명령했다. "차렷! 바로 서! 앞으로! 베이브, 한 걸음 앞으로!"

가장 체구가 작은 흑인이 재빨리 한 걸음 나와 경례했다.

"예!"

"명령대로 아래로 내려가서 기관사만 빼고 선원들을 모조리 묶어. 기관사는 여기 데려와. 아, 그 자루들은 저기 난간 옆에 두고."

"예!"

베이브가 다시 경례하고는 나머지 다섯 명에게 모이라고 손짓했다. 그들은 잠시 수군거리더니 곧 아무 소리 없이 승강계단으로 내려갔다.

젊은이가 밝은 목소리로 아디터에게 말을 걸었다. 그녀는 풀이 죽어서 아무 말 없이 이 장면을 지켜보고 있었다.

---

* 라틴아메리카의 백인과 흑인 혼혈.

"자, 당신의 명예라고 해 봤자 별 볼일 없겠지만 그래도 철부지 아가씨로서 명예를 걸고 앞으로 사십팔 시간 동안 그 작은 입을 굳게 다물겠다고 맹세한다면 우리 보트로 해변까지 노를 저어서 갈 수 있을 것이오."

"그렇지 않으면요?"

"그렇지 않으면 배를 타고 바다로 나가는 거지."

젊은이는 위기를 잘 넘긴 것을 안도하는 한숨을 내쉬더니 조금 전에 아디터가 앉아 있던 긴 의자에 앉아 나른하게 두 팔을 폈다. 그는 입을 벌린 채로 사치스러운 줄무늬 차일과 반짝이는 놋쇠 장식, 갑판의 화려한 부속품을 감상했다. 그의 시선이 책에, 그다음에 다 빨아 먹은 레몬 위로 떨어졌다.

"흠, 스톤월 잭슨*은 레몬즙이 머리를 맑게 해 준다고 했는데, 당신 머리도 꽤 깨끗해졌소?"

아디터는 모멸감에 아무 대답도 하지 않았다.

"앞으로 오 분 내로 갈 건지 남을 건지 분명하게 결정을 내리시오."

그는 책을 집어 들더니 호기심을 느끼며 책장을 펼쳤다. 그가 새로운 관심을 보이며 그녀를 쳐다보았다.

"『천사들의 반란』이라. 꽤 근사해 보이는데, 프랑스 거요? 프랑스인이오?"

"아뇨."

"이름이 뭐요?"

"파넘."

---

* 미국 남부군의 존경받는 장군.

"이름은?"

"아디터 파넘."

"아, 아디터. 거기 서서 입 안쪽을 잘근잘근 씹어 봤자 소용
없소. 한 살이라도 젊을 때 그런 신경질적인 버릇은 없애야 하
오. 이리 와서 앉으시오."

아디터는 주머니에서 조각된 비취 상자를 꺼내 의식적으로
냉정한 태도로 담배에 불을 붙였다. 손이 약간 떨린다는 걸 알
았지만 태연한 척했다. 그리고 유연하고 당당한 자세로 옆의
긴 의자에 앉아 차일을 향해 입 안 가득한 연기를 내뿜었다.

그녀가 침착하게 말했다. "날 요트에서 쫓아낼 수는 없어요.
또 이 요트로 멀리 갈 수 있다고 생각한다면 오산이에요. 6시
반이면 삼촌이 이 대양 사방으로 무선을 칠걸요."

"흠."

그녀는 그의 얼굴을 얼른 쳐다보고는 양쪽 입가에 아주 희
미하게 근심 자국이 찍힌 것을 확인했다.

그녀가 어깨를 으쓱하며 말했다. "나로서는 어느 쪽이건 다
를 바가 없죠. 어차피 내 요트도 아니니까요. 두어 시간 정도
배 타는 건 상관없어요. 싱싱 형무소까지 당신을 끌고 갈 경찰
경비정에서 읽을거리가 필요하다면 저 책을 빌려 줄 수도 있죠."

그가 경멸조로 웃어 댔다.

"그런 충고라면 사양하겠소. 이 요트의 존재를 알기 전부터
계획한 일이니까. 해안에 정박된 배 중에서 이 배가 아니었다
면 다음 배가 표적이 되었을 것이오."

"당신은 누구죠? 뭐 하는 사람인가요?" 그녀가 갑자기 물었다.

"해변엔 안 가기로 했소?"

"그런 생각은 해 본 적도 없어요."

"보통 우리는, 그러니까 우리 일곱 명은 '커티스 칼라일과 여섯 명의 흑인 친구들'이라고 알려져 있소. 전에는 '겨울 정원과 심야의 장난'이었고."

"가수인가요?"

"오늘까지는 그랬소. 현재는 저기 보이는 하얀 자루 때문에 법망을 피해 도망쳤소. 내 추측대로라면 현상금이 2만 달러까지 올랐을 거요."

"자루 안에 뭐가 들었죠?" 아디터가 궁금해서 물었다.

"음, 당분간은 진흙, 플로리다의 진흙이라고 해 둡시다."

3

커티스 칼라일이 두려움에 떠는 기관사와 면담하고 십 분 후에 나르시스호는 향기로운 열대의 석양을 받으며 남쪽으로 나아갔다. 칼라일의 묵언의 동의 하에 작은 물라토 베이브가 상황을 완전히 통제하는 것 같았다. 기관사 말고 배에 타고 있던 유일한 선원들이던 파넘 씨의 시종과 요리사는 처음에는 저항했지만 곧 포박된 채로 아래층의 자기 선실에 들어가 있는 편을 택했다. 체구가 가장 큰 흑인 트롬본 모스는 뱃머리의 '나르시스'라는 이름을 얼른 페인트로 지우고 '훌라 훌라'로 바꾸었다. 나머지는 후미에 모여서 크랩 게임*에 몰두했다.

---

* 두 개의 주사위로 하는 놀이.

칼라일은 7시 30분까지 갑판으로 식사를 가져오라고 지시하고 다시 아디터 옆의 의자에 누워 눈을 반쯤 감고 깊은 생각에 잠겼다.

아디터는 남자를 꼼꼼히 살펴보다가 곧 그를 낭만적인 인물로 분류했다. 그는 밑바탕은 허술하지만 자신감을 내세우는 분위기를 풍겼다. 결정을 내릴 때마다 오만해 보이는 입술 곡선과는 대조적으로 주저의 기미가 드러나는 것을 그녀는 알아챘다.

"저 사람은 나와 달라. 어딘가 차이가 있어."

극도의 이기주의자인 아디터는 자신에 대해 자주 생각해 왔다. 자신의 이기주의가 논쟁의 대상이 된 적이 전혀 없었던 터라 당연시해 왔고, 자신의 명백한 매력에 대해 비난받은 적도 없었다. 열아홉 살이나 되었지만 여전히 활기차고 조숙한 어린애 같았고, 젊음과 미모의 광휘가 넘쳐나서 주변 사람들은 모두 그녀가 부리는 성질이라는 파도에 떠다니는 부목에 불과했다. 그녀는 다른 이기주의자도 많이 봐 왔다. 사실 이기적인 사람들은 그렇지 않은 사람들보다 덜 지루했지만 그녀가 굴복시키지 못한 사람은 없었다.

지금 옆의 긴 의자에 누워 있는 한 이기주의자를 보면서 그녀는 평상시처럼 마음의 문을 닫을 수 없었다. 마음의 문을 닫는다는 건 행동하기 위해 배를 비운다는 뜻이었다. 그런데 지금 이 남자는 공략하기 쉽고 무방비한 상태라는 것을 그녀는 본능적으로 감지했다. 그녀는 자기답고 싶다는 강렬한 욕구를 느낄 때마다 관습을 거부해 왔다.(최근의 주된 놀이거리였다.) 반면 이 남자는 자신을 거부하는 일에 몰두하는 것 같았다.

아디터는 자신이 처한 상황보다 그에게 더 흥미를 느꼈고, 열 살짜리 아이가 낮 공연을 기대할 때와 비슷한 기분을 맛보았다. 그녀는 어떠한 상황에서도 자신을 책임질 수 있다고 확신했다.

밤이 깊어 갔다. 창백한 초승달이 안개 낀 눈으로 바다에게 미소를 보냈다. 해변이 점차 희미해지고 먼 수평선을 따라 나뭇잎처럼 먹구름이 일어나자 갑자기 거대한 달무리가 요트를 적시더니 빠른 발걸음으로 반짝이는 갑옷의 길을 펴트렸다. 누군가 담배에 불을 붙일 때마다 성냥불이 환하게 빛났다. 그러나 나지막하게 부릉대는 엔진 소리와 고물 주변의 파도 소리를 제외하면 요트는 하늘을 나는 꿈의 배처럼 고적했다. 주변에서 밤바다의 향기가 피어오르면서 나른함이 끝도 없이 펼쳐졌다.

마침내 칼라일이 침묵을 깨며 한숨지었다.

"당신은 운이 좋소. 난 늘 부자가 되고 싶었지. 그래서 이런 아름다움을 송두리째 사고 싶었소."

아디터가 하품하며 솔직하게 말했다.

"난 차라리 당신이 되고 싶은데요."

"하루 정도는 그렇겠지. 그래도 애송이 소녀치곤 담력이 대단한데."

"그런 식으로 날 부르지 말았으면 하는데요."

"미안하오."

그녀가 천천히 말을 이었다. "담력이라면, 나의 다른 결점을 보완하는 장점이죠. 하늘에서건 땅에서건 두려운 게 없으니까요."

"흠, 난 두렵소."

아디터가 말했다. "두려움을 느끼려면 아주 위대하고 강한 사람이거나 겁쟁이어야 해요. 난 둘 다 아니죠."

그녀는 잠시 말을 멈추었다가 더욱 끈질긴 어조로 물었다. "당신에 대해 이야기하고 싶군요. 도대체 지금까지 뭘 해 왔고, 또 어떻게 한 거죠?"

그가 냉소적으로 물었다. "왜? 나에 대해 시나리오라도 쓸 생각이오?"

그녀가 재촉했다. "말해 봐요. 달빛 아래에서 거짓말 좀 해 봐요. 놀랄 만한 이야기를 지어 보라고요."

한 흑인이 다가와서 차일 밑에 달린 작은 전구들을 켜고 왕골 탁자에 저녁 식사를 차리기 시작했다. 아래의 풍요로운 식품 저장실에서 가져온 차가운 닭 요리와 샐러드, 아티초크, 딸기잼을 먹으면서 칼라일이 이야기를 시작했다. 그는 처음에는 조금 주저하는 듯했지만 그녀가 관심을 보이자 열심히 말했다. 아디터는 음식에는 거의 손도 대지 않고 그의 잘 그을리고 젊은 얼굴만 바라보았다. 준수하고 냉소적이며 약간 무능해 보이는 얼굴이었다.

그는 테네시 주 작은 마을의 가난한 집에서 태어났다. 워낙 가난한 집안에, 동네에서는 그의 가족만 백인이었다. 백인 아이들이 있었는지는 전혀 기억할 수 없고, 대신 흑인 아이들 십여 명이 열성적인 추종자들처럼 그를 쫓아다녔다. 흑인 애들을 몰고 다니던 그는 상상력을 맘껏 발휘해서 그들을 곤경에 빠트렸다가 다시 구해 주곤 했다. 이들의 관계는 다소 특별한 음악적 재능으로 인해 기이하게 연결됐다.

백인 아이들을 위한 파티에서 피아노를 연주하던 벨 포프 캘헌이라는 흑인 여인이 있었다. 커티스 칼라일을 비웃으며 지나쳤을 멋진 백인 아이들을 위한 파티였다. 누더기 차림의 이 작은 '백인 녀석'은 그녀의 피아노 옆에 한 시간 동안 앉아서 아이들이 장난삼아 부르던 커주*로 알토를 연주하곤 했다. 그는 열세 살이 되기도 전에 내슈빌 인근의 여러 작은 카페에서 낡은 바이올린으로 래그타임**을 연주했다. 팔 년 후에 래그타임의 열풍이 전국을 강타하자 그는 흑인 여섯 명과 함께 오르페움 순회공연단으로 갔다. 흑인 중 다섯 명은 그와 어린 시절을 함께 보낸 친구들이었다. 나머지 한 명이 뉴욕 선창가의 흑인인 작은 물라토 베이브 디바인이다. 그는 버뮤다의 농장에서 일하다가 20센티미터의 단검으로 주인의 등을 찔렀다고 한다. 칼라일은 어느새 브로드웨이까지 진출했다. 사방에서 계약하자는 제안이 들어왔고, 그는 꿈꿔 오던 이상의 돈을 벌었다.

그 무렵에 그의 의식이 다소 유별나고 고달프게 변하기 시작했다. 그는 자신이 흑인들과 함께 무대에서 헛소리나 지껄이며 인생의 황금기를 허비한다고 생각했다. 트롬본 셋과 색소폰 셋, 그리고 그의 플루트로 이루어진 공연단은 나름대로 훌륭했다. 더욱이 그는 자신만의 독특한 음악 감각으로 두각을 나타냈다. 그런데 그는 점차 과민 반응을 보이게 되었고, 무대에 오르는 일에도 혐오감이 일 만큼 공포심을 느끼게 되었다.

그들은 돈을 한참 벌어들였고, 그는 새로 계약할 때마다 더

---

* 장난감 피리.
** 1890년대 중반에서 1910년대까지 미국 남부를 중심으로 인기 있던 재즈식 피아노 연주 스타일.

많은 액수를 요구했다. 그러나 그가 6중주단을 해체하고 일반 피아니스트로 나서겠다고 하자 경영주들은 그를 미쳤다고 비웃었다. 예술적인 자살 행위라고 했다. 후에 그는 '예술적인 자살 행위'라는 문구를 비웃긴 했지만, 그쪽 사람들은 모두 그 말을 사용했다.

하룻밤에 3000달러를 받고 개인 무도회에서 연주한 것도 대여섯 번이나 되었다. 이런 공연이야말로 그의 혐오감을 극대화시켰다. 낮에는 출입할 수 없는 클럽이나 개인 저택에서 열린 무도회에서 그는 세련된 합창단원, 다시 말해서 영원한 원숭이 역할을 했을 따름이었다. 그는 극장 냄새, 파우더와 립스틱, 분장실의 수다, 생색내듯이 갈채를 보내는 관객들에게 싫증이 났다. 그런 곳에 더 이상 자기 열정을 쏟아부을 수 없었던 것이다. 사치스럽게 유유자적하는 삶을 살기까지 갈 길이 너무 멀다는 생각에 머리가 돌 지경이었다. 물론 그는 그런 쪽으로 나아가는 중이었지만 아이스크림을 너무 천천히 먹느라 맛도 음미하지 못하는 어린이나 다름없었다.

돈과 시간이 충분하고 책을 읽거나 즐길 기회가 많았으면 했다. 더욱이 지금까지 사귀어 보지 못한 친구들을 사귀고 싶었다. 그를 하찮은 놈이라고 무시했을 그런 부류의 사람들을 말이다. 한마디로 말해서 그는 일반적으로 귀족주의라는 부류에 속한 것들을 원했다. 그가 벌어들이는 식의 돈이 아니라면 어떤 돈으로라도 귀족주의를 살 수 있을 것 같았다. 당시 그는 스물다섯 살이었고 가족도 없고 제대로 교육받지도 못했다. 더욱이 사업으로 성공하리라는 보장도 없었다. 그는 도박에 손을 댔다가 삼 주 만에 그동안 모은 돈을 몽땅 잃었다.

그리고 전쟁이 터졌다. 그는 플라츠버그로 갔는데 거기까지도 그의 직업이 영향을 미쳤다. 한 준장이 그를 본부로 부르더니 악단장이 되어 군에 더욱 봉사하라고 했다. 그래서 그는 전쟁 기간 내내 전선 뒤에서 본부 악단을 이끌며 유명 인사들을 환대하는 일을 맡았다. 그다지 나쁘지는 않았다. 하지만 보병 대원들이 참호에서 다리를 절뚝거리며 돌아오면 그도 그러고 싶었다. 그들이 뒤집어쓴 진흙과 땀은 영원히 그를 피해 다니는 귀족주의의 선명한 상징이었다.

"결국 개인 무도회가 문제였소. 제대한 후에 예전의 생활이 다시 시작되었지. 플로리다 호텔 연합에서도 일거리를 제안했고. 당시는 시간만이 문제였소."

그가 말을 멈추자 아디터가 기대에 찬 눈길로 그를 바라보았다. 그러나 그는 고개를 저었다.

"아니, 그 일에 대해서는 말하지 않겠소. 그걸 너무 즐기는 중이기 때문에 다른 사람과 나누었다가는 그 즐거움을 잃을 것 같아 두렵소. 그들 앞에 서서 내가 소리나 빽빽 지르는 광대가 아니라고 말할 수 있었던, 그 숨 막히는 영웅적인 순간들을 영원히 간직하고 싶으니까."

갑자기 위에서 나지막한 노랫소리가 들렸다. 갑판에 모인 흑인들의 목소리가 달을 향해 날카로운 화음으로 솟아올랐다. 귓가에 오랫동안 맴도는 선율이었다. 아디터는 황홀경에 휩싸여 노래를 들었다.

오, 아래로,
오, 아래로,

엄마는 나를 은하수로 데려가고 싶어 해,

오, 아래로,

오, 아래로,

아빠는 내-애-일이라고 해!

그런데 엄마는 오-늘이래,

그래, 엄마는 오-늘이래!

칼라일이 한숨을 내쉬었다. 그는 잠시 아무 말 없이 따뜻한 하늘에서 아크등처럼 빛나는 별 무리를 올려다보았다. 흑인들의 노래는 구슬픈 콧노래로 잦아들었다. 밝은 달빛과 깊은 침묵이 매분 늘어나는 것 같았다. 달빛이 환한 한밤중에 인어들이 은빛 물에 젖은 곱슬머리를 빗으며 해저의 유백색 길에 놓인 그들의 처소인 멋진 난파선에 대해 두런두런 이야기하는 소리가 들리는 것도 같았다.

칼라일이 부드럽게 말했다. "당신도 알겠지만, 이것이야말로 내가 원하는 아름다움이오. 아름다움은 놀랍고 대단한 것이어야 하오. 그리고 소녀의 고혹적인 두 눈처럼, 꿈처럼 터져야 하오."

그가 그녀를 향해 고개를 돌렸지만 그녀는 아무 말도 없었다.

"당신도 알고 있소. 그렇지 않소, 아니터, 아니, 아디터?"

아디터는 여전히 아무 대답도 하지 않았다. 그녀는 곤히 잠이 들었다.

4

다음 날 정오 무렵 햇볕이 강하게 내리쬐고 바다의 한 점이 초록색과 회색의 작은 섬으로 천천히 변해 갔다. 북쪽 끝의 거대한 화강암 절벽이 서쪽으로 1.6킬로미터 정도 기울어져 있고, 그 사이에는 파릇파릇한 관목 숲과 수풀이 모래사장으로 이어져서 파도에 나른하게 녹아내리고 있었다. 늘 앉는 자리에서 책을 읽던 아디터가 『천사들의 반란』의 마지막 페이지에 이르자 책을 탁 덮고 고개를 들다가 섬을 발견하고는 감탄사를 연발하며 칼라일을 불렀다. 그는 침울한 표정으로 난간에 서 있었다.

"여긴가요? 여기가 당신이 가려는 곳인가요?"

칼라일이 대충 어깨를 으쓱했다.

"그렇소."

그가 목소리를 높여서 선장 대역을 불렀다. "어이, 베이브. 여기가 자네가 말하던 섬인가?"

물라토의 작은 머리통이 갑판실 옆으로 비쭉 나타났다.

"예! 바로 저거죠."

칼라일이 아디터 옆으로 왔다.

"그럭저럭 재미있을 것 같지 않소?"

그녀도 동의했다. "그래요. 하지만 그다지 좋은 은신처 같지는 않은데요."

"당신 삼촌이 여기저기 보낼 거라는 무선을 아직도 믿는 거요?"

아디터가 솔직하게 대답했다. "아뇨. 지금은 완전히 당신 편인데요. 진심으로 당신이 도망쳤으면 해요."

그가 웃었다.

"당신은 우리에게 행운의 여인이오. 당신을 우리 마스코트로 삼아도 되겠소? 어쨌든 당분간만."

그녀가 쌀쌀맞게 말했다. "나보고 헤엄쳐서 돌아가라고 할 수는 없겠죠. 그랬다가는 어젯밤 당신이 들려준 그 지루한 이야기를 토대로 싸구려 소설을 쓰기 시작할 거예요."

그의 얼굴이 붉어지고 몸이 굳었다.

"지루했다면 정말 미안하오."

"아, 아니에요. 당신이 음악을 연주해 주느라 여자들과 춤출 수 없어서 너무나 화가 났다는 마지막 부분만 빼면요."

그가 화를 내며 일어났다.

"당신, 지독한 독설가로군."

아디터가 웃음을 터트렸다. "미안해요. 그렇지만 남자들이 평생의 야망이라는 식의 이야기로 날 즐겁게 해 주려고 하는 건 어색해요. 특히나 몹시 관념적인 삶을 살았다면 말이죠."

"왜죠? 그럼 남자들은 보통 어떤 식으로 당신을 즐겁게 해 주었소?"

그녀가 하품했다. "아, 보통 나에 대해 말하죠. 나를 젊음과 아름다움의 정수라고들 해요."

"그러면 당신은 뭐라고 말하는데?"

"나는 아무 말 없이 묵인하죠."

"당신이 만난 남자들 모두 당신을 사랑한다고 했소?"

아디터가 고개를 끄덕였다.

"그러면 안 된다는 이유라도 있나요? 인생이란 '당신을 사랑해요.'라는 말을 향해 나아갔다가 물러서는 거죠."

칼라일이 웃으며 자리에 앉았다.

"그건 사실이오. 그건, 그렇게 나쁘지 않소. 당신이 지어낸 이야기요?"

"그래요. 아니, 그보다는 내가 찾아냈다는 게 맞겠어요. 딱히 뭘 의미하는 건 아니고, 좀 기발하죠."

"그런 표현은 당신네 계급의 전유물이오." 그가 엄숙하게 말했다.

그녀가 참지 못하고 끼어들었다. "아, 귀족주의에 대한 설교는 그만해요. 나는 이런 아침 시간에 뭔가에 열중할 수 있는 사람들을 믿지 않아요. 약간 정신이 나간 상태, 다시 말해서 아침 식사에 마취된 상태라고나 할까요? 아침은 잠을 자고 수영하고 태평하게 지낼 시간이죠."

십 분 후에 배는 섬의 북쪽으로 다가가려는 듯이 커다랗게 원을 그리며 돌았다.

아디터는 생각에 잠겨 혼자 중얼댔다. "뭔가 비책이 있을 거야. 절벽에 닻을 내릴 수는 없으니까."

배는 단단한 암석을 향해 직진했다. 높이가 족히 30미터는 되어 보이는 암석이었다. 아디터는 배가 암석의 50미터 앞까지 갔을 때에야 목적을 알아채고 신이 나서 박수를 쳤다. 절벽 사이가 갈라져 있었지만 암석이 신기하게 겹쳐 있어 전혀 눈에 띄지 않았던 것이다. 배는 갈라진 절벽 사이를 뚫고 수정처럼 맑고 좁은 해협으로 들어갔다. 양쪽으로 회색 벽이 높이 솟아 있었다. 배는 녹색과 금색의 작은 세계 안에 정박했다. 유리처럼 매끄러운 금박의 만을 작은 야자나무 숲이 둘러싸고 있었다.

꼬마들이 모래를 쌓아 올리고 잔가지로 장식한 호수 같았다.

칼라일이 흥분해서 소리쳤다. "괜찮은데! 저 너구리 녀석이 대서양의 이쪽 항로를 제대로 아는 것 같군."

그가 즐거워하자 아디터도 그 기분에 전염되어 신이 났다.

"은신처가 틀림없는데요!"

"정말 그렇소! 당신이 책에서나 읽었을 그런 섬이오."

노 젓는 보트가 황금 호수로 내려지고 그들은 해안으로 나갔다.

질척거리는 모래사장에 도착한 후에 칼라일이 말했다. "이제 탐험하러 갑시다."

야자나무 숲 주변을 1.6제곱킬로미터의 평평한 모래 마을이 감싸 안았다. 남쪽으로 걸음을 옮기자 아무도 발을 디딘 적이 없는 진주색 해변이 나타났고 남국의 열대 식물들이 모습을 드러냈다. 아디터는 갈색 골프화를 벗어던지고 허우적거리며 걸었다. 스타킹은 이제 영원히 신지 않을 모양이었다. 요트로 돌아왔더니 지칠 줄 모르는 베이브가 어느새 점심 식사를 준비해 두었다. 그는 양면으로 바다를 감시할 수 있게 북쪽의 높은 절벽에 전망대도 설치했지만, 절벽 입구를 아는 사람이 있을 거라고는 생각하지 않는 것 같았다. 지도에 이 섬이 표기된 것을 본 적이 없었던 것이다.

"이 섬 이름이 뭐죠?" 아디터가 물었다.

"아무 이름도 없어요. 그냥 섬이죠." 베이브가 웃었다.

늦은 오후에 그들은 절벽 꼭대기의 큰 바위에 등을 기대고 앉았다. 칼라일이 그녀에게 대강의 계획을 일러 주었다. 그는 지금쯤이면 다들 광분해서 자기를 추적할 거라고 했다. 그는 자기가 일으켰던 반란과 아직 털어놓지 않은 사건이 대략 100만 달러 규모일 거라고 했다. 그는 이곳에서 몇 주 지내다가 일상적인 항로를 벗어나 남쪽으로 가다가 혼 곶*을 지나 페루의 카야오로 갈 거라고 했다. 석탄과 식품 조달 등의 세부 사항은 전적으로 베이브가 맡았다. 베이브는 커피 무역선의 선실 심부름꾼에서 브라질 해적선의 실질적인 일등 항해사에 이르기까지 온갖 직책으로 이쪽 바다를 항해한 것 같았다. 그건 그렇고 해적선 선장은 오래전에 교수형에 처해졌다고 한다.

칼라일이 강조했다. "베이브가 백인이라면 남아메리카에서 왕이 되었을 거요. 지능으로 따지자면 부커 T. 워싱턴**까지 바보처럼 보였겠지. 베이브는 자기 몸에 여러 인종의 기질과 여러 민족의 간교한 면을 모조리 지녔는데, 그 수가 최소 여섯이 안 된다면 날 거짓말쟁이라 불러도 좋소. 이 세상에서 자기보다 래그타임을 잘 연주하는 사람이 나뿐이어서 날 숭배하는 거요. 뉴욕의 선창가에서 그는 바순을, 나는 오보에를 들고 천 년 묵은 아프리카의 화음을 섞어 연주하곤 했소. 그러면 들쥐들이 기둥에 기어 올라가서 축음기 앞에 모인 개들처럼 찍찍거렸지."

아디터가 화를 냈다.

"어떻게 그런 식으로 말할 수 있어요!"

칼라일이 씩 웃었다.

"맹세컨대……."

---

* 남미 최남단의 곶.
** 흑인 노예 출신의 학자, 교육자, 사회사업가.

"카야오에 가면 뭘 할 거죠?" 그녀가 그의 말을 자르고 물었다.

"인도행 배에 오를 거요. 라자*가 되고 싶소. 진심이오. 아프가니스탄 같은 곳에 가서 돈으로 궁전과 명예를 사들였다가 오 년 후에 이국적인 억양과 신비로운 과거를 지닌 모습으로 영국에 나타날 작정이오. 하지만 인도가 우선이오. 이 세계의 모든 황금이 결국 인도로 흘러 들어간다고들 하는 걸 알고 있소? 그게 매혹적으로 느껴지오. 또 책을 읽을 시간이 필요하오. 아주 많이."

"그 후에는?"

그가 도전적으로 대답했다. "귀족이 되는 거요. 비웃고 싶다면 그러시오. 그래도 내가 뭘 원하는지 안다는 건 인정해 줘야 하오. 당신 이상일 거요."

아디터가 반박하며 주머니에서 담뱃갑을 꺼냈다. "정반대죠. 당신을 만났을 때 난 친구들과 친지들 사이에서 벌어진 대소란의 진원지였죠. 바로 내가 뭘 원하는지 알았기 때문이었어요."

"그게 뭐였소?"

"남자요."

그녀의 말에 그가 놀랐다.

"약혼했다는 거요?"

"어떤 의미에서는요. 당신이 배에 올라오지 않았다면 어제 저녁에 해변으로 빠져나갈 작정이었어요. 정말 까마득한 일 같지만, 팜비치에서 그 사람과 만날 예정이었죠. 그 사람은 한때

---

* 산스크리트어로 '왕'을 뜻함.

러시아의 카타리나 여제의 것이던 팔찌를 들고 날 기다리고 있어요. 이제 귀족에 대해서는 아무 말도 하지 말아요." 그녀가 얼른 덧붙였다. "그 사람을 좋아했던 건 그에게 상상력과 자신의 확신을 이룰 용기가 있기 때문이었어요."

"당신 가족은 허락하지 않았겠군?"

"가족이라는 게 있다면요. 실은 바보 같은 삼촌과 더 바보 같은 숙모뿐이거든요. 그 사람이 미미라나 뭐라나 하는 빨강 머리 여자와 추문이 있었던 것 같아요. 하지만 그건 지나치게 과장된 소문이라고 그 사람이 말했어요. 남자들은 나에게 거짓말하지 않아요. 어쨌거나 그 사람이 뭘 했는지는 상관없어요. 중요한 건 미래이고, 내 미래는 내가 알아서 하고 싶어요. 한 남자가 나를 사랑할 때 그는 다른 일 따위는 신경 쓰지 않아요. 핫케이크를 버리듯이 그 여자를 버리라고 했더니 그 사람은 그대로 했어요."

칼라일이 이마를 찌푸리더니 크게 웃었다. "좀 질투가 나는데. 카야오까지 당신을 데려가야 할 것 같소. 미국으로 돌아갈 여비는 충분히 빌려 주겠소. 그때쯤이면 당신도 그 신사에 대해 충분히 생각해 본 뒤겠지."

아디터가 갑자기 화를 냈다. "나에게 그런 식으로 말하지 말아요. 누구라도 부모같이 구는 건 용납할 수 없다고요. 날 이해하지 못하나요?"

그는 미소를 지었다가 조금 당황하며 얼굴을 굳혔다. 그녀의 차가운 분노에 그의 얼굴이 얼어붙은 것 같았다.

"미안하오." 그가 애매하게 말했다.

"아, 사과하지 말아요. 남자답고 유보적인 태도로 '미안해요.'라고 말하는 남자들은 정말이지 못 참겠어요. 그냥 입이나 닥쳐요!"

침묵이 이어졌다. 칼라일은 그런 침묵이 조금 어색했다. 그러나 아디터는 신경도 쓰지 않고 반짝이는 바다를 바라보았다. 그녀는 담배를 맛있게 피우며 만족스러운 표정을 지었다. 잠시 후에 그녀는 암석으로 기어 나가 암석 끄트머리에 얼굴을 대고 아래를 보았다. 칼라일은 그녀가 어떤 모습으로 있어도 우아하다고 생각했다.

"봐요! 저기 아래에 바위 턱이 많아요. 높이도 다양하고 널직해요." 그녀가 외쳤다.

그가 그녀 옆으로 다가갔고, 그들은 현기증이 날 정도의 높이에서 바다를 내려다보았다.

"우리 밤에 수영해요. 달빛을 받으면서요." 그녀가 흥분해서 말했다.

"섬 맞은편 해변으로 가면 어떻겠소?"

"천만에요. 다이빙을 하고 싶어요. 삼촌의 수영복을 입어도 좋아요. 삼촌은 몸이 축 처져서 당신이 입으면 자루 같겠지만요. 내게는 비드퍼드풀*에서 세인트오거스틴**까지 대서양 모든 해안의 원주민들에게 충격을 줄 만한 원피스 수영복이 있어요."

"상어 같겠군."

"그래요, 꽤 잘하는 편이죠. 또 예쁘고요. 지난여름에 라이의 한 조각가 선생이 말하길 내 종아리가 500달러는 나갈 거

---

* 미국 메인 주의 도시.
** 미국 플로리다 주의 도시.

라던데요."

아디터의 말에 칼라일은 차마 뭐라고 대꾸하지 못하고 가만히 있었다. 그는 속으로만 싱긋 미소를 지었다.

.

5

밤이 푸른색과 은색의 그림자 속으로 내려온 후에 둘은 노 젓는 보트에 올라 반짝이는 수로를 헤치고 나와 튀어나온 암석에 보트를 묶어 두고 절벽을 올랐다. 첫 번째 바위는 3미터 정도 높이에 넓직해서 다이빙대로 적격이었다. 그들은 거기에 앉아 환한 달빛을 받으며 쉬지 않고 파도를 지켜보았다. 조류가 바다를 향한 탓인지 매우 조용했다.

"행복하오?" 그가 느닷없이 물었다.

그녀가 고개를 끄덕였다.

"바다 근처에서는 늘 행복하죠. 당신과 내가 닮은 데가 있다고 하루 종일 생각했어요. 이유는 다르지만 둘 다 반란자죠. 이 년 전에 내가 열여덟 살이고 당신이……."

"스물다섯 살이었소."

"음, 그때 우리는 둘 다 전형적으로 성공한 사람들이었죠. 나는 뭘 모르는 풋내기 소녀였고 당신은 막 퇴역한 잘나가는 음악가였으니까요."

"의회의 명을 받은 신사였소." 그가 빈정거리는 듯한 말투로 말했다.

"음, 어쨌거나 우린 잘 적응했죠. 우리의 모난 성격이 닳아

없어지진 않았지만 적어도 안쪽으로 말려 있었으니까요. 그래도 우린 둘 다 마음속 깊이 그 이상의 행복을 추구했어요. 난 내가 뭘 원하는지도 모르면서 이 남자 저 남자 사이를 헤매고 다녔죠. 불안하고 참을성도 없어지고 시간이 지날수록 순종하지 못하고 불만만 커졌어요. 입 안쪽이나 잘근잘근 씹으면서 곧 정신이 돌아 버릴 거라고 생각했죠. 난 순간적인 것을 두려울 정도로 잘 알아챘어요. 지금 당장! 어떤 일이 일어나길 원했으니까요. 내가 그랬어요. 내가 아름답지 않나요?”

“그렇소.” 칼라일이 모호하게 동의했다.

아디터가 벌떡 일어났다.

“잠깐만요. 이 즐거워 보이는 바다를 한번 시험해 보고 싶어요.”

아디터는 바위 끝까지 걸어가서 바다로 뛰어내렸다. 그녀는 허공에서 몸을 반으로 접었다가 다시 쭉 펴서 물속으로 곧장 돌진했다. 완벽한 잭나이프식 다이빙이었다.

잠시 후에 그녀의 목소리가 그에게까지 떠올라 왔다.

“난 낮은 물론이고 밤에도 주로 책만 읽었어요. 사회에 대해 분개하는 마음이 들기 시작했고…….”

그가 끼어들었다. “여기 올라와요. 도대체 지금 뭘 하는 거요?”

“배영으로 떠 있어요. 금방 올라갈게요. 사람들을 놀라게 하는 일만 즐거웠죠. 매혹적이지만 엄두도 내기 힘든 차림으로 가장무도회에 가거나 뉴욕 최고의 방탕아들과 놀러 다니면서 지독한 추문에 휩쓸리는 거였어요.”

물소리와 그녀의 목소리가 섞이더니 곧 그녀가 바위로 기어 올라와서 숨을 헐떡였다.

"이리 와요!" 그녀가 소리쳤다.

그가 순종하듯 일어나서 물속으로 다이빙했다. 잠시 후 물을 튕기며 물 위로 솟아올라 다시 바위로 올라가 보니 그녀는 없었다. 그는 잠시 두려운 마음이 들었다. 그때 3미터 위의 바위에서 그녀의 경쾌한 웃음소리가 들렸다. 그는 그곳까지 올라가서 그녀와 함께 아무 말 없이 앉았다. 그들은 두 팔로 무릎을 감싸 안았고, 올라오느라 힘이 들었는지 숨을 헐떡였다.

그녀가 갑자기 입을 열었다. "식구들은 아주 화를 냈어요. 날 결혼시켜서 내보내려고 안간힘을 썼죠. 결국 삶은 살 만한 가치가 없다고 깨닫게 되면서 뭔가를 발견했어요."

그녀의 두 눈이 기쁨에 넘쳐 하늘로 향했다. "뭔가를 발견했다고요!"

칼라일이 가만히 기다리자 그녀가 서둘러 말을 이었다.

"용기, 바로 그거였어요. 삶의 규칙이자 언제나 고수해야 하는 것. 내 안에 거대한 믿음이 생기기 시작했어요. 과거의 내가 우상으로 여겼던 것들이 알고 보니 그 용기에 나도 모르게 반했던 거라는 걸 깨달았죠. 나는 인생을 용기와 나머지로 구분하게 되었어요. 용기에는 온갖 종류가 있어요. 얻어맞고 피 흘리면서도 더 달라고 다가오는 투사도 있어요. 난 남자들에게 권투 경기장에 데려다 달라고 했어요. 타락한 여인이 고양이 우리를 지나치면서 그들을 자기 발치의 진흙인 양 바라보았던 거죠. 언제나 좋아하는 대로 살고, 다른 사람의 의견은 완전히 무시한다. 언제나 좋아하던 대로 살고 내 방식대로 죽는다. 담배 있어요?"

그는 담배 한 개비를 건네주며 조용히 성냥도 내밀었다.

아디터가 말을 이었다. "그래도 늙건 젊건 간에 남자들이 계속 꼬였어요. 대부분 정신적으로나 육체적으로 열등한 사람들이었죠. 어쨌든 다들 날 갖고 싶어서 안달이었어요. 내가 쌓아 둔 이 멋지고 자랑스러운 전통을 갖고 싶었던 거죠. 이해해요?"

"어느 정도는. 당신은 패배한 적도 없고 사과한 적도 없겠는데."

"한 번도요!" 그녀는 바위 끝으로 달려가 하늘을 뒤로하고 십자가에 매달린 포즈를 취하더니 검은 포물선을 그리며 6미터 아래의 은색 파도 속으로 완벽하게 뛰어내렸다.

그녀의 목소리가 또다시 그에게로 떠올랐다.

"나에게 용기란, 인생에 내리는 지루한 회색 안개 사이를 뚫고 나아가는 걸 의미하죠. 사람들이나 상황을 건너뛰고 더욱 황량한 인생까지 넘어서는 거요. 인생의 가치와 덧없는 것들의 가치를 우긴다고나 할까요?"

그녀는 이제 다시 올라오는 중이었고, 그녀의 말소리와 함께 뒤로 잘 넘겨진 매끄러운 젖은 금발이 그가 있는 곳까지 올라왔다.

칼라일이 반박했다. "아주 좋소. 당신은 그걸 용기라고 부르는지 몰라도, 당신의 용기란 결국 자랑스러운 출생을 기초로 세워진 거요. 당신은 그렇게 저항적인 태도로 양육되었소. 나의 암울한 시절에는 용기조차 어둡고 생기가 없었지."

그녀는 바위 끝에 앉아 두 무릎을 감싸고 멍하니 하얀 달을 바라보았다. 그는 뒤로 물러서서 바위 사이의 틈새에 기괴한 신처럼 쪼그리고 앉았다.

"폴리아나*처럼 보이고 싶진 않아요. 그래도 당신은 아직 날이해하지 못했군요. 내 용기는 믿음이죠. 나의 영원한 탄력성을 믿는 것. 기쁨과 희망, 자발성이 돌아오리라 믿는 거요. 그때까지 나는 입을 다물고 턱은 치켜들고 눈을 부릅뜨고 있어야 한다고 생각해요. 아, 바보처럼 미소 지을 필요는 없어요. 나는 불평도 하지 않고 지옥 같은 상황을 꽤 잘 버텼어요. 여자들의 지옥은 남자들보다 더 끔찍하죠."

칼라일이 말했다. "기쁨이나 즐거움 같은 것들이 돌아오기도 전에 당신에게 영원히 장막이 드리워지면 어떡하겠소?"

아디터가 일어나더니 힘들게 절벽을 기어올라 3, 4미터 정도 위의 다음 바위로 올라갔다.

"그러면, 내가 이겼겠죠!" 그녀가 말했다.

그는 그녀의 모습을 보려고 바위 끝으로 몸을 내밀었다.

"거기에서 다이빙하지 말아요. 허리가 부러질 텐데." 그는 얼른 말했다.

그녀가 크게 웃었다.

"난 아니죠!"

그녀는 천천히 두 팔을 펴고 백조처럼 섰다. 그녀의 완벽한 젊음과 자부심에 칼라일의 마음까지 환하게 빛났다.

"우린 두 팔을 크게 벌리고 검은 공기를 가를 거예요. 발은 돌고래 꼬리처럼 쭉 펴지겠죠. 저 아래 은빛 바다를 절대로 치지 못할 거라고 생각하겠지만 갑자기 주변이 따뜻해지고 파도

---

* 어떤 상황도 긍정적으로 보는 동명의 소설 주인공에서 따온 이름.

의 입맞춤과 애무의 손길만 가득할 거예요."

그러면서 그녀는 허공을 날았고 칼라일은 자기도 모르게 숨을 죽였다. 그는 그녀가 거의 12미터 위에서 뛰어내렸다는 것도 몰랐다. 영원 같은 시간이 지난 후에 빠르고 강렬하게 그녀가 바다로 빠져드는 소리가 들렸다.

그가 기뻐서 안도의 한숨을 내쉴 때 바닷물이 섞인 그녀의 물기 많고 가벼운 웃음소리가 절벽을 기어올라 걱정하는 그의 귀에까지 들어왔다. 그는 자신이 그녀를 사랑한다는 걸 깨달았다.

6

시간은 도끼자루를 썩힐 틈도 없이 사흘을 그들에게 쏟아부었다. 해가 뜨고 한 시간이 지난 후에 햇빛이 아디터의 선실 창문을 밝히면 그녀는 즐거운 기분으로 잠자리에서 일어나 수영복으로 갈아입고 갑판으로 올라갔다. 그녀가 나타나면 흑인들은 일을 하다 말고 자리를 떴다. 그녀가 날렵한 피라미처럼 맑은 바다 속에 있거나 수면에 떠 있을 때 흑인들은 난간에서 수다를 떨며 웃었다. 그녀는 오후에 날이 좀 서늘해지면 다시 수영을 하거나 절벽에서 칼라일과 함께 담배를 피웠다. 그들은 남쪽 해변의 모래사장에 모로 누워서 한낮이 화려하면서도 비극적으로 나른한 열대의 밤으로 영원히 시들어 가는 모습을 말없이 관조했다.

햇빛 찬란한 길고 긴 시간 내내 아디터는 이 모든 일이 우연하고 충동적이며, 사막 같은 현실의 로맨스라는 잔가지에 불과하다고 생각했다가 점차 생각을 바꾸게 되었다. 그가 남쪽으로 떠날 시간을 떠올리면 두려운 마음이 들었고, 마음속에 떠오르는 결말도 두렵기만 했다. 모든 생각이 갑자기 문젯거리가 되고 결정을 내리기도 힘들었다. 그녀의 이교도적인 영혼에 '기도'가 개입될 자리가 있었다면, 그녀는 칼라일의 계획적이지만 순수한 생각과 소년답고 생기발랄한 상상력, 그리고 그의 기질과 엇갈리면서도 그의 모든 행동에 빛을 더해 주는 편집광적인 특성에 나른하게 순응할 시간을 잠시라도 달라고 부탁했을 터였다.

그러나 이 이야기는 한 섬에 남은 두 사람의 이야기도, 더욱이 격리된 곳에서 싹트는 사랑 타령도 아니다. 그보다는 두 사람을 표현하는 이야기이며, 멕시코 만류의 야자나무라는 이 목가적인 분위기는 우연일 따름이다. 사람들 대부분은 존재하고 생식하는 데 만족하며 그러기 위해 투쟁한다. 그리고 자신의 운명을 통제해 보겠다는, 뻔한 결말의 시도는 운이 있건 없건 간에 극소수에게만 가능한 유보된 것이다. 내가 보기에 아디터의 경우에는 자신의 아름다움과 젊음과 함께 변색될 용기만이 흥미로웠다.

"나도 데려가요." 어느 날 밤에 아디터는 그늘을 안겨 주는 널따란 야자나무 아래의 잔디밭에 그와 함께 게으르게 앉아 있다가 말했다. 흑인들이 해변까지 악기를 가져왔고 기묘한 래그타임 소리는 밤의 따사로운 입김 위를 맴돌았다. 그녀가 선언했다.

"십 년 후에 엄청나게 부유한 인도의 특권층 귀부인으로 다시 나타나고 싶거든요."

칼라일이 얼른 그녀를 바라보았다.

"당신이라면 할 수 있소."

그녀가 웃음을 터트렸다.

"지금 청혼하는 건가요? 호외요! 아디터 파념이 해적의 신부가 되다. 사교계 여성이 래그타임 은행 강도에게 유괴되다."

"은행은 아니었는데."

"그럼 뭐죠? 왜 말해 주지 않는 건데요?"

"당신의 망상을 깨고 싶지 않아서."

"이봐요, 당신에 대한 망상 같은 건 없어요."

"당신이 당신 자신에 대해 갖고 있는 망상 말이오."

그녀가 놀라서 그를 올려다보았다.

"나에 대해서라뇨! 당신이 어떤 죄를 저질렀는지 몰라도 그게 왜 나와 관련이 있는 거죠?"

"두고 보면 알겠지."

그녀는 팔을 뻗어서 그의 손을 토닥이며 부드러운 목소리로 물었다.

"친애하는 칼라일 커티스 씨, 날 사랑하나요?"

"그게 중요하다는 듯이 묻는군."

"그럼요, 내가 당신을 사랑하는 것 같으니까요."

그는 빈정대듯이 그녀를 바라보았다.

"이제 당신의 1월 합계가 여섯 명이 되겠군. 당신의 허세에 도전해서 인도에 같이 가자고 내가 부탁한다면?"

"그럴까요?"

그가 어깨를 으쓱했다.

"카야오에서 결혼할 수도 있겠지."

"당신은 나에게 어떤 삶을 제공할 수 있나요? 불순한 의도가 아니라 진지하게 물어보는 거예요. 2만 달러에 눈이 먼 사람들이 당신을 잡아가면 난 어떻게 되는 거죠?"

"당신에겐 두려움이 없다고 생각했는데."

"절대로요. 하지만 내가 두려워하지 않는다는 걸 한 남자에게 보여 주려고 내 인생을 내팽개치고 싶지는 않아요."

"당신이 가난했으면 더 좋았을 텐데. 따뜻한 황소의 나라에서 울타리 너머를 꿈꾸는 작고 가난한 소녀라면 말이오."

"그러면 뭐가 더 나았을까요?"

"당신을 놀라게 하고 싶으니까. 진귀한 물건을 보고 당신의 눈이 휘둥그레지면 좋을 텐데. 당신이 원하는 물건이 있다면! 무슨 말인지 알겠소?"

"나도 알아요. 보석 가게 진열창 안을 뚫어져라 바라보는 소녀처럼 말이죠."

"그래, 백금에 다이아몬드가 촘촘히 박힌 직사각형의 큰 시계를 원하는 소녀 말이오. 당신이 너무 비싼 것 같아서 100달러짜리 백금 시계를 고르면 내가 말하겠지. '비싸다고? 천만에!' 우리는 안으로 들어갈 거고 그 백금 시계는 곧 당신 팔목에서 반짝일 것이오."

"너무 근사하지만 천박하게 들리네요. 재미있기도 하고. 그렇지 않나요?" 아디터가 중얼거렸다.

"그렇지 않냐고? 여기저기 여행하고 돈을 펑펑 쓰고 다른 곳으로 옮겨 다니면서 벨보이와 웨이터의 숭배를 받는다면? 아, 단순한 부자들은 복 받은 자들이야. 이 땅을 유산으로 받았으니!"

"우리도 그렇게 되길 진심으로 바라요."

"사랑하오, 아디터." 그가 부드럽게 말했다.

그의 얼굴에서 어린애 같은 표정이 잠시 사라지더니 이상하리만큼 진지해졌다.

"당신과 함께 있는 게 너무 좋아요. 지금까지 만났던 그 어떤 남자보다 더. 당신의 표정과 검은 머리, 해변에 도착해서 난간 위로 뛰어넘던 모습까지. 칼라일 커티스, 당신이 완전히 있는 그대로일 때의 모습을 모조리 사랑해요. 당신은 담력이 있어요. 내가 담력을 얼마나 중요하게 여기는지 알죠? 옆에 당신이 있으면 갑자기 키스하고 싶어요. 또 당신에 대해 허튼 공상이나 하는 이상주의 소년에 불과하다고 말하고 싶은 유혹도 느껴요. 내가 나이가 조금 더 많고 더 지겨웠다면 당신과 같이 가겠죠. 하지만 돌아가서 다른 남자와 결혼해야겠어요."

은빛 호수 너머로 달빛을 받으며 흑인들이 꿈틀거리고 몸부림치는 모습이 드러났다. 오랫동안 몸을 움직이지 않은 탓에 에너지가 넘쳐나서 곡예를 부려야 신이 날 것 같은 곡예사 같았다. 그들은 일렬로 서서 동심원을 이루며 고개를 뒤로 젖혔다가 목신(牧神)처럼 각자의 악기에 고개를 숙이며 행진했다. 트롬본과 색소폰의 멜로디가 뒤섞여 끊임없이 흘러나왔다. 음악 소리는 때로는 격렬하고 유쾌하다가 때로는 아프리카 콩고의 심장부에서 터져 나오는 죽음의 춤처럼 구슬프게 귓가에 맴돌았다.

아디터가 외쳤다. "춤춰요! 저렇게 완벽하게 재즈가 연주되는데 가만히 앉아 있을 수는 없어요."

그는 아디터의 손을 잡고 달빛이 환하게 비치고 모래가 단단하고 넓게 퍼진 곳으로 걸어갔다. 그들은 안개처럼 풍부한 빛 아래로 모이는 나방처럼 둥둥 떠다녔다. 음악이 환상적으로 웃고 울고 흔들리고 절망을 안겨 주는 가운데 아디터는 마지막으로 남아 있던 현실감마저 상실했다. 그녀는 꿈꾸는 여름의 향기로운 열대 꽃과 머리 위에서 빛나는 무한한 별빛 하늘에 사로잡혀서 만약 눈을 뜬다면 자신이 만들어 낸 공상의 세계에서 유령과 춤추고 있을 거라고 생각했다.

"이 춤이야말로 우리만의 춤이라고 할 수 있겠소." 그가 속삭였다.

"머리가 돈 것 같아요. 아주 즐겁게요!"

"우리는 마법에 걸렸소. 수많은 식인종들이 저기 절벽 옆에 숨어 우리를 감시하고 있소."

"식인종 여인들이 우리보고 너무 달라붙어서 춤을 춘다고 하겠죠. 또 내가 코걸이도 걸지 않았으니 헤퍼 보인다고 할걸요."

그들은 부드럽게 웃었다. 그때 호수 너머로 트롬본 소리가 뚝 그치고 색소폰마저 놀라서 탄식하듯 소리를 죽이자 그들은 웃음을 거두었다.

"무슨 일이지?" 칼라일이 말했다.

잠시 정적이 흐르더니 은빛 호수를 돌아 허겁지겁 달려오는 어두운 물체가 보였다. 그 물체가 점점 가까워졌다. 베이브가 흥분해서 달려오고 있었다. 그는 그들 앞에 도착해서 숨을 헐떡이며 중얼댔다.

"배가 1킬로미터 앞까지 다가왔어요. 모스가 감시 중인데 정박한 것 같다고 했어요."

"배라니, 어떤 거지?" 칼라일이 걱정스럽다는 듯이 물었다.

몹시 당황한 목소리였다. 그의 표정까지 갑자기 침울해지자 아디터는 순간 심장이 비틀리는 것 같았다.

"모르겠다는데요."

"그 작자들이 보트를 내렸나?"

"아뇨."

"올라가 보자." 칼라일이 말했다.

그들은 아무 말 없이 언덕을 올라갔다. 아디터의 손은 춤을 마쳤을 때와 마찬가지로 여전히 칼라일의 손에 쥐어 있었다. 그는 손을 잡고 있다는 사실조차 망각했기 때문에 아디터는 가끔씩 손이 너무 아팠다. 그러나 일부러 손을 빼지는 않았다. 한 시간 정도 시간이 지난 후에 그들은 정상에 올라 그늘진 평원을 조심스레 가로질러 절벽 가장자리까지 기어갔다. 칼라일은 주변을 대강 둘러보고 무의식 중에 중얼댔다. 선두와 선미에 구경 15센티미터의 총들이 탑재된 경찰 경비정이었다.

그가 짧게 숨을 들이마셨다. "그들이 찾아냈어! 알아냈다고! 어딘가에서 단서를 찾아낸 거야."

"해협도 알고 있을까요? 내일 아침에 섬을 둘러보려고 정박했는지도 몰라요. 지금 위치에서는 절벽 입구를 볼 수 없어요."

"쌍안경이 있을 거요." 그가 절망적으로 내뱉고 손목시계를 내려다보았다.

"거의 2시니 분명 새벽까지는 아무 일도 하지 않을 거요. 물론 그들이 다른 배나 석탄용 배를 기다리는 중이라는 가능성도 아주 없는 건 아니지만."

"여기에서 기다리는 편이 낫겠어요."

시간이 흘렀다. 그들은 꿈꾸는 아이처럼 두 손으로 턱을 괴고 나란히 엎드려 있었다. 흑인들은 뒤에 쭈그리고 앉아 인내심을 발휘하며 체념하고 순응하다가 때로 시끄럽게 코를 골았다. 아프리카인들의 불가항력적인 잠에 대한 욕망은 이런 위험 앞에서도 변함없었다.

5시가 되기 직전에 베이브가 칼라일에게 다가왔다. 그는 나르시스호에 라이플총이 여섯 개 있다고 전했다. 그는 버티기로 결정하지 않았느냐고 묻더니 제대로 전술을 세우기만 하면 상당히 대단한 결투를 벌일 수 있을 거라고 했다.

칼라일이 크게 웃으며 고개를 저었다.

"저기 있는 건 스페인계 미국인 군대가 아니라 경찰 경비정이야. 활과 화살로 기관총에 대드는 꼴이지. 저 자루들을 어딘가에 묻고 나중에 다시 챙길 생각이라면 그렇게 하게. 그래 봤자 소용없을 거야. 그들은 이 섬을 끝에서 끝까지 모조리 뒤질테니까. 우린 이미 졌네, 베이브."

베이브는 아무 말 없이 고개를 숙이고 가 버렸다. 칼라일은 아디터에게 고개를 돌리고 쉰 목소리로 말했다.

"저 친구는 내 최고의 친구요. 내가 허락만 한다면 날 위해서 목숨까지 버리고도 자랑스러워하겠지."

"포기한 건가요?"

"선택의 여지가 없소. 물론 도망갈 길이 하나 있소. 확실한 길이지. 하지만 그건 나중에 해도 될 테니까. 난 절대로 내 재판을 놓치지 않을 거요. 악명 높고 흥미로운 실험이 되겠지. '해적이 언제나 신사적으로 자신을 대했다고 파넘 양이 증언하다.'"

"그러지 말아요! 너무 미안해지는데요." 아디터가 외쳤다.

하늘에서 빛이 사라지고 무광(無光)의 파란색이 납빛 회색으로 변할 무렵 갑판이 소란스러워졌다. 하얀 즈크 바지 차림의 장교들이 난간 근처에 모여서 쌍안경으로 섬을 구석구석 살폈다.

"모두 끝났소." 칼라일이 심각하게 말했다.

"에잇!" 아디터가 속삭였다. 그녀의 눈가에 눈물이 맺혔다.

"요트로 돌아가겠소. 여기에서 주머니쥐처럼 잡히는 것보다는 그게 나으니까."

그들은 언덕 위 고원에서 내려갔다. 호수에 도착한 후에는 흑인들이 아무 말 없이 요트까지 노를 저어 갔다. 그들은 지치고 피곤한 몸을 긴 의자에 던지고 기다렸다.

희미한 회색빛 아래서 삼십 분이 지난 후에 경찰 경비정의 선두가 해협에 모습을 드러내더니 곧 멈춰 섰다. 만의 깊이가 너무 얕지는 않은지 염려하는 것 같았다. 평화로이 정박한 요트의 긴 의자에 두 남녀가 앉아 있고 흑인들이 호기심 어린 표정으로 난간에 기댄 것을 보고 그들은 이쪽 편에서 아무런 저항도 하지 않을 거라고 판단했는지 보트 두 대를 내렸다. 한 보트에는 장교 한 명과 수병 여섯 명이 탔고, 다른 보트에는 노 젓는 이가 네 명 타고 선미에 요트용 플란넬 옷을 입은 회색 머리의 남자 둘이 있었다. 아디터와 칼라일은 의자에서 일어나 거의 무의식적으로 서로를 바라보았다. 그가 갑자기 주머니에 손을 집어넣어 반짝이는 둥근 물건을 그녀에게 내밀었다.

"이게 뭐죠?" 그녀가 놀라서 물었다.

"확실히는 모르겠지만 안쪽에 러시아어가 새겨진 것으로 보아 당신이 받기로 되었던 팔찌 같소."

"도대체 어디에서……."

"저 자루에서 나왔소. 커티스 칼라일과 여섯 명의 흑인 친구들은 팜비치 호텔 다실에서 공연하다가 악기를 자동 화기로 바꾸고 군중들을 인질로 삼았소. 그리고 예쁘지만 립스틱이 너무 짙은 빨강 머리 여자가 차고 있던 이 팔찌를 뺏었소."

아디터가 얼굴을 찌푸리다가 곧 미소 지었다.

"당신이 했다는 게 바로 그거였군요! 정말 용기가 있어요."

그가 고개를 숙였다.

"잘 알려진 부르주아적 성격이죠."

그때 여명이 갑판에 비스듬하게 내리꽂히며 그늘이 회색 모퉁이로 숨어들었다. 이슬이 꿈처럼 얄팍한 황금빛 안개로 변하며 그들을 감쌌다. 안개는 늦은 밤의 거미집 유적처럼 끝없이 허무해 보이다가 어느새 사라져 버렸다. 하늘과 바다가 잠시 숨을 죽였고 새벽은 아직 젊은 삶의 입술에 분홍빛 손을 내밀었다. 호수에서 노 젓는 소리가 들려왔다.

동쪽으로 낮게 걸린 황금빛 난로를 배경으로 갑자기 우아한 두 형상이 하나로 합쳐졌다. 그가 그녀의 버릇없고 젊은 입술에 키스한 것이다.

"영광이오." 그가 잠시 후에 속삭였다.

그녀가 그를 올려다보며 미소 지었다.

"행복한가요?"

그녀의 한숨은 축복이었다. 더욱이 자기가 아는 그 어느 때보다 젊고 아름답다는 확신의 황홀경이기도 했다. 인생이 반짝거리고 시간은 유령 같고 그 힘은 영원한, 그런 순간이었다. 노 젓는 배가 요트의 옆면에 긁히고 부딪치는 소리가 났다.

회색 머리의 두 남자와 장교 한 명, 선원 두 명이 사다리를 타고 올라왔다. 모두 손에 리볼버 권총을 쥐고 있었다. 파넘 씨가 팔짱을 낀 채로 조카딸을 바라보았다.

"그래." 그가 천천히 고개를 까닥이며 말했다.

아디터는 한숨을 쉬며 칼라일의 목에서 두 팔을 풀었다. 여신처럼 먼 곳을 바라보던 그녀의 시선이 배 위의 일행에게로 떨어졌다. 아디터의 삼촌은 그녀가 윗입술이 살짝 부풀어 올리며 교만한 표정을 짓는 것을 보았다. 익히 보아 온 표정이었다.

그가 잔인하게 다시 말했다. "그래, 네가 생각하던 로맨스라는 게 바로 이런 거였구나. 바다의 해적과 달아나는 것 말이야."

아디터는 방심한 표정으로 그를 바라보았다.

"삼촌은 정말 늙은 바보군요." 그녀가 조용히 말했다.

"그렇게밖에 말하지 못하겠니?"

그녀가 신중히 고려해 본 사람처럼 말했다. "아뇨, 아뇨, 더 있어요. 지난 몇 년간 우리가 대화를 끝마치며 주로 사용하는 말이 있었죠. 삼촌도 잘 알겠지만요. '입 닥쳐요!'"

그녀는 늙은 남자 두 명과 장교, 선원 두 명을 경멸하듯 잠시 쳐다보고 당당하게 승강계단을 내려갔다.

조금만 더 지체했더라면 그녀는 삼촌이 자기와 말할 때는 별로 사용하지 않는 소리를 내는 걸 들었을 것이다. 그는 정말 재미있다는 듯이 웃어 댔고, 다른 늙은이도 함께 웃었다.

그 늙은이가 칼라일을 바라보았다. 칼라일은 혼자 재미있어하며 이 장면을 지켜보고 있었다.

"토비, 넌 정말이지 구제불능에 새대가리이고 무지개만 쫓아다니는 낭만적인 녀석이구나. 저 여자가 네가 바라던 바로 그 여자가 맞던?" 그가 온화하게 물었다.

칼라일이 자신만만한 미소를 지었다.

"음, 물론이죠. 그녀의 야성적인 행적에 대해 처음 들었을 때부터 확신했죠. 그래서 어젯밤에 베이브에게 불꽃을 쏘아 올리라고 했어요."

몰런드 대령이 진지하게 말했다. "네가 그래 줘서 정말 다행이었어. 저 여섯 명의 낯선 흑인이 말썽이라도 일으킬까 봐 바로 옆에서 망을 보고 있었지. 또 너희 둘이 의심을 받아도 어쩔 수 없는 자세이길 바랐다." 그가 한숨을 내쉬면서 덧붙였다. "음, 괴짜로 괴짜를 잡은 셈이로군."

"자네 부친과 나는 최선, 아니 어쩌면 최악의 결과를 바라며 밤을 새웠다네. 자네가 내 조카딸의 환심을 살지는 아무도 모르는 노릇이었으니까. 쟤 때문에 내가 돌아 버리겠네. 내 탐정이 미미라는 여자에게서 받아 낸 러시아 팔찌를 주었나?"

칼라일이 고개를 끄덕였다.

"쉿! 지금 올라오네요." 그가 말했다.

아디터가 다시 승강계단 꼭대기에 나타나서 마지못한 표정으로 칼라일의 손목을 바라보다가 뭔가 이상하다는 표정을 지었다. 선미에서 흑인들이 노래하기 시작했고 새벽 바람에 신선해진 차가운 호수에 그들의 낮은 목소리가 메아리쳤다.

칼라일이 불안하게 말했다. "아디터."

그녀가 그 앞으로 한 걸음 내딛었다.

그가 숨도 못 쉬고 그녀의 이름을 다시 불렀다.

"아디터, 할 말이 있어요. 진실 말이오. 지금까지 일은 전부

계략이었어요. 내 이름은 칼라일이 아닙니다. 몰런드, 토비 몰런드예요. 플로리다에서 이 일을 대강 계획했어요, 아디터."

아디터가 그를 노려보았다. 놀람과 불신, 분노가 순차적으로 그녀의 얼굴을 스쳤다. 세 남자 모두 숨을 죽였다. 아버지 몰런드가 그녀 앞으로 한 걸음 다가왔다. 파넘 씨의 입이 아래로 처지고 벌어졌다. 충돌을 예상하고 두려움에 사로잡힌 표정이었다.

그러나 충돌 같은 건 없었다. 아디터의 얼굴에 갑자기 광채가 일더니, 그녀가 웃으면서 아들 몰런드에게 빠르게 걸어왔다. 그녀는 화난 기색이라고는 전혀 없는 회색빛 눈으로 그를 올려다보았다.

그녀가 조용히 물었다. "이게 전부 당신 혼자 생각해 낸 거라고 맹세할 수 있어요?"

"맹세해요." 젊은 몰런드가 진지하게 대답했다.

그녀가 그의 얼굴을 끌어당겨 부드럽게 키스했다.

그녀는 질투가 섞인 어조로 다정하게 말했다. "대단한 상상력이군요! 내가 죽는 날까지 당신은 그런 달콤한 거짓말을 계속해야 해요."

흑인들의 노랫소리가 배 뒤로 나른하게 흘러가서 그녀가 전에 들었던 그들의 노랫소리와 섞였다.

시간은 도둑이야
기쁨과 슬픔이
이파리에 달라붙어
이파리는 누래지고…….

"자루에 뭐가 들었죠?" 아디터가 부드럽게 물었다.

"플로리다 진흙이요. 내가 당신에게 말한 두 가지 진실 중 하나이죠."

"나머지는 알 것 같은데요." 그녀는 발끝을 세우고 그에게 부드럽게 키스했다.

리츠 호텔만 한 다이아몬드

1

존 T. 웅거는 미시시피 강변의 소읍 헤이즈에서 여러 세대에 걸쳐 유명한 가문 출신이었다. 그의 아버지는 경쟁이 극심한 여러 아마추어 골프 대회에서 우승을 거두었고, 웅거 부인은 정치 연설 때문에 그 지역 표현으로 '뜨거운 상자에서 뜨거운 침대로'라는 별명으로 알려져 있었다. 막 열여섯 살이 된 존 T. 웅거는 긴 바지를 입을 나이가 되기도 전에 뉴욕에서 건너온 최신 춤을 다 출 줄 알았다. 이제 그는 얼마 동안 집을 떠날 예정이었다. 지방의 유망한 청년들을 모두 뺏어 가서 결국 지방 사람들을 파멸로 몰아가게 마련인 뉴잉글랜드 교육에 대한 경외감이 그의 부모에게도 엄습했던 것이다. 보스턴 근교의 세인트 마이더스 학교에 아들을 입학시키는 것보다 더 적절한 대안은 없어 보였다. 유능하고 소중한 아들을 담기에 헤이즈는 그릇이 너무 작았다.

그 동네에 가 본 적이 있다면 알겠지만, 헤이즈에서는 인기 있는 예비학교나 대학의 간판이 그다지 중요하지 않았다. 주민들은 옷차림이나 예의범절, 독서 등은 늘 세상과 보조를 맞추면서도 다른 면에서는 세상과 동떨어져 살아왔다. 그래서 주로 소문에 의지해 왔고, 헤이즈에서는 화려하다고 여겨지는 일들이 시카고의 소고기 재벌가 딸들에게는 '아마도 조금은 초라하다.'라고 여겨지는 판이었다.

존 T. 웅거가 떠나기 전날 밤 웅거 부인은 아둔한 모성애를 발휘해서 아들의 여행 가방에 리넨 양복들과 선풍기를 쑤셔 넣었고, 웅거 씨는 돈이 가득 든 석면 지갑을 주었다.

"우린 언제나 너를 환영한다는 걸 잊지 말아라. 난로를 늘 켜 두마." 아버지가 말했다.

"알아요." 존이 쉰 목소리로 대답했다.

"네가 누구인지, 네 출신이 어딘지 잊지 말거라. 널 해치는 일은 없을 거다. 넌 웅거 사람이고, 헤이즈 출신이야." 아버지가 자랑스럽게 말했다.

중년 신사와 소년은 악수를 나눴고 존은 눈물을 흘리며 집을 나섰다. 십 분 후에 그는 도시 경계선을 넘으면서 마지막으로 뒤를 돌아보았다. 경계선 문 위에 걸린 빅토리아풍의 구식 표지판이 묘하게도 매력적이었다. 아버지는 표지판의 문구를 좀 더 기백과 진취성이 넘치는 내용으로 바꿔 보려고 몇 번이나 애를 썼다. 예를 들면 진심 어린 악수를 나누는 모습을 그린 그림 위로 '헤이즈 — 당신의 기회'나 아니면 평범하게 '환영합니다'라고 쓰고 거기에 전구를 달아 두드러지게 만들고 싶어 했다. 웅거 씨는 표지판의 낡은 모토가 다소 침울하다고 생각했다. 하지만 지금은…….

존은 다시 목적지를 향해 단호하게 얼굴을 돌렸다. 그가 몸을 돌릴 때 헤이즈의 불빛은 하늘을 배경으로 따뜻하고 열정적인 아름다움으로 가득한 것 같았다.

세인트 마이더스 학교는 롤스피어스 자동차로 보스턴에서 반 시간 거리였다. 실제 거리는 절대로 알려지지 않을 것이다. 존 T. 웅거를 제외하면 롤스피어스를 타고 거기에 간 사람이 아무도 없고, 그리고 앞으로도 그럴 것이기 때문이다. 세인트 마이더스는 전 세계에서 가장 비싸고 가장 배타적인 남자 예비학교였다.

그곳에서 존은 처음 두 해를 즐겁게 보냈다. 모든 소년들의 아버지들은 왕족처럼 돈을 벌어들였고, 존은 고급스러운 휴양지에서 여름 방학을 보내곤 했다. 존은 자신을 초대한 소년들을 모두 좋아했지만, 그들의 아버지들이 모두 똑같아 보인다고 느꼈다. 그는 그들이 왜 지나치다 싶을 정도로 똑같은지, 소년다운 호기심을 느꼈다. 그가 고향이 어디라고 말하면 그들은 즐겁게 묻곤 했다. "거기 아래쪽은 꽤 뜨겁지?"

그러면 존은 간신히 얼굴에 미소를 띠고 "그럼요."라고 대답했다. 그들이 그런 농담을 하지만 않았어도 존은 훨씬 진심 어리게 대답했으리라. 그들이 다르게 물어봤자 "자네에게 거기 아래는 뜨겁지?" 정도였다. 그는 이것 역시 싫었다.

2학년 중반 무렵에 용모가 준수하고 과묵한 퍼시 워싱턴이라는 학생이 전학을 왔다. 이 전학생은 행동거지가 호감이 갔고, 심지어 세인트 마이더스 내에서도 옷차림이 아주 뛰어났다. 그런데 어떤 이유에서인지 그는 다른 학생들과는 동떨어져 지냈다. 그는 존 T. 웅거하고만 친하게 지냈지만 심지어 존에게도 자기 집이나 가족에 대해서는 아무 말도 하지 않았다. 그가 부자라는 것은 굳이 말하지 않아도 다들 알았다. 그러나 몇 가지 추측을 제외하면 존은 이 친구에 대해 아는 바가 거의 없었다. 그래서 퍼시가 '서부'의 자기 집에서 여름을 보내자고 했을 때 존은 드디어 자기 호기심을 채울 수 있으리라 믿고 주저 없이 따라나섰다.

기차를 타고 나서야 퍼시는 처음으로 몇 마디 하기 시작했다. 한번은 식당칸에서 점심을 먹으면서 몇몇 남학생의 건전치 못한 성격에 대해 이야기하는데 퍼시가 갑자기 목소리를 바꾸고는 불쑥 말했다.

"우리 아버지는 이 세상에서 가장 부유하시지."

"아." 존이 예의 바르게 대답했다. 상대의 장담에 뭐라 달리 대꾸할 수가 없었다. '아주 근사하구나.'라는 말도 고려했지만 구차해 보였고, '정말?'이라고 물으려고 했으나 그건 퍼시의 말을 의심하는 셈이었다. 더욱이 이렇게 놀라운 단언에 새삼 질문할 수도 없는 노릇이었다.

"지금까지 가장 부유하시지." 퍼시가 다시 말했다.

존이 말했다. "『세계연감』을 읽었는데, 미국에 연수입이 500만 달러가 넘는 사람이 한 명이고, 300만 달러가 넘는 사람이 네 명이고……."

퍼시가 냉소적으로 입꼬리를 올렸다. "아, 그건 아무것도 아니야. 당장 돈이나 벌려는 자본주의자나 재계의 피라미, 그것도 아니면 시시한 사채업자들이지. 우리 아버지는 그들의 재산을 모두 사고서도 당신이 그랬다는 걸 모를 수 있어."

"하지만 어떻게……."

"왜 아버지의 수입세를 기록하지 않느냐고? 그건 아버지가 세금을 내지 않으시니까. 낸다 해도 아주 조금만 내지. 하지만 진짜 수입에 대해서는 전혀 내지 않아."

"아주 부자시구나. 좋겠다. 나는 진짜 부자가 좋더라."

존이 열정과 솔직함이 담긴 표정으로 말을 이었다. "부자일수록 더 좋지. 지난 부활절 휴가 때 신리처 머피 집에 갔었어. 비비언 신리처 머피네 집에는 달걀만 한 루비가 있더라. 또 안에 전구가 들어 있는 공처럼 보이는 사파이어도……."

퍼시가 진심으로 동의했다. "난 보석이 좋아. 물론 학교에서는 누구에게도 알리고 싶지 않았지만 나도 소장품이 꽤 되지. 전에 우표 대신 보석을 모았거든."

존이 열심히 말을 이었다. "다이아몬드도 있었어. 신리처 머피네 집에는 호두만 한 다이아몬드가 있는데……."

퍼시가 몸을 앞으로 기울이더니 목소리를 낮춰서 속삭였다. "그건 아무것도 아니야. 정말 아무것도 아니지. 우리 아버지한테는 리츠칼튼 호텔보다 더 큰 다이아몬드가 있는걸."

2

몬태나의 태양이 두 산 사이로 지는 모습은 거대한 멍 자국 같았고, 거기에서 어두운 선들이 독약 같은 하늘로 퍼져 나갔다. 하늘에서 멀리 떨어진 곳에 피시 마을이 웅크리고 있었다. 작고 침울하고 잊힌 마을이었다. 피시에는 모두 열두 명이 산다고들 했다. 자신을 낳아 준 신비한 힘을 가진 헐벗은 바위에서 솟아 나오는 젖을 빨아먹고 자란 불가해하고 침울한 영혼들이다. 태초에 자연이 피시 주민을 낳았다가 변덕스럽게 그냥 절멸하게 내버려 둔 것처럼 그들은 이 세상과는 분리된 종족이었다.

멀리 검푸른 멍에서부터 길게 움직이는 불빛이 대지를 기어갈 때면 피시의 주민 열두 명은 초라한 정거장에 유령처럼 모여서 7시 시카고발 대륙횡단 급행열차가 지나가는 것을 지켜보았다. 대륙횡단 급행열차는 일 년에 여섯 번 정도 도저히 알 수 없는 권한으로 피시 마을에 정차했다. 그럴 때마다 기차에서 한두 명이 내려서 언제나 어둑한 황혼에서 튀어나온 마차를 타고 타박상을 입은 일몰을 향해 나갔다. 이렇게 무의미하고 엉뚱한 현상을 관찰하는 일은 피시 주민들에게 일종의 예식이 되었다. 그들로서는 기차를 바라보는 일이 전부였다. 그들은 궁금하다고 여기거나 추리할 정도의 상상력도 전혀 갖고 있지 않았다. 만약 그랬다면 이 신비로운 방문을 둘러싸고 하나의 종교가 태어났을지도 모를 일이다. 그러나 피시 주민들은 모든 종교를 초월했다. 가장 적나라하고 야만적인 기독교 교리조차 이 헐벗은 바위에는 뿌리를 내리지 못할 터였다. 그러니 제단도, 사제도, 제사도 있을 리 만무했다. 그저 매일 저녁 7시면 허름한 정거장 옆에 회중이 조용히 모여서 침침하고 열기도 없는 호기심의 기도를 올릴 따름이었다.

그러던 6월 밤이었다. 그들이 굳이 무언가를 신격화했다면 천상의 주인으로 삼았을 '대 보조차장'이 피시에 서는 7시 기차에서 인간(혹은 비인간)을 내려놓기로 결정했다. 7시 2분에 퍼시 워싱턴과 존 T. 웅거가 내려서 홀린 듯이 입을 헤벌리고 두려움에 떠는 피시 주민 열두 명의 시선을 지나 어딘가에서 홀연히 나타난 마차를 서둘러 타고 사라졌다.

삼십 분 후에 황혼이 어둠으로 변했고, 말없이 마차를 끌던 흑인이 어두운 앞쪽에 서 있던 불투명한 물체에게 인사를 했다. 물체는 흑인의 인사에 대한 보답으로 빛나는 원반을 비추었는데, 그 원반은 측량할 수 없는 밤의 사악한 눈처럼 그들을 바라보았다. 마차가 그 원반에 다가간 후에야 존은 그것이 커다란 자동차의 미등인 것을 확인했는데, 그 자동차는 지금까지 본 그 어떤 차보다 크고 위엄이 넘쳤다. 주석보다 화려하고 은보다 가벼운 금속의 몸체가 반짝이고, 바퀴통에는 초록색과 노란색의 기하학적인 물체가 무지개처럼 박혔는데, 존은 그것이 유리인지 보석인지 감히 물어보질 못했다.

두 젊은이가 마차에서 내리자 런던의 왕실 행렬에서나 볼 수 있는 화려한 제복 차림에 차렷 자세로 차 옆에 서 있던 흑인 둘이 인사를 했다. 손님들은 도저히 이해할 수 없는 언어였지만, 남부 흑인의 극단적인 방언처럼 들렸다.

리무진의 검은 지붕 위로 여행 가방이 올려진 후에 퍼시가 친구에게 말했다. "타자. 마차로 여기까지 와서 미안해. 물론 기차 승객이나 신도 저버린 피시 사람들이 이 자동차를 봐 봤자 좋을 게 없겠지만."

"와! 대단한 차야!" 존은 차에 올라탄 후에 자기도 모르게 감탄사를 연발했다. 차 안은 황금색 천 바탕에 보석과 자수

장식이 된 미세하고 정교한 실크 태피스트리를 꾸며져 있었다. 둘은 비단실을 섞어 짠 모직물 같은 커버가 씌어진 호사스러운 두 개의 안락의자에 앉았는데, 수없이 많은 타조 깃털로 짠 것 같았다.

"정말 대단한 차야!" 존이 감탄해서 다시 외쳤다.

"이 차 말이야? 음, 그냥 가족용으로 사용하는 낡은 차인데." 퍼시가 웃었다.

그들은 어느새 어둠 속을 미끄러져 두 산 사이의 틈으로 향했다.

"한 시간 반이면 도착할 거야. 지금까지 본 그 무엇과도 다를 거라는 것만 알아 둬." 퍼시가 시계를 보며 말했다.

만약 이 자동차가 앞으로 보게 될 것을 상징한다면, 존은 놀랄 준비가 충분히 된 셈이었다. 헤이즈에서는 단순하고 경건한 첫 번째 신조로서 부를 진심으로 숭배하고 존중했다. 존이 부 앞에서 눈부셔하며 겸손한 자세를 취하지 않는다면 그의 부모는 그의 신성모독에 고개를 돌렸으리라.

두 산 사이의 틈에 다다른 후에 길이 더욱 험해졌다.

"달이 이쪽을 비추면 우리가 커다란 협곡에 들어온 걸 볼 수 있을 텐데."

퍼시가 창밖을 내다보며 말했다. 그가 마이크에 대고 몇 마디 하자 시종이 얼른 탐조등을 켰고, 언덕은 커다란 불빛에 휩싸였다.

"돌이 많지? 보통 차라면 삼십 분 만에 산산조각이 났을 거야. 사실 길을 모른다면 탱크를 타고 돌아다녀야 할 거야. 이제 언덕으로 올라가는 건 알겠지?"

차는 언덕으로 올라가다가 몇 분 후에 높이 솟아오른 지점을 통과했다. 그때 막 떠오른 창백한 달의 모습이 멀리 힐끗 보였다. 차가 갑자기 멈추고 어둠 속에서 사람들이 나타났다. 역시 흑인들이었다. 두 젊은이는 조금 전처럼 알아듣기 힘든 방언으로 인사를 받았다. 그리고 흑인들이 일을 시작했고, 머리 위에 달린 커다란 전선 네 개가 보석 박힌 큰 바퀴통에 고리로 연결되었다. 존은 "헤이야!" 소리에 맞춰 차가 천천히 땅에서 들어 올려지는 것을 느꼈다. 차가 점차 올라가자 양쪽의 큰 돌들이 시야에서 사라졌고, 더 높이 올라가자 마침내 그들이 막 이륙한 바위 더미와는 대조적으로 달빛이 비치는 구불구불한 계곡이 펼쳐졌다. 한쪽 면으로만 여전히 바위가 보였고, 나머지 면에서는 갑자기 바위가 전부 사라졌다.

암석에서 칼날처럼 수직으로 뻗어 나간 면을 오른 것이 틀림없었다. 차는 곧 아래쪽으로 다시 내려가다가 가볍게 쿵 소리를 내며 부드러운 땅에 착지했다.

퍼시가 창밖으로 고개를 내밀었다. "최악의 상황은 끝났어. 여기서부터 8킬로미터만 가면 되는데, 이 길은 전부 태피스트리 벽돌로 포장되어 있어. 여긴 우리 땅이야. 여기에서 미국이 끝난다고 아버지가 말했어."

"그러면 캐나다야?"

"아니, 우리는 몬태나 주 로키 산맥 중간에 있어. 한 번도 측량된 적이 없는 8제곱킬로미터 안이지."

"어떻게? 사람들이 잊어버렸나?"

퍼시가 씩 웃었다. "아니. 세 번이나 시도가 있었지. 처음에는 할아버지가 국무 조사팀 전체에 뇌물을 먹였어. 두 번째는 미국 공식 지도를 훼손했어. 십오 년이 걸렸지. 마지막은 더 힘들었어. 아버지가 나침반을 초강력 인공 자기장에 걸려들게 했어. 약간씩 결함이 있는 측량 도구 일체를 만들어서 이 지역이 감지되지 않게 준비해 놓고는 실제로 사용될 도구와 바꿔치기 했지. 그리고 강의 위치를 약간 빗나가게 해서 한 마을이 강둑에 세워진 것처럼 탐지되게 했어. 그래서 사람들은 계곡 위로 16킬로미터 정도 지나야 마을이 있다고 생각해. 아버지가 두려워하는 건 단 하나뿐이야. 우리를 찾아낼 수 있는 것이 이 세계에 딱 하나 있어."

"그게 뭔데?"

퍼시가 목소리를 낮추고 속삭였다.

"비행기야. 우리도 대공포를 여섯 대 정도 배치해 뒀지. 사상자가 몇 명 있었고 죄수도 아주 많아. 우리가, 그러니까 아버지와 내가 그 일에 신경을 쓰는 건 아니야. 그래도 어머니와 여동생들은 신경이 곤두서 있지, 우리가 제대로 대처하지 못할 수 있는 가능성이 늘 있으니까."

친칠라 털 조각 같은 구름들이 타타르 칸 앞에서 열병식을 벌이는 동방의 군대처럼 초록색 달을 지나쳐 갔다. 존은 대낮에 청년들이 하늘을 비행하면서 암석으로 둘러싸인 절망적인 소읍에 소책자와 특허약 전단을 뿌리면서 희망의 메시지를 전달하는 모습이 보이는 듯했다. 그 청년들이 구름 너머로 내려다보는 모습을 볼 수 있을 것만 같았다.(그의 목적지인 이곳에 내려다볼 만한 것이 있다면.) 그다음에는 어떤 일이 일어났을까? 심판의 날이 올 때까지 여기 사람들이 특허약과 소책자에서 멀리 떨어져 있도록 비밀스러운 장치로 비행기를 땅으로 유도했을까? 혹시 비행기가 함정에 빠지지 않자 대공포에서 연기가 빠르게 솟아오르며 탄알이 날아가 비행기를 격추했던 걸까? 그래서 퍼시의 어머니와 여동생들이 '신경이 곤두서' 있던 것일까? 존은 고개를 설레설레 저었다. 그의 입술이 벌어지면서 공허한 웃음이 새어 나왔다. 여기에 얼마나 절망적인 계약이 숨겨져 있을까? 이 기이한 크로이소스*의 도덕적인 수단은 과연 무엇이란 말인가? 무시무시한 황금의 수수께끼는 무엇일까?

친칠라 털 같은 구름들이 지나가고 몬태나의 밤은 대낮처럼 환해졌다. 커다란 타이어는 태피스트리 벽돌 길을 고요한 달빛 호수를 스치듯 부드럽게 굴러갔다. 서늘하고 뾰족한 소나무 숲을 통과할 때 잠시 어둠이 찾아왔다가 곧 넓은 잔디밭 도로가 나왔고, 퍼시가 과묵하게 "집이야."라고 말했다. 존은 기뻐서 환성을 질렀다.

별빛을 담뿍 받으며 호수가 끝나는 곳에서 절묘한 성 한 채가 솟아올랐다. 대리석 성의 광채는 인접한 산의 절반 높이까지 이르렀다가 칠흑처럼 어두운 소나무 숲으로 우아하게 녹아내리면서 완벽한 균형을 이루며 반투명하고 여성스러운 나태함을 드러냈다. 여러 탑과 경사진 첨탑들, 가느다란 장식창, 직사각형과 팔각형, 삼각형의 황금 불빛을 내뿜는 천 개의 노란 창문이 만들어 내는 정제된 경이로움, 별빛과 푸른 그늘이 겹치면서 생긴 조각 난 부드러움 등이 음악의 화음처럼 존의 영혼을 울렸다. 가장 높고 바닥이 가장 검은 탑은 정상 바깥쪽의 불빛 때문에 떠다니는 요정 나라 같았다. 존이 따뜻한 기분

---

* 기원전 6세기경 리디아 최후의 왕이자 엄청난 부호.

에 위를 응시하자 지금까지 들어 본 그 어떤 소리와도 다른 바이올린 소리가 로코코 화음으로 어렴풋이 흘러내렸다. 각양각색의 꽃향기로 밤공기가 향기로운 가운데, 자동차가 폭이 넓고 높다란 대리석 계단 앞에 멈추어 섰다. 계단 꼭대기에서 두 개의 문이 조용히 열리고 호박색 불빛이 어둠 속으로 쏟아져 나오면서 검은 머리를 높이 틀어 올린 아름다운 숙녀의 실루엣이 드러나고 그녀가 그들을 향해 두 팔을 벌렸다.

퍼시가 말했다. "어머니, 제 친구 존 웅거입니다. 헤이즈 출신이죠."

후에 존은 그 첫날 밤을 수많은 색, 빠르고 감각적인 인상, 사랑에 빠진 목소리처럼 부드러운 음악, 아름다운 사물과 불빛과 그림자, 움직임, 얼굴들의 현혹으로 기억했다. 황금 받침대 위의 수정 술잔에 담긴 여러 색깔의 술을 마시는 백발의 한 남자가 있었다. 얼굴이 꽃 같고 티타니아처럼 옷을 입고 사파이어로 머리를 땋은 소녀도 있었다. 단단하지만 부드럽고, 손을 대면 쑥 들어가는 황금 벽으로 된 방도 있었다. 플라톤이 말하던 궁극적인 프리즘* 같은 방에는 천장과 마루를 비롯해서 구석구석에 온갖 크기와 모양의 다이아몬드 덩어리가 박혀 있었다. 방은 구석에 서 있는 키 큰 자주색 램프들의 빛을 받아 백색으로 사람들의 눈을 현혹시켰다. 인간의 바람이나 꿈을 초월해서, 그 자체를 제외하고는 어떤 것과도 비교될 수 없는 백색이었다.

---

* 피츠제럴드는 『재즈 시대의 이야기』 소장본에서 'prison'을 'prisym'으로 수정했다.

두 소년은 미로 같은 방들을 돌아다녔다. 발밑의 마루는 그 아래의 조명을 받아 야만적으로 충돌하는 색들, 섬세한 파스텔, 순전한 백색, 아드리아 해안의 이슬람 사원에서 따온 것이 분명한 미묘하고 복잡한 모자이크 등 화려한 패턴을 그리며 번쩍였다. 두꺼운 수정층 아래로 짙푸른 물이 소용돌이치고 물고기와 무지개 빛 식물이 자라났다. 온갖 재질과 색채의 모피를 밟기도 하고, 인간이 생기기도 전에 멸종한 공룡의 거대한 엄니를 완벽하게 떼어 낸 것처럼 온전한 형태의 옅은 상아로 이루어진 복도를 따라 걷기도 했다…….

어렴풋이 배경이 바뀌는 것 같더니 어느덧 저녁 식사를 하게 되었다. 미세한 다이아몬드 판 두 개를 이어 만든 접시가 나왔는데, 두 판 사이에 신기할 정도로 가느다란 에메랄드 도안이 초록빛 공기에서 대패질한 것처럼 세공되어 있었다. 구슬프지만 방해가 될 정도는 아닌 음악 소리가 먼 복도에서 흘러나왔다. 존이 포트와인 첫 잔을 마실 때 등 뒤로 살짝 곡선이 지고 깃털이 달린 의자가 그를 압도하고 삼킬 것 같았다. 그는 누군가가 던진 질문에 졸음을 참고 대답하려 했지만, 그의 몸에 달라붙은 꿀 같은 호사스러움에 잠의 환각이 더욱 커져 가고, 눈앞에서 보석과 직물, 포도주, 금속이 달콤한 안개처럼 희미해졌다…….

그는 예의 바르게 대답하려 했다. "예, 거기 아래는 분명히 저에게 뜨겁습니다."

대강 웃어 보이기까지 했다. 그러고는 움직이지도, 저항하지도 않고 둥둥 떠다니다가 꿈처럼 핑크빛 얼린 디저트를 남겨 두고…… 잠이 들었다.

잠에서 깨어 보니 어느덧 몇 시간이 흐른 뒤였다. 흑단 벽에, 빛이라고 부르기에는 너무 희미하고 섬세한 조명이 비추는, 크고 조용한 방 안이었다. 젊은 집주인이 그를 내려다보았다.

"너, 저녁 먹다가 자더라. 나도 그럴 뻔했지. 학교에서 한 해를 보내고 다시 안락해지고 보니 정말 끝내 주더라고. 네가 잠들었을 때 하인들이 네 옷을 벗기고 목욕도 시켜 주었어."

존이 한숨을 내쉬었다. "이건 침대야, 아니면 구름이야? 퍼시, 네가 나가기 전에 사과하고 싶어."

"왜?"

"네가 리츠 칼튼 호텔만 한 다이아몬드가 있다고 말했을 때 의심했던 거."

퍼시가 미소 지었다.

"네가 날 믿지 않을 거라고 생각했지. 너도 알겠지만 바로 저 산이야."

"무슨 산?"

"이 성의 바닥에 있는 산. 산치고는 그다지 큰 게 아니지만, 정상의 450센티미터의 자갈과 잔디를 제외하면 완전한 다이아몬드야. 1.6제곱킬로미터의 결점이 전혀 없는 다이아몬드 한 개지. 내 말 듣는 거야? 말 좀 해 봐……."

존 T. 웅거는 또다시 잠들었다.

3

아침이었다. 그는 졸린 눈을 비비다가 바로 그 순간에 방 안에 햇빛이 가득하다는 사실을 깨달았다. 벽 한쪽의 흑단 판이 옆으로 열리면서 바깥 길로 이어졌고, 반쯤 열린 방 앞은 어느새 환한 대낮이었다. 하얀 제복을 입은 거구의 흑인이 침대 옆에 서 있었다.

"굿 이브닝." 존이 야생의 세계에 나가 있던 정신을 끌어모으며 중얼댔다.

"좋은 아침입니다, 도련님. 목욕할 준비가 되셨나요, 도련님? 아, 일어나지 마십시오. 잠옷 단추만 풀어 주시면 제가 직접 욕조로 인도하겠습니다. 예, 고맙습니다, 도련님."

존은 잠옷이 벗겨지는 동안 가만히 누워 있었다. 그는 시중 들어 주는 이 흑인 가르강튀아*가 자기를 아기처럼 들어 올릴 거라고 신 나고 즐거운 마음으로 기대했다. 그러나 그런 일은 없었다. 대신 침대가 서서히 옆으로 기울기 시작했다. 그는 몸이 벽 쪽으로 구르자 처음에는 놀랐지만, 몸이 벽에 다다르자 휘장이 옆으로 물러나고 벽이 2미터쯤 폭신하게 기울어지더니 물속에 살포시 빠져들었다. 물은 체온과 같은 온도였다.

그는 사방을 둘러보았다. 조금 전에 내려온 경사로인지 미끄럼길인지가 원래대로 다시 접혔다. 그는 그새 다른 방으로 내던져져 마룻바닥과 같은 높이로 움푹 파인 욕조에 머리를 기대고 앉아 있었다. 사방 벽이며 욕조 옆과 바닥 모두 파란 남옥이었고, 그가 앉아 있는 수정 바닥 아래 호박색 불빛 사이로 물고기들이 헤엄쳤다. 물고기들은 아무런 호기심도 없이 그의 쭉 뻗은 발가락 아래를 지나갔다. 물고기와 그 사이에는 수정판이

---

* 프랑스 작가 라블레의 소설 『가르강튀아와 팡타그루엘』의 거인 왕.

놓여 있고, 위에서는 청록색 유리를 뚫고 햇빛이 쏟아졌다.

"오늘 아침은 따뜻한 장미수로 비누 거품욕을 하신 뒤에 소금 냉수로 마치시는 것이 마음에 드시지 않을까 싶습니다, 도련님."

옆에 서 있던 흑인이 말했다.

"그러지, 좋을 대로."

존이 바보처럼 미소 지으며 동의했다. 자신의 미천한 생활 수준대로 목욕 방법을 지시했다가는 성미가 고약하고 아주 불쾌한 사람처럼 보일 것 같았다.

흑인이 단추를 누르자 따뜻한 비가 내리기 시작했다. 머리 위에서 내리는 것 같았지만, 존은 얼마 후에 옆의 분수에서 물이 나오는 것을 알아챘다. 물은 연한 장밋빛으로 변했고 욕조 모퉁이에 설치된 네 개의 모형 물개 머리에서 액체 비누가 뿜어 나왔다. 곧 옆면에 고정된 열두 개의 작은 외바퀴가 비눗물을 섞어 분홍색 거품 무지개를 만들었고, 반짝이며 사방에서 터져 나오는 장밋빛 거품들은 가볍고 향긋하게 그를 살짝 감싸 안았다.

흑인이 정중하게 물었다. "영사기를 틀까요, 도련님? 오늘 아주 좋은 코미디 프로가 하나 있습니다. 진지한 영화를 선호하신다면 당장 대령하지요."

"아니, 됐네." 존은 예의를 지키면서도 단호하게 말했다. 목욕이 너무나 즐거워서 다른 오락 따위는 필요 없었다. 오락거리가 찾아오긴 왔다. 그는 곧 밖에서 들리는 플루트 소리에 귀 기울이게 됐다. 플루트는 이 방의 서늘한 초록색 폭포수처럼 선율을 떨어트렸고, 뒤이어 거품 가득한 피콜로 소리가 주위를 감싸면서 그를 매료시킨 레이스 거품보다 더 야들야들한 소리로 따라왔다.

차가운 소금 냉수로 목욕을 마친 후에 욕조에서 나와 폭신한 가운으로 갈아입고 가운과 같은 재질의 소파에 앉자마자 오일, 알코올, 향료 마사지가 이어졌다. 후에 그는 관능적인 느낌을 주는 의자에 앉아 면도와 머리 손질을 받았다.

목욕이 모두 끝나자 흑인이 말했다. "퍼시 도련님이 웅거 도련님의 거실에서 기다리고 계십니다. 저는 긱섬이라고 합니다, 웅거 도련님. 아침마다 도련님의 시중을 들도록 하겠습니다."

존이 환하게 햇볕이 드는 자기 거실로 들어서자 그와 퍼시를 위해 아침 식사가 마련되어 있었다. 퍼시는 하얀 새끼 염소 가죽 반바지 차림으로 안락의자에 앉아 담배를 피웠다.

4

퍼시는 아침 식사를 하면서 워싱턴 가문에 대해 들려주었다.

워싱턴 씨의 아버지는 버지니아 출신으로, 조지 워싱턴과 볼티모어 경의 직계 후손이었다. 남북 전쟁이 끝날 무렵 스물다섯 살의 대령이었던 그가 가진 거라고는 보잘것없는 농장과 금화 1000달러가 전부였다.

젊은 대령 피츠 노먼 컬페퍼 워싱턴은 버지니아 토지를 남동생에게 넘겨주고 서부로 가야겠다고 결심했다. 그는 자신을 숭배하던 신실한 흑인 스물네 명을 고르고 서부행 표 스물다섯 장을 샀다. 서부에서 그들의 이름으로 땅을 얻어서 소와 양을 키우는 목장을 열 생각이었다.

몬태나에 도착해서 채 한 달이 되기도 전, 상황이 점차 나빠지는 가운데 뜻밖에도 그는 엄청난 것을 발견하게 되었다. 말을 타고 언덕을 지나다가 길을 잃고 하루 종일 아무것도 먹지 못해서 몹시 허기가 졌다. 총도 없이 다람쥐를 마냥 쫓아가다가 다람쥐가 반짝이는 것을 물고 있는 것을 보았다. 다람쥐는 물고 있던 것을 떨어트리고 굴 속으로 사라졌다.(이 다람쥐로 허기를 달래는 것이 신의 섭리는 아니었다.) 피츠 노먼은 땅바닥에 주저앉아 어찌할까 고민하다가 우연히 풀밭에서 반짝이는 물체를 발견했다. 십 초 후에 그는 완전히 식욕을 잃는 대신 10만 달러를 얻었다. 먹이가 되기를 끈질기게 거부하던 다람쥐가 크고 완전한 다이아몬드를 선물로 안겨 준 셈이었다.

그날 밤늦게 그는 막사를 찾아갔고, 열두 시간 후에 흑인 남자 모두 다시 다람쥐 굴 옆에 모여서 열심히 산을 파헤쳤다. 그는 모조 다이아몬드 광산을 발견했다고 해 두었다. 조그만 다이아몬드라도 봤던 사람이 한두 명에 불과했기 때문에 다들 그의 말을 믿어 주었다. 엄청난 발견이 확인되면서 그는 진퇴양난의 상황에 빠졌다. 산 전체가 하나의 다이아몬드였던 것이다. 문자 그대로 다이아몬드 한 덩어리였다. 그는 말안장 자루 네 개에 반짝이는 견본을 가득 채워 넣고 세인트폴로 출발했다. 거기에서 여섯 개 정도의 작은 원석을 처분하고, 좀 더 큰 원석을 보여 주자 금은방 주인 한 명이 기절했고 그는 공공질서 위반자로 체포되었다. 그는 탈옥해서 뉴욕행 기차에 올랐다. 뉴욕에서 중간 크기의 다이아몬드 몇 개를 팔고 금화 20만 달러를 받았다. 특별한 보석은 감히 꺼내 보지도 못했고, 사실 뉴욕도 간신히 제때 떠날 수 있었다. 다이아몬드의 크기보다는 미지의 장소에서 보석이 출몰했다는 점 때문에 보석계에서 대단한 반향이 일어났다. 다이아몬드 광산이 캣스킬스에서, 저지 해변에서, 롱아일랜드에서, 워싱턴 광장 아래에서 발견되었다는 소문이 돌았다. 곡괭이와 삽을 든 사람들을 태운 유람 열차가 인근의 여러 엘도라도를 찾아 매시간 뉴욕에서 출발했다. 그러나 그때쯤에 젊은 피츠 노먼은 이미 몬태나로 돌아가는 중이었다.

보름 후에 그는 산의 다이아몬드가 지구상에 존재한다고 알려진 나머지 다이아몬드 모두를 합친 것과 같은 양이라고 추측했다. 그러나 산의 다이아몬드는 한 덩어리였기 때문에 기존 계산법으로는 가치를 평가할 수 없었다. 더욱이 팔겠다고 내놓았다가는 다이아몬드 시세가 바닥을 칠 터였다. 일반 수열에서 가치가 크기에 비례한다면 이 세상에는 그 10분의 1을 살 정도의 금도 없을 것이다. 그러니 그만한 크기의 다이아몬드로 도대체 뭘 한단 말인가?

기막힌 진퇴양난이었다. 그는 어떤 의미에서 이 세상에서 가장 부자였다. 그렇다고 그 가치를 어떤 식으로 보상받는단 말인가? 그의 비밀이 밝혀진다면 정부가 보석은 물론이고 금의 공황 상태를 막으려고 어떤 대책을 내놓을지도 알 수 없었다. 당장 소유권을 주장하고 독점을 부과할지도 모른다.

대안이 없었다. 비밀리에 산을 팔아야 했다. 그는 남부의 동생을 불러와서 자신의 유색 추종자들을 관리하게 했다. 노예 제도가 폐지되었다는 것도 모르는 흑인들이었다. 그는 포리스트 장군이 와해된 남부군을 다시 조직해서 정정당당하게 북부군을 무찔렀다는 내용의 발표문을 직접 작성해서 흑인들에게 읽어 주고 이 점을 재차 확인시켰다. 흑인들은 그의 말을 맹목적으로 믿었다. 그들은 그 상황을 받아들인다는 내용의 투표를 통과시키고 즉시 주인에게 봉사를 재개했다.

피츠 노먼은 10만 달러와 온갖 크기의 다이아몬드 원석을 트렁크 두 개에 가득 싣고 외국으로 나갔다. 우선 중국 범선을 타고 러시아로 향했다. 몬태나에서 출발한 지 육 개월 만에 상트페테르부르크에 도착했다. 호젓한 곳에 거처를 마련하고 당장 궁정 보석상을 찾아가서 러시아 차르를 위해 다이아몬드를 가져왔다고 말했다. 두 주 동안 상트페테르부르크에 체류하면서 암살 위협을 받고 여기저기 거처를 옮겼고, 두려운 나머지 자기 트렁크도 십사 일 동안 서너 번만 열어 보았다.

그는 더 크고 좋은 원석을 들고 일 년 후에 돌아오겠다고 약속한 후에야 인도로 출발할 수 있었다. 그가 떠나기 전에 궁정 재무관은 그 앞으로 가명 계좌 네 개를 만들어 미국의 여러 은행에 총 1500만 달러를 송금했다.

그는 이 년 이상 해외에서 체류하다가 1868년에야 미국으로 돌아왔다. 스물두 개국의 수도를 방문하고 황제 다섯 명, 국왕 열한 명, 왕자 세 명, 샤 한 명, 칸 한 명, 술탄 한 명을 만났다. 피츠 노먼은 자신의 재산을 10억 달러로 추정했다. 한 가지 사실 덕택에 그의 비밀이 누설되지 않을 수 있었다. 그의 큰 다이아몬드들은 대중의 눈에 드러난 지 일주일이 지나기도 전에 최초의 바빌로니아 제국 시대부터 역사를 점령했던 죽음, 정사, 혁명, 전쟁의 역사에 투자되었던 것이다.

1870년부터 1900년 사망할 때까지 피츠 노먼 워싱턴의 역사는 황금의 긴 서사시였다. 물론 곁다리 이야기도 있다. 지역 측량을 회피하고, 버지니아 출신의 숙녀와 결혼해서 외아들을 낳고, 일련의 불행한 사건으로 결국 동생을 죽여야 했다. 동생은 음주벽 때문에 신중하지 못하게 아둔한 행동을 서너 번 저질러서 결국 두 사람 모두의 안전을 위험한 지경으로 몰고 갔다. 그러나 진보와 팽창의 이 행복한 시절에 다른 살인 사건은 거의 없었다.

그는 죽기 직전에 방침을 바꾸었다. 외부 재산 중에서 몇 백만 달러만 남기고는 원석을 대량 사들여서 전 세계 은행의 안전금고에 골동품 명목으로 넣어 두었다. 아들 브래덕 탈턴 워싱턴은 부친의 방침을 더욱 철저하게 고수했다. 그는 광석을 가장 희귀한 원소인 라듐으로 전환하여 금화 10억 달러에 해당하는 양을 시가 상자만 한 용기에 저장했다.

피츠 노먼이 죽고 삼 년이 흐른 후에 아들 브래덕은 사업이 지나치게 확장되었다고 판단했다. 부친이 산에서 가져온 재산은 정확하게 계산될 수 있는 범위를 넘어섰다. 그는 자신이 후원하는 수천 곳의 은행에 넣어 둔 라듐의 대략의 양을 암호로 공책에 기록해 두었다. 공책에는 은행에서 사용하는 별명도 기록했다. 그리고 그는 아주 간단한 일을 감행했다. 광산을 봉쇄한 것이다.

그는 광산을 봉쇄했다. 그동안 광산에서 꺼낸 양만으로도 아직 태어나지도 않은 수 세대의 워싱턴가의 후손들이 누구보다 호사스럽게 살아갈 수 있었다. 그의 유일한 걱정거리는 비밀을 어떤 식으로 보호하느냐 뿐이었다. 비밀이 드러나면 공황 상태가 발생하고 지구상의 모든 자산가들과 함께 그 역시 완전한 빈곤 상태로 떨어질 것이었다.

　이것이 존 T. 웅거가 머무는 집안의 내력이었다. 그는 도착한 다음 날 아침에 은으로 벽을 두른 그의 거실에서 이 이야기를 들었다.

　　5

　아침 식사 후에 존은 거대한 대리석 현관으로 나가 앞에 펼쳐진 광경을 호기심 어린 눈으로 바라보았다. 다이아몬드 산에서 8킬로미터가량 떨어진 가파른 화강암 절벽에 이르기까지 계곡 전역에서 여전히 황금빛 아지랑이가 뿜어 나와 잔디와 호수와 정원의 절경 위를 한가로이 떠돌았다. 여기저기에서 은은한 그늘숲을 만드는 느릅나무들은 짙은 청록색으로 언덕을 휘어잡은 거친 소나무 숲과는 묘한 대조를 이루었다. 그의 눈앞에서 새끼 사슴 세 마리가 4킬로미터 떨어진 수풀에서 껑충거리며 일렬로 나타났다가 빛이 어둑어둑하게 드는 다른 수풀 속으로 사라졌다. 나무 사이로 뛰어다니는 염소 발이 보이거나 님프*의 분홍빛 살과 노란 머리칼이 푸르른 이파리 사이로 날아다니는 모습이 보인다 하더라도 존은 놀라지 않았을 것이다.

　존은 이렇듯 색다른 광경을 기대하면서 대리석 계단을 내려오다가 계단 발치에서 잠자던 실크처럼 매끄러운 러시아 늑대사냥개 두 마리를 살짝 건드렸다. 그는 구체적으로 어딜 가려

---

* 그리스 신화에 나오는 젊고 아름다운 여자 모습의 요정.

는 마음도 없이 하얗고 파란 벽돌 길을 마냥 걸었다.

그는 이 순간을 최대한 즐겼다. 젊음이 절대로 현재에 안주하지 못하고, 늘 눈부시게 상상되는 미래와 비교되는 것은 젊음이 충분하지 못할 뿐만 아니라 축복을 받았기 때문이다. 꽃과 금, 여자와 별은 비교할 수도 얻을 수도 없는 그 젊은 꿈을 예언할 따름이다.

진한 향기를 내뿜는 장미 수풀의 부드러운 모퉁이를 돌자 나무 아래 이끼가 깔린 정원이 나타났다. 존은 이끼를 밟아 본 적이 없었고, 과연 이끼가 제 이름값을 하는지 확인해 보고 싶었다. 그때 잔디 너머로 지금까지 본 그 어떤 여자보다도 아름다운 소녀가 그를 향해 다가왔다.

소녀는 무릎 아래까지 내려오는 하얗고 귀여운 드레스를 입고, 파란 사파이어 조각이 달린 레이스 머리끈으로 머리를 묶었다. 소녀의 분홍빛 맨발이 이슬을 흩뜨리며 다가왔다. 나이는 기껏해야 열여섯 살 정도, 존보다 어려 보였다.

"안녕, 난 키스마인이야." 그녀가 부드러운 목소리로 말했다.

그녀는 이미 존에게 그 이상의 존재가 되었다. 그는 그녀에게 다가갔지만 혹시 그녀의 맨발을 밟을까 봐 거의 움직일 수 없었다.

"우리 만난 적 없지?" 소녀의 부드러운 목소리가 말했다. "아, 많은 걸 놓쳤어!" 소녀의 파란 눈이 덧붙였다. "재스민 언니는 어젯밤에 만났을 거야. 난 양배추 식중독으로 아팠어." 소녀의 부드러운 목소리가 말했다. "아프면 난 친절해지지. 건강할 때도 그렇지만." 그녀의 눈이 뒤를 이었다.

"넌 이미 나에게 대단한 영향을 주었어. 내가 그렇게 둔하지는 않아." 존의 눈이 말했다. "괜찮아? 지금은 좀 나아졌어?" 그의 목소리가 말했다. "자기야." 그의 눈이 떨면서 덧붙였다.

존은 그녀와 함께 길을 따라 걷고 있는 자신을 발견했다. 소녀의 제안으로 둘은 이끼 위에 같이 앉았지만, 존은 이끼가 부드러운지 어떤지도 알아채지 못했다.

존은 여자들에 대해 비판적이었다. 두꺼운 발목, 거친 목소리, 유리알 같은 눈 등 결점이 하나만 보여도 상대에게 완전히 관심을 잃었다. 그런데 난생처음 육체적으로 완벽해 보이는 소녀가 옆에 있었다.

"동부 출신이야?" 키스마인이 호감과 관심이 섞인 질문을 던졌다.

존이 간단하게 대답했다. "아니, 헤이즈야."

소녀는 헤이즈에 대해 들어 본 적이 없거나 즐겁게 덧붙일 말이 없었는지 그 문제에 대해 더 이상 언급하지 않았다.

소녀가 말했다. "이번 가을에 동부의 학교로 갈 거야. 내가 좋아할 것 같아? 뉴욕의 미스 벌지 학교에 입학할 거거든. 학교는 엄격하겠지만, 주말이면 뉴욕 집에서 가족들과 지낼 거야. 여자애들은 둘씩 걸어 다녀야 한다고 아버지가 그랬어."

"너희 아버지는 네가 자존심을 갖기를 바라시는구나." 존이 말했다.

소녀가 위엄 있게 두 눈을 반짝이며 대답했다. "그럼, 우리는 아무도 벌을 받은 적이 없어. 아버지는 우리가 절대로 그래서는 안 된다고 했어. 재스민 언니가 어렸을 때 아버지를 아래층으로 밀쳤지만 아버지는 절뚝거리며 일어났어. 오빠가, 음, 거기 출신이라는 것을 알고 어머니가 좀 놀랐어. 어머니는 어렸을 때, 음, 어머니는 스페인 출신이고 좀 구식이라서."

"여기에서 많이 지내?" 존은 소녀의 말에 다소 상처를 받았다는 것을 감추려고 얼른 물었다. 자신의 출신에 대해 매몰차게 빗대 말하는 것 같았다.

"퍼시 오빠와 재스민 언니와 나는 여름마다 여기 와. 내년 여름에 언니는 뉴포트로 갈 거야. 올가을부터 일 년은 런던에서 지낼 거고. 궁정에 소개받고 갈 거래."

존이 주저하며 물었다. "저기, 아까 처음 너를 봤을 때 생각했던 것보다 네가 훨씬 더 세련되었다는 거 알아?"

그녀가 얼른 큰 소리로 대꾸했다. "아, 싫어, 아니야. 그렇다고 생각해 본 적조차 없는데. 세련된 젊은이들은 너무나 평범하지 않아? 난 전혀 그렇지 않아. 오빠가 그렇다고 하면 울어버릴래."

그녀는 너무 상심한 나머지 입술까지 덜덜 떨었다. 존은 얼른 변명을 늘어놓았다.

"그런 뜻이 아니야. 그냥 재미 삼아 그런 건데."

"정말 그렇다면 신경도 안 썼겠지만, 난 아니야. 난 아주 순진하고 여자다워. 담배도 술도 안 하고 시만 읽는걸. 수학이나 화학은 잘 몰라. 옷도 아주 꾸밈없이 입어. 사실 제대로 입는 것도 아니지만. '세련되었다'는 건 나에 대해 가장 어울리지 않는 표현이야. 소녀들은 건전하게 자신의 젊음을 누려야 한다고 생각해."

"나도 그래." 존이 진심으로 말했다.

키스마인은 다시 기분이 좋아졌는지 그에게 미소를 지었다. 파란 눈 한구석에서 무의식적으로 눈물 한 방울이 떨어졌다.

소녀가 다정하게 속삭였다. "오빠가 좋아. 여기 있는 동안 내내 퍼시 오빠하고만 지낼 거야, 아니면 나에게도 잘해 줄 거야? 생각 좀 해 봐. 난 완전히 신선한 대지나 마찬가지야. 평생 어떤 남자도 날 사랑해 본 적이 없어. 더군다나 퍼시 오빠를 빼고는 남자와 단둘이서 있어도 좋다는 허락을 못 받았는걸. 오빠랑 만날 생각에 일부러 이 숲까지 내려온 거야. 우리 가족들은 여기 오지 않을 테니까."

존은 아주 우쭐한 기분이 들어서 헤이즈의 댄스학교에서 배운 대로 허리를 깊이 숙이고 절했다.

키스마인이 다정하게 말했다. "그만 가야겠어. 11시에는 어머니와 같이 있어야 해. 오빠는 나보고 키스해 달라고 부탁하지도 않았어. 요즘 남자들은 다들 그러는 줄 알았는데."

존이 자부심을 드러내듯 몸을 쭉 폈다.

"그런 남자들도 있지만 난 아니야. 여자들도 그러지 않아, 헤이즈에서는."

그들은 나란히 집으로 걸어갔다.

6

존은 햇볕을 고스란히 받으며 브래덕 워싱턴을 마주 보았다. 마흔 살 정도 되어 보이는 그 중년 신사는 자신감이 넘쳐 보였으나 표정은 공허했고 지성이 묻어나는 눈매에 단단한 체격이었다. 아침이면 그에게서 말[馬], 그것도 최고의 말 냄새가 났다. 그는 평범해 보이는 회색 자작나무 지팡이를 들고 있었는데 손잡이에 커다란 오팔이 달려 있었다. 그는 퍼시와 함께 주변을 안내해 주었다.

"노예들은 저기에서 살지." 그의 지팡이가 대리석 회랑을 가리켰다. 산의 옆쪽으로 우아한 고딕식으로 지은 대리석 집들이 있었다. "내가 젊었을 때 어리석은 이상주의로 잠시 방황한 적이 있었네. 그때 노예들은 호화롭게 살았지. 방마다 타일 욕조를 설치해 줄 정도였으니까."

존이 비위를 맞추듯 웃으면서 말했다. "그들은 욕조를 석탄을 저장하는 데 사용했을 것 같습니다. 신리처 머피 씨가 그러시는데 한번은……."

브래덕 워싱턴이 냉랭하게 그의 말을 잘랐다. "신리처 머피 씨의 의견은 중요하지 않은 것 같군. 내 노예들은 자기 욕조에 석탄을 저장하지 않았네. 매일 목욕하라는 명령을 그대로 지켰지. 그러지 않았다면 내가 황산 샴푸를 쓰라고 했을 거야. 하지만 다른 이유 때문에 목욕을 금지했네. 노예 몇 명이 감기에 걸려서 죽었어. 일부 종족에게는 음료수인 경우를 제외하면 물이 좋지 않다네."

존은 웃다 말고 좀 더 진지하게 고개를 끄덕여서 맞장구를 쳐야겠다고 생각했다. 브래덕 워싱턴과 함께 있는 것이 불편했다.

"이 흑인들은 부친께서 북부로 데려온 흑인들의 후손이라네. 지금은 250명 정도인데, 바깥 세계와 너무 동떨어져 살아서 원래 사용하던 방언이 거의 알아들을 수 없을 정도가 되었지. 그래서 내 비서와 집안 시종 두어 명에게는 영어를 사용하게 했네."

벨벳 같은 겨울 잔디 위를 걸어가면서 그가 말을 이었다. "여기가 골프장이네. 보다시피 모두 초록색이지. 페어웨이나 잡초가 우거진 러프도, 장애물도 없어."

그가 씩 웃으며 존을 바라보았다.

"감옥에 사람들이 많죠, 아버지?" 퍼시가 느닷없이 물었다.

브래덕 워싱턴이 발을 헛딛으면서 자기도 모르게 욕을 내뱉었다.

"응당 있어야 하는 수보다는 한 명이 적지." 그는 애매하게 대답하고 잠시 후에 덧붙였다. "어려운 일들이 있었네."

퍼시가 큰 소리로 말했다. "어머니가 그러는데 이탈리아어 선생님이……."

브래덕 워싱턴이 화를 냈다. "지독한 실수였어. 물론 그 자를 붙잡을 가능성은 크다. 숲 속에서 넘어졌거나 절벽에서 실족했을 거야. 혹시 탈출에 성공했다 하더라도 아무도 그의 이야기를 믿지 않을 거다. 그래도 주변 여러 마을에 스무 명을 풀어서 그를 찾아보게 했지."

"성과는 있었나요?"

"약간. 인상착의가 동일한 남자를 죽였다는 보고가 대리인을 통해 열네 건이나 들어왔다. 물론 그들은 보상을 바라니까……."

땅바닥에 커다란 구덩이가 파인 곳에 도착하자 그가 말을 끊었다. 회전목마 크기만 한 원이 거대한 쇠창살로 덮여 있었다. 브래덕 워싱턴이 존에게 가까이 오라고 손짓하더니 지팡이로 쇠창살 아래를 가리켰다. 존은 가장자리로 걸어가서 구덩이를 내려다보았다. 곧 밑에서 귀가 울릴 정도로 큰 고함 소리가 올라왔다.

"지옥으로 떨어져라!"

"이봐, 애야, 거기 위쪽 공기는 어떠니?"

"야! 밧줄을 던져!"

"오래된 도넛이라도 가져와, 아니면 먹다 남은 샌드위치라도 있어?"

"이봐, 친구. 너랑 같이 있는 작자를 아래로 밀어 넣으면 신속하게 사라지는 장면을 연출해 주지."

"그자를 나에게 붙여 주겠니?"

너무 컴컴해서 구덩이 속이 잘 보이진 않았지만, 존은 목소리와 내용에 함축된 상스러운 낙관주의와 생생한 표현으로 보아 원기 왕성한 중산층 미국인들임을 알 수 있었다. 워싱턴 씨가 지팡이로 풀밭에 있는 단추를 누르자 아래가 환해졌다.

"불행히도 엘도라도를 발견한 모험적인 선원들이지." 그가 말했다.

아래에는 사발의 안쪽 같은 모양으로 커다란 구덩이가 파여 있었다. 반짝이는 유리 같은 옆면은 경사가 몹시 심했다. 약간 오목하게 파인 밑바닥에 조종사의 제복 같기도 하고 무대 의상 같기도 한 옷차림의 남자들이 스무 명 정도 모여 있었다. 다들 분노와 악의, 절망, 냉소적인 유머로 번들거리는 얼굴을 위로 쳐들었다. 턱수염이 길게 자라서 표정이 잘 보이지는 않았지만 눈에 띄게 우울한 몇 사람을 제외하면 대부분 영양 상태도 좋고 건강해 보였다.

브래딕 워싱턴이 구덩이 가장자리로 정원 의자를 끌고 와서 앉았다.

그가 온화하게 물었다. "음, 잘들 지냈나?"

너무 침울해서 차마 소리도 못 지르는 자들을 제외한 나머지 모두가 욕설을 내질렀다. 그 소리가 햇빛 가득한 지상까지 올라왔지만 브래덕 워싱턴은 전혀 동요하지 않고 침착하게 기다리다가 메아리까지 모두 사라진 후에 다시 물었다.

"이 난국에서 탈출하는 방법에 대해 생각들은 해 봤나?"

여기저기에서 말들이 솟아올랐다.

"사랑을 위해 여기 머물기로 결정했다!"

"우리를 꺼내 주면 방법을 찾겠다!"

브래덕 워싱턴은 다시 잠잠해질 때까지 기다렸다가 말했다.

"나는 이 사태에 대해 이미 말했네. 난 자네들이 여기 있는 걸 바라지 않아. 자네들을 만나지 말았어야 했는데 말이네. 자네들은 호기심 때문에 여기까지 왔고 나와 나의 이익을 해치지 않는 방법을 생각해 낸다면 나도 기쁘게 고려해 보겠어. 하지만 땅굴을 파는 노력만 기울인다면 ── 그래, 자네들이 새로 땅굴을 판다는 것도 이미 알고 있네 ── 멀리 가지 못할 걸세. 자네들 생각보다 그렇게 힘들지는 않을 거야. 고향의 사랑하는 이들을 향해 질러 대는 고함과 아울러 말이지. 자네들이 사랑하는 식구들에 대해 신경을 많이 쓰는 축이라면 절대로 비행기를 타지도 않았겠지만."

키다리 한 명이 무리에서 떨어져 나와 자기 말에 주인이 관심을 가졌으면 하는 것처럼 한 손을 쳐들었다.

"몇 가지 질문이 있다! 당신은 자기가 공정한 척하고 있어!" 그가 외쳤다.

"말도 안 되는 소리. 나 같은 지위의 사람이 어떻게 자네 같은 자들에게 공정할 수 있겠나? 스페인 사람이 스테이크 덩어리를 앞에 놓고 공정할 거라고 생각하는 편이 낫겠지."

이 심한 대꾸에 스테이크 스무 개의 표정이 일그러졌지만, 키다리는 말을 이었다.

"좋다! 전에도 이런 말싸움을 했었지. 당신은 박애주의자도 아니고, 공정하지도 않아. 그래도 인간이야. 적어도 그렇다고 직접 말했지. 당신이 우리 처지라면 어떨지 생각해 봐야 해. 얼마나, 얼마나⋯⋯."

"얼마나 뭘 말인가?" 워싱턴이 차갑게 물었다.

"얼마나 쓸데없는 일인지⋯⋯."

"난 아닌데."

"음, 얼마나 잔인한지⋯⋯."

"그건 이미 해결했지. 자기 보존의 문제가 걸려 있을 때는 잔인함 따위는 존재하지 않아. 자네들은 병사들이야. 자네들도 알겠지만. 다른 이야길 해 보게."

"음, 얼마나 어리석은지⋯⋯."

"그래, 그건 인정하지. 하지만 대안을 생각해 보게. 원한다면 자네들 모두, 아니 누구라도 고통 없이 처형시켜 주겠다고 제안했어. 아내나 애인, 자식, 어머니를 여기로 유괴해 오겠다고도 제안했어. 거기 아래의 처소를 확장해서 평생 먹여 주고 입혀 줄 거야. 영구 기억상실증에 걸리는 약을 만들 수만 있다면 모두에게 주입해서 당장 내 구역 밖으로 내보낼 거야. 내 생각은 여기까지라네."

"당신에 대해 밀고하지 않겠다는 걸 믿어 줄 순 없나?" 누군가 외쳤다.

워싱턴이 경멸하는 표정으로 대답했다. "그 제안은 진심이 아니야. 자네들 중에서 한 명을 꺼내서 딸에게 이탈리아어를 가르치게 했는데, 지난주에 도망쳤어."

갑자기 스물네 개의 목구멍이 미친 듯이 소리를 질러 댔고 구덩이 속은 곧 여흥이 펼쳐지는 아수라장이 되었다. 죄수들은 짐승 같은 혈기에 나막신 춤을 추고 박수 치고 요들을 부르고 씨름을 했다. 심지어 사발의 유리 옆면을 최대한 기어올랐다가 몸의 천연 쿠션을 이용해서 다시 바닥으로 미끄러졌다. 키다리가 선창하자 다들 따라 했다.

오, 우리는 독재자를 교수형에 처할 거야
시큼한 사과나무에……

브래덕 워싱턴은 노래가 끝날 때까지 뜻 모를 침묵에 잠겨 앉아 있었다.

죄수들이 약간 관심을 보이자 그가 입을 열었다. "알겠지만, 자네들에게 아무런 악의도 없네. 즐거워하는 걸 보니 좋군. 그래서 이야기를 전부 해 주지 않는 거야. 이름이 뭐였더라? 크리티키엘로인가 하는 그자는 열네 군데에서 내 대리인들의 총을 맞았어."

죄수들은 '열네 군데'가 도시를 뜻한다는 것을 몰랐기 때문에 즐겁게 소란을 피우던 것을 당장 그쳤다.

워싱턴이 분노하며 외쳤다. "그럼에도 불구하고, 그자는 달아나려고 했어. 이런 일을 겪고 나서도 자네들에게 다시 기회를 줄 것 같나?"

다시 고함 소리가 올라왔다.

"물론이지!"

"당신 딸이 중국어를 배우고 싶어 하지는 않나?"

"이봐, 나도 이탈리아어를 할 줄 알아. 어머니가 이탈리아 사람이야."

"딸내미가 뉴욕 말도 배우고 싶어 하겠지."

"커다랗고 푸른 눈의 그 소녀라면 이탈리아어 말고 딴 걸 더 잘 가르쳐 줄 수도 있는데."

"아일랜드 노래도 좀 알고, 금관악기도 다루는데."

워싱턴 씨가 갑자기 지팡이를 들고 몸을 기울여서 풀밭에 있는 단추를 누르자 곧 아래쪽 광경이 사라지고 검은 쇠창살로 침울하게 뒤덮인 커다랗고 어두운 입구만 남았다.

아래에서 누군가 외쳤다. "이봐! 축복도 해 주지 않고 가진 않겠지?"

워싱턴 씨는 두 소년을 이끌고 어느새 골프장의 아홉 번째 홀로 걸어갔다. 그에게는 구덩이와 그 안의 내용물이 간단한 골프채로도 쉽게 통과할 수 있는 장애물에 불과한 것 같았다.

7

다이아몬드 산 아래의 7월은 밤에는 담요를 덮어야 했지만 낮에는 따뜻했다. 존과 키스마인은 사랑에 빠졌다. 존은 자기가 선물한 작은 황금 축구공('신과 조국과 성 미다를 위해(Pro deo et ptria et St. Mida)'라는 말이 새겨졌다.)이 그녀의 백금 목걸이에 매달렸다는 사실을 몰랐다. 또한 키스마인은 자신의 꾸미지 않은 머리에서 떨어진 커다란 사파이어가 존의 보석 상자에 애틋하게 들어갔다는 것도 몰랐다.

어느 늦은 오후에 그들은 루비와 담비의 털로 치장한 조용한 음악실에 한 시간이나 머물렀다. 존은 그녀의 손을 잡았고, 그녀가 한없이 부드럽게 자기를 바라보자 그녀의 이름을 속삭였다. 그녀가 그를 향해 몸을 기울이다가…… 멈칫했다.

"키스마인*이라고 했어? 아니면……" 그녀가 부드럽게 물었다.

그녀는 자기가 오해했을 수도 있겠다 싶어서 확인하고 싶었던 것이다.

둘 다 지금까지 키스해 본 적이 없었지만, 한 시간이 흐르자 키스를 해 보았는지 못 해 보았는지는 거의 차이가 없어 보였다.

그날 오후는 그렇게 흘러갔다. 그날 밤의 마지막 선율이 가장 높은 탑에서 흘러 내려올 때 그들은 누워서 그날의 매 순간을 행복하게 꿈꾸었다. 가능한 한 빨리 결혼하기로 다짐했던 것이다.

8

워싱턴 씨와 두 젊은이는 날마다 깊은 숲에서 사냥이나 낚시를 하고, 나른한 골프장에서 골프를 치기도 했는데, 존은 일

---

* '나에게 키스해 줘.'라는 뜻으로도 해석된다.

부러 집주인에게 져 주었다. 가끔은 산의 정기로 서늘한 호수에서 수영도 했다. 존은 워싱턴 씨가 상당히 지독한 인물이라고 평가했다. 그는 자신의 것을 제외한 그 어떤 생각이나 의견에 완전히 무관심했다. 워싱턴 부인은 내성적이었고 늘 혼자 떨어져 있었다. 그녀는 두 딸에게 전혀 관심이 없고 오로지 아들 퍼시에게만 빠져 있었다. 저녁 식사 때면 둘은 빠른 스페인어로 기나긴 대화를 나누었다.

큰딸 재스민은 다리가 약간 휘고 손발이 큰 것을 제외하면 키스마인과 외모가 비슷했지만, 기질은 완전히 딴판이었다. 재스민은 홀아비가 된 아버지를 위해 집안일을 하는 가난한 소녀들에 대한 책을 좋아했다. 존은 재스민이 군부대 안의 매점 전문가로서 유럽에 진출하기 직전에 세계 대전이 종결되자 그 충격과 실망에서 영영 벗어나지 못하고 있다고 키스마인으로부터 들었다. 재스민이 너무 상심하자 브래덕 워싱턴은 발칸 반도에 새로운 전쟁을 일으킬까도 했었다. 하지만 재스민은 세르비아 부상병들의 사진 한 장을 보고 이런 일에 아예 흥미를 잃었다. 반면 퍼시와 키스마인은 아버지에게서 지나치게 오만한 태도를 고스란히 물려받은 것 같았다. 그들은 무슨 생각을 하더라도 소박하면서도 꾸준하게 이기심을 드러냈다.

존은 성과 계곡의 경이로운 모습에 매혹되었다. 퍼시가 말하길 브래덕 워싱턴은 조경사를 비롯해서 건축가, 무대 장치가, 이전 세기의 유물이라 할 프랑스 데카당스 시인을 유괴해 왔다고 했다. 그는 그들에게 흑인 노예들을 맘껏 부리게 했고, 이 세상의 그 어떤 재료도 다 제공하겠다면서 맘껏 일해 보라고 했다. 그러나 그들은 자신들이 아무 쓸모가 없는 존재라는 것을 입증해 보였다. 데카당스 시인은 봄에 넓은 대로를 볼 수 없다며 당장 슬퍼하기 시작했다. 그는 향신료, 원숭이, 상아에 대해 넌지시 언급했지만 실용적인 가치에 대해서는 아무 말도 없었다. 한편 무대 장치가는 계곡 전체에 특수효과와 기술을 사용해 보려 했지만, 워싱턴가 사람들은 그런 무대를 금방 지겨워했을 것이다. 건축가와 조경사는 이건 이렇게 하고 저건 저렇게 해야 한다는 등 의례적인 주장만 했다.

어쨌든 그들은 자신들과 관계가 있는 문제는 해결해 냈다. 그들은 분수의 위치를 결정하는 문제로 한 방에서 밤을 지새우고 다음 날 아침 일찍 모두 정신을 놓아 버렸다. 그래서 지금은 코네티컷 주 웨스트포트의 한 정신 병원에 유배되어 편안하게 지내고 있다.

존이 궁금한 마음에 물었다. "그렇다면 이 멋진 영접실과 집회장, 입구, 욕실은 누가 다 만든 거야?"

퍼시가 대답했다. "음, 좀 부끄럽긴 하지만 영화 일을 하던 사람이었어. 무한정의 돈을 갖고 노는 데 익숙한 사람이 그자뿐이더라고. 냅킨을 옷깃 속에 집어넣는 데다가 읽고 쓸 줄도 몰랐지만."

8월이 끝날 무렵 존은 곧 학교로 돌아가야 한다는 사실에 마음이 무거웠다. 그와 키스마인은 다음 6월에 사랑의 도피행을 떠나기로 약속했다.

키스마인이 고백했다. "여기에서 결혼하면 더 근사할 텐데. 물론 아버지는 절대로 자기와 결혼하지 못하게 할 거야. 그러니 나로서도 도망치는 편이 나. 부자들이 미국에서 결혼하는 건 끔찍한 일이야. 유물을 걸치고 결혼할 거라고 언론에 늘 알려 줘야 하니까. 물론 그들이 말하는 유물이란 한때 외제니 여제가 사용하던 오래된 진주 목걸이와 레이스 드레스이긴 하지만."

존이 열정적으로 말했다. "나도 알아. 신리처 머피가를 방문했을 때 장녀 그웬돌린이 웨스트버지니아의 절반을 소유한 사람의 아들과 결혼했지. 은행원인 남편 월급으로 살아가는 일이 얼마나 힘든지 편지를 보냈는데, 마지막에 이렇게 썼더라. '다행히도 유능한 하녀가 넷 있어서 약간 도움이 되어요.'"

키스마인이 말했다. "너무 불합리해. 하녀 두 명으로 버텨야 하는 수백만의 노동자나 그런 사람들을 생각해 봐."

8월의 어느 늦은 오후에 키스마인이 던진 우연한 말 한마디에 모든 상황은 역전되었고, 존은 공포에 떨게 되었다.

가장 좋아하는 풀밭에서 키스하다가 존은 둘의 관계에 고통이 따르리란 낭만적이고 불길한 예감에 빠졌다.

그가 슬프게 말했다. "우리가 절대로 결혼하지 못할 것 같다는 생각이 들어. 넌 돈이 너무 많고 대단해. 너처럼 부자인 여자는 절대로 다른 여자와 같을 수 없어. 오마하나 수시티 출신의 철물도매회사 부자의 딸과 결혼해서 그녀가 지참금으로 가져온 50만 달러로 만족해야 할 것 같아."

"철물도매회사 부자의 딸을 본 적이 있어. 자기라면 그런 여자에게 만족하지 못할걸. 언니의 친구였는데 여기 온 적도 있어."

"나 말고 다른 손님도 왔었던 거야?" 존이 놀라서 물었다.

키스마인은 자기가 한 말을 후회하는 것 같았다.

"응, 그래. 몇 명 왔었지." 그녀가 서둘러 대답했다.

"너는, 아니, 너희 아버지는 사람들이 바깥세상에 나가 이야기할까 봐 걱정하지 않았어?"

"어, 어느 정도, 어느 정도는 그랬지. 다른 즐거운 이야기나 하자."

그러나 존의 호기심은 식을 줄을 몰랐다.

"다른 즐거운 이야기라고? 이 이야기는 뭐가 즐겁지 않은데? 착한 여자애들이 아니었어?"

키스마인이 갑자기 울자 존은 몹시 놀랐다.

"그래, 그게, 문제였어. 나도, 몇 명은 꽤, 꽤 좋아했는데. 언니도 그랬고. 어쨌거나 언니는 계속 친구를 초대했어. 나는 이해할 수 없었지만."

존의 마음속에서 불길한 의혹이 싹트기 시작했다.

"그 사람들이 여기 이야기를 떠벌려서 너희 아버지가……제거했다는 거야?"

"그 이상이야." 그녀가 띄엄띄엄 말했다. "아버지는 말할 기회도 주지 않았어. 언니는 놀러 오라는 편지를 계속 보냈고, 또 그들은 아주 재미있게 지냈어."

그녀는 슬픔을 이기지 못하고 거의 발작 상태에 빠졌다.

존은 두려움과 놀라움에 입을 딱 벌렸다. 척추라는 전봇대에 앉은 참새 떼처럼 온몸의 신경 조직이 뒤흔들렸다.

"자기에게 다 말해 버렸네. 그러면 안 되는데." 키스마인이 갑자기 울음을 그치고 짙푸른 눈에 맺힌 눈물을 닦았다.

"그들이 떠나기 전에 아버지가 죽인 거야?"

그녀가 고개를 끄덕였다.

"보통은 8월이야. 아니면 9월초나. 우리가 먼저 그들에게서 즐거움을 전부 얻어 낸 후에 그러는 게 당연하니까."

"정말 역겹구나! 어떻게, 왜, 이거 돌겠네! 너, 정말로 그러는 게 당연하다고 인정하는 거야……?"

키스마인이 어깨를 으쓱하며 그의 말에 끼어들었다. "그래, 비행사들처럼 가둬 둘 수는 없었어. 매일 마음의 가책이 될 테니까. 또 아버지가 예상보다 늘 빨리 처리했기 때문에 언니와 내 입장에서도 편했어. 그런 식으로 소란스러운 이별을 피할 수 있었고……."

"그래서 그들을 죽였다고! 어!" 존이 소리쳤다.

"아주 깔끔했어. 그들이 잠자는 동안 약을 주입했고, 가족들에게는 산에서 성홍열로 죽었다는 소식을 전했어."

"하지만 왜 계속 사람들을 초대하는지 이해할 수 없어!"

"난 아니야." 키스마인이 외쳤다. "나는 한 명도 초대하지 않았어. 언니가 그랬지. 또 사람들은 늘 아주 즐겁게 지냈어. 언니는 끝날 무렵에 무척 근사한 선물을 주었어. 앞으로 내 손님들도 오겠지. 그러면 나도 익숙해질 거야. 죽음처럼 불가항력적인 것 때문에 즐거운 인생을 방해받을 수는 없어. 아무도 찾아오지 않으면 여기에서 지내는 게 얼마나 외로울지 상상해 봐. 사실 우리와 마찬가지로 부모님도 당신의 가장 친한 친구 몇 명을 희생했어."

존이 비난했다. "그래서 널 사랑하게 만들고 너도 사랑하는 척하면서 결혼 이야기를 했구나. 내가 절대로 살아서 돌아가지 못할 거라는 걸 알면서……."

그녀가 강하게 반박했다. "아니, 더 이상은 아니야! 처음엔 그랬어. 자기가 여기 있었고, 나로서는 어쩔 수 없었어. 자기의 마지막 날이 즐거운 게 우리 둘 모두에게 낫겠다고 생각했어. 그러다가 자기를 사랑하게 되었고, 정말 미안해. 자기가, 자기가 죽어야 하다니……. 그래도 자기가 딴 여자와 키스하느니 죽는 편이 낫겠어."

"아, 그래, 그런 거였어?" 존이 격노해서 물었다.

"그 이상이야. 절대로 결혼할 수 없는 남자와는 더 큰 재미를 볼 수 있다는 소리를 늘 들었어. 아이, 내가 왜 이런 말까지 하는 거지? 완벽하게 행복했던 자기의 시간을 다 망쳐 버렸네. 자기가 몰랐을 때는 정말 좋았는데. 이제 자기에게는 이 상황이 꽤 우울하게 느껴지겠지."

존의 목소리가 분노로 떨렸다. "아, 그래, 그런 거였어? 이런 이야기는 지긋지긋해. 네가 시체나 다름없는 자와 바람이 날 정도로 자존심도 정숙함도 없는 아이라면 더 이상 너와 아무 사이도 아닌 게 낫겠어!"

그녀가 두려워하며 항의했다. "자기는 시체가 아니야! 자기는 시체가 아니라고! 내가 시체와 키스했다고 말하면 가만두지 않겠어!"

"그런 말은 하지 않았어!"

"그랬어! 내가 시체와 키스했다고 했잖아!"

"아니!"

그들은 목소리를 점점 더 높이다가 어떤 방해물이 불쑥 등장하는 바람에 동시에 입을 다물었다. 그들을 향해 다가오는 발소리가 들리더니 장미 수풀이 갈라지고 브래덕 워싱턴의 준수하지만 공허한 얼굴이 나타났다. 그는 지적인 눈으로 그들을 노려보았다.

"누가 시체와 키스했다는 거야?" 그가 아주 못마땅하다는 듯이 물었다.

키스마인이 차분하게 대답했다. "아무도 아니에요. 그냥 농담이었어요."

그가 퉁명스럽게 물었다. "어쨌거나 너희 둘이 여기에서 뭘 하는 거지? 키스마인, 넌 책을 읽거나 언니와 골프를 쳐야지. 가서 책을 읽거라! 가서 골프나 쳐! 내가 돌아왔을 때 여기 있어서는 안 된다!" 그리고 그는 존에게 인사하고 걸어갔다.

아무 소리도 들리지 않을 정도로 아버지가 멀리 간 후에 키스마인이 침울하게 물었다. "봤지? 자기가 전부 망쳤어. 우린 더 이상 만날 수 없어. 아버지가 허락하지 않을 거야. 우리가 사랑하는 걸 알면 자기를 독살할걸."

존이 격렬하게 외쳤다. "우리는 더 이상 사랑하지 않아! 그러니 너희 아버지도 그 문제에 대해서는 걱정하지 않아도 돼. 더군다나 내가 여기 계속 머물 거라는 어리석은 생각은 하지도 마. 앞으로 여섯 시간 후에 필요하다면 산을 갉아먹고서라도 동쪽으로 갈 거야."

그들은 둘 다 일어나 있었는데, 존이 말을 마치자 키스마인이 가까이 다가와서 팔짱을 꼈다.

"나도 갈래."

"너 미쳤……."

"당연히 나도 갈 거야." 그녀가 참지 못하고 그의 말을 잘랐다.

"천만에. 너는……."

그녀가 침착하게 말했다. "잘 알겠어. 아버지를 따라가서 말하자."

존은 어쩔 수 없어서 그저 침통하게 웃었다.

그는 얼굴이 창백하고 애정도 사라진 듯 보였지만 그녀의 말에 동의했다. "좋아, 자기야. 같이 가자."

존은 키스마인에 대한 사랑이 되돌아와 편안하게 안착했다고 느꼈다. 그녀는 그의 것이다. 그녀는 그와 함께 떠나 위험에 동참할 것이다. 그는 두 팔로 그녀를 껴안고 격렬하게 키스했다. 결국 그녀는 그를 사랑했고, 사실 그를 구해 준 셈이었다.

그들은 그 문제에 대해 이야기를 나누며 천천히 성으로 걸어갔다. 그들이 함께 있는 모습을 브래덕 워싱턴에게 들켰으니 다음 날 밤에 떠나는 게 나을 성싶었다. 저녁 식사 때 존은 입술이 바짝 타는 것 같았다. 더군다나 공작새 수프를 한입 가득 왼쪽 기도로 집어넣는 바람에 거북이와 담비로 치장된 카드실로 실려 갔고 하급 집사가 그의 등을 두드렸다. 퍼시는 아주 웃기는 소동이라고 생각했다.

9

자정이 지나고 한참 후에 존은 신경질적으로 경련을 일으키며 몸을 벌떡 세우고 앉아 방에 드리워진 최면의 베일을 노려보았다. 열린 창문 만큼의 정사각형 푸른 어둠 너머 멀리에서 희미한 소리가 들렸다. 그 소리는 불편한 꿈으로 헤매던 그의 기억에 각인되지도 못하고 바람에 잦아들었다. 그러나 그 뒤를 이어 더 가까이, 바로 방 밖에서 날카로운 소리가 났다. 손잡이가 돌아가는 소리인지 아니면 발소리나 속삭임인지 구별할 수 없었다. 뱃속에 단단한 덩어리가 뭉치는 것 같았고 있는 힘을 다해 그 소리에 귀를 기울이자 온몸이 다 아팠다. 베일 하나가 녹아내리는 것 같더니 문간에 희미한 물체가 나타났다. 어둠에 가려진 흐릿한 윤곽의 그 물체는 주름진 커튼과 겹쳐서 더러운 유리판에 반사된 것처럼 왜곡되어 보였다.

두려웠는지 아니면 마음의 결단을 내렸는지는 모르겠지만 존은 갑자기 침대맡의 단추를 눌렀다. 곧 그는 옆방의 초록색 욕조로 미끄러져 들어갔고, 반쯤 채워진 욕조의 차가운 물에 빠지자 정신이 번쩍 들었다.

그가 벌떡 일어나자 물에 젖은 잠옷에서 물방울이 둔탁하게 등 뒤로 튕겼다. 그는 2층 상아 계단참과 연결된 남옥 방으로 달려갔다. 문은 스르르 열렸다. 커다란 반원 지붕에서 타오르는 진홍색 램프의 불빛이 장엄한 조각 계단을 비추는 광경이 너무 아름다워 고통스러울 정도였다. 존은 자신을 둘러싼 고요하고도 장엄한 광경에 잠시 멈칫거렸다. 상아 계단참에서 흠뻑 젖은 채로 몸을 떠는 외로운 인간을 거대한 주름과 곡선이 둘러싸는 것 같았다. 그때 두 가지 일이 동시에 벌어졌다. 그의 거실 문이 활짝 열리더니 벌거벗은 흑인 세 명이 고꾸라지듯 홀로 들어섰다. 존이 두려운 마음에 계단 쪽으로 몸을 움직이는데 복도 맞은편의 다른 문이 미끄러지듯 열리고 불 켜진 엘리베이터 안에 브래덕 워싱턴이 서 있었다. 그는 번들거리는 장밋빛 잠옷 위에 모피 코트를 걸치고 무릎까지 오는 승마화를 신고 있었다.

흑인 세 명(모두 처음 보는 자들이었으나 존은 그들이 전문 사형 집행인이 틀림없다고 순간적으로 생각했다.)이 존을 향해 움직이다가 걸음을 멈추고 엘리베이터에 탄 남자를 바라보았다. 그가 제왕처럼 명령을 내렸다.

"여기로 들어와! 너희 셋 모두! 최대한 빨리!"

그러자 흑인 세 명이 번개처럼 안으로 들어갔고 엘리베이터 문이 미끄러지듯 닫히면서 직사각형 모양의 빛도 사라졌다. 홀에는 다시 존만 남았다. 그는 탈진해서 상아 계단에 주저앉았다.

분명 불길한 일이 벌어져서 잠시나마 그의 사소한 재난이 연기되었던 것이다. 그게 뭘까? 흑인들이 폭동을 일으켰나? 조종사들이 강제로 쇠창살을 벌렸을까? 아니면 피시 주민들이 맹목적으로 언덕을 넘어와서 그 황량하고 기쁨도 모르는 눈으로 이 번쩍이는 계곡을 발견한 것일까? 그로서는 알 도리가 없었다. 엘리베이터가 다시 윙 하고 올라갔다가 내려가는 소리가 들렸다. 퍼시가 아버지를 도우러 서둘러 온 것인지도 모른다. 존은 지금이야말로 키스마인에게 달려가서 당장 도망칠 계획을 세워야겠다고 생각했다. 그는 엘리베이터가 조용해지길 잠시 기다리다가 젖은 잠옷 사이로 비집고 들어와 온몸을 채찍질해 대는 밤의 냉기에 몸을 떨면서 방으로 돌아와 얼른 옷을 갈아입었다. 그다음에 긴 계단 쪽으로 걸어가서 러시아 담비 양탄자가 깔린 복도로 내려갔다. 복도는 키스마인의 방과 연결되어 있었다.

키스마인의 거실 문은 열려 있었고 램프도 켜져 있었다. 그녀는 앙고라 기모노 차림으로 창가에 서서 귀를 기울이다가 존이 조용히 들어오자 몸을 돌렸다.

키스마인이 방을 가로질러 다가오더니 속삭였다. "아, 자기였구나! 소리 들었어?"

"네 아버지의 노예들이 내······."

그녀가 흥분해서 그의 말을 막았다. "아니, 비행기 말이야!"

"비행기라고!? 그 소리에 내가 깬 모양이구나."

"적어도 열두 대는 돼. 몇 분 전에 달빛에 비행기 한 대를 봤어. 절벽에서 보초를 서던 경비원이 총을 쏘았고 그 소리에 아버지도 알게 된 거야. 우리 쪽에서 당장 발포할 작정이래."

"그들이 알고 찾아온 건가?"

"그래. 그 이탈리아인이 도망쳐서······."

그녀의 마지막 말과 동시에 열린 창 너머로 날카로운 소리가 연속적으로 들렸다. 키스마인이 작게 소리를 지르며 옷장 위의 상자에서 덜덜 떨리는 손으로 동전 하나를 꺼내 전등으로 달려갔다. 곧 성 전체가 캄캄해졌다. 그녀가 퓨즈를 끊은 것이다.

그녀가 외쳤다. "이리 와! 하늘정원으로 올라가서 보자."

그녀는 망토를 두르고 그의 손을 잡았고, 둘은 문밖으로 달려갔다. 탑의 엘리베이터까지는 겨우 한 걸음이었고, 그녀가 단추를 누르자 엘리베이터가 솟아올랐다. 그는 그녀에게 팔을 두르고 어둠 속에서 그녀의 입에 키스했다. 드디어 존 웅거에게도 로맨스가 찾아온 것이다. 곧 그들은 별이 빛나는 옥상으로 나갔다. 소용돌이치는 구름 조각 사이로 들락날락 모습을 보이는 달 아래에서 시커먼 날개를 단 물체 열두 개가 끊임없이 선회했다. 계곡 여기저기에서 그들을 향해 불길이 치솟고 날카로운 폭음이 뒤를 이었다. 키스마인은 재미있는지 박수를 쳤다. 하지만 미리 준비된 신호에 따라 비행기들이 폭탄을 투하하고, 나직하게 웅얼대는 소리와 무시무시한 빛의 파노라마로 계곡이 가득 차자 그녀는 몹시 절망했다.

공격자들은 대공포가 포진한 지점들을 집중 공격했다. 장미 정원에서 대공포 한 대가 거대한 용광로처럼 불타 올랐다.

존이 말했다. "키스마인, 내가 살해될 예정이었던 밤에 이 공격이 시작되었다는 걸 알면 너도 기쁠 거야. 경호원이 입구에서 발사하는 소리를 듣지 못했다면 지금쯤 난 죽어서……."

눈앞에서 벌어지는 광경에 열중해 있던 키스마인이 외쳤다. "뭐라고 말하는지 들리지 않아! 더 크게 말해 줘!"

존이 소리쳤다. "성을 폭격하기 전에 도망쳐야 한다고!"

갑자기 흑인 구역의 주랑이 갈라지더니 그 아래에서 불길이 치솟고 대리석 조각들이 호수 경계선까지 날아갔다.

키스마인이 외쳤다. "노예 5만 달러어치가 사라진다. 전쟁 전 가격으로. 이제 재산을 존중하는 미국인은 거의 없어."

존은 도망쳐야 한다고 다시 재촉했다. 비행기들의 공격은 시간이 지날수록 더욱 정확해졌고, 대공포 중에서 발사하는 건 겨우 두 대뿐이었다. 화염에 휩싸인 수비대는 이제 오래 버티지 못할 것이다.

존이 키스마인의 팔을 붙잡으며 외쳤다. "가자! 가야 해. 저 조종사들이 널 찾아내면 곧바로 죽일 거라는 거 모르겠어?"

키스마인이 마지못해 동의했다.

"언니를 깨워야 해!" 그녀는 엘리베이터로 달려가면서 말하더니 아이처럼 즐겁게 덧붙였다. "우린 가난해질 거야, 그렇지? 책에 나오는 사람들처럼 말이야. 난 고아가 되고 완전히 자유롭겠지. 가난하고 자유로워! 정말 신나는 일이야!" 그녀는 말을 멈추더니 입술을 내밀어 기쁜 듯 그에게 키스했다.

존이 진지하게 말했다. "가난하면서 동시에 자유로울 수는 없어. 이미 그렇다고 확인된걸. 둘 중에서 하나만 고르라면 자유를 선택하겠어. 그건 그렇고, 보석 상자 안에 든 걸 주머니에 꼭 챙기도록 해."

십 분 후에 존은 어두운 복도에서 두 소녀와 만나 성의 1층으로 내려갔다. 그들은 마지막으로 장엄하고 화려한 홀을 지나다가 잠시 테라스에 서서 불타는 흑인 숙소와 호수 맞은편에 추락해서 타오르는 비행기 두 대를 바라보았다. 아직도 대공포 한 대가 위를 향해 배치되어 있어서 공격자들이 착륙을 주저하는 것 같았다. 대신 그들은 대공포를 쏘는 에티오피아인을 사살하려고 대포 주위로 원을 그리며 우레 같은 공격을 감행했다.

존과 두 자매는 대리석 계단을 지나 왼쪽으로 홱 돌아 좁다란 길을 올라가기 시작했다. 다이아몬드 산을 대님처럼 둘러싼 길이었다. 키스마인은 산등성이의 나무가 무성한 지역을 알고 있었다. 그들은 거기 숨어서 누운 채로 계곡의 거친 밤을 지켜볼 것이고, 어쩔 수 없는 상황에 이르면 돌 많은 골짜기에 놓인 비밀 통로로 도망칠 것이다.

10

그들은 3시가 되어서야 목적지에 도착했다. 자상하고 여유로운 성격의 재스민은 커다란 나무줄기에 몸을 기대고 금세 잠이 들었다. 존은 키스마인을 감싸 안고 그날 아침만 해도 아름다웠던 정원 가운데에서 벌어지는 치열한 전투를 앉아서 지켜보았다. 4시가 지나자마자 마지막까지 버티던 총이 탕 소리를 내며 붉은 혀를 빠르게 내밀었다가 사그라졌다. 달이 숨긴 했지만 비행 물체가 점점 더 땅에 가깝게 선회하는 모습도 보였다. 포위된 자들에게 더 이상 무기가 없다는 것이 확실해지면 비행기들이 착륙할 것이고, 어둡게 빛나던 워싱턴 일가의 지배도 끝장나리라.

불길이 그치면서 계곡도 조용해졌다. 비행기 두 대의 잔해가 수풀에 웅크린 괴물의 눈처럼 번쩍였다. 성은 어둡고, 조용히 서 있었다. 성은 햇빛 아래에서 아름다웠듯이 햇빛 없이도 여전히 아름다웠다. 한편 네메시스* 같은 나무숲에서 울리는 소리는 불평을 늘어놓았다가 물러났다 하는 것 같았다. 존은 언니와 마찬가지로 깊이 잠든 키스마인을 바라보았다.

4시가 지나고 한참 후에 존은 그들이 걸었던 길을 그대로 따라오는 발소리를 들었다. 그 발소리의 주인들이 자신이 앉아 있는 안전한 지점을 지나칠 때까지 그는 숨을 죽이고 기다렸다. 어렴풋하게 동요하는 소리가 들렸지만 사람이 내는 소리는 아니었고, 이슬은 차가웠다. 곧 새벽이 올 터였다. 존은 발소리가 산 위로 확실히 멀어지고 더 이상 들리지 않을 때까지 기다렸다가 그 뒤를 따라갔다. 가파른 정상까지 반쯤 올랐는데, 나무들이 쓰러져 있고 단단한 바위가 그 아래 다이아몬드 산 너머로 넓게 펼쳐져 있었다. 그는 이 지점에 도착하기 직전에 바로 앞에 생명체가 있다는 동물적인 육감을 느끼고 걸음을 늦

---

* 그리스 신화에 나오는 인과응보의 여신.

쳤다. 그는 높다란 바위 앞에 서서 그 너머로 고개를 천천히 들었다. 호기심 덕택에 뜻밖에도 다음 장면을 볼 수 있었다.

아무 소리도 들리지 않고 생명체의 낌새도 전혀 보이지 않는 회색 하늘을 배경으로 브래덕 워싱턴이 꼼짝 않고 서 있었다. 동쪽에서 새벽이 차가운 초록빛을 내비치며 올라올 때, 이 외로운 인간과 새 날은 비교할 수 없을 만큼 대조적이었다.

존은 이 집주인이 잠시 수수께끼 같은 명상에 잠긴 것을 보았다. 얼마 후에 그가 발치에 웅크려 있던 흑인 둘에게 그들 사이에 놓인 짐을 들라는 신호를 보냈다. 그들이 간신히 일어설 때, 노란 첫 햇살이 절묘하게 연마된 커다란 다이아몬드의 수많은 프리즘을 통과하며 백색의 광휘가 새벽별의 한 조각처럼 빛을 발했다. 짐꾼들은 잠시 짐의 무게에 비틀거렸지만, 젖어서 번들거리며 출렁이던 피부 밑 근육이 곧 단단해졌다. 세 사람은 자신의 무능함에 저항하며 하늘 앞에서 다시 꼼짝하지 않았다.

얼마 후 백인이 고개를 치켜들고 주의를 모으는 사람처럼 천천히 두 팔을 들어 올렸다. 수많은 군중을 향해 자기 말을 들으라며 소리치는 자 같았다. 그러나 이곳에 관객이라고는 산과 하늘의 커다란 침묵뿐이었고, 가끔씩 나무에서 새소리만 희미하게 들려왔다. 바위 위에 있던 그가 진중하게, 그리고 무한한 자부심에 차서 말을 시작했다.

그가 떨리는 목소리로 말했다. "거기 당신이시여, 거기 당신이시여!" 그는 말을 멈추었다. 여전히 두 팔을 쳐들었고, 대답을 기다리는 듯이 고개를 세웠다. 존은 산을 내려가는 사람이 있는지 보려고 두 눈을 가늘게 떴지만 인간이라고는 없고, 하늘과 나무 꼭대기를 지나는 바람 소리뿐이었다. 기도를 드리는 것일까? 존은 잠시 궁금해하다가 곧 상황을 깨달았다. 그의 태도에는 기도와 정반대되는 분위기가 느껴졌다.

"오, 거기 위의 당신이시여!"

그의 목소리가 확신에 넘쳐서 더 강해졌다. 절망적인 탄원은 아니었다. 그보다는 어처구니없을 정도로 생색을 내는 것 같았다.

"거기 당신이시여."

그가 속사포처럼 단어를 내뱉었기 때문에 무슨 말인지 알아듣기 힘들었다. 존은 숨이 막힐 지경까지 귀를 기울이면서 그의 말을 띄엄띄엄 이해했다. 목소리는 끊어졌다가 다시 이어지다가 다시 끊어지면서 강하고 논쟁적이다가 수수께끼처럼 천천히 안달을 부리기도 했다. 그의 말을 듣고 있는 유일한 청자였던 존은 차차 확신을 느끼기 시작했고, 동시에 동맥을 타고 피가 빠르게 흐르기 시작했다. 브래덕 워싱턴은 신에게 뇌물을 제안하고 있었다!

바로 그러했다. 의심의 여지가 없었다. 그의 노예들이 든 다이아몬드는 미리 보여 주는 견본이자 앞으로 더 많을 것이라는 약속이었다.

그의 말들을 관통하는 단서는 바로 그것이라고, 존은 얼마후에 깨달았다. 부자가 된 프로메테우스가 잊힌 제사와 잊힌 예식, 그리고 그리스도가 태어나기 이미 오래전에 구식이 되어 버린 기도를 증거해 달라고 외치고 있었다. 그는 신이 인간에게서 받아들였던 이런저런 선물을 새삼 언급했다. 신은 역병에 걸린 도시를 구해 주는 대신 대교회를 받았다. 몰약과 황금,

아름다운 여인과 포로, 어린아이와 여왕의 목숨, 숲과 들의 짐승, 양과 염소, 수확물과 도시, 욕망의 대가로 바쳐진 정복지, 신을 달래기 위한 피, 신의 분노를 진정시킬 만한 것 등이었다. 그리고 지금 다이아몬드의 제왕이며, 황금 시대의 왕이자 제사장, 사치와 호사의 중재자인 브래덕 워싱턴이 이전의 왕들이 상상도 못했던 재물을 내놓겠다는 것이었다. 탄원하기 위해서가 아니라 자부심에 가득 차서.

그는 좀 더 구체적으로 이야기를 전개했다. 세상에서 가장 큰 다이아몬드를 신에게 바치겠노라고 했다. 나무에 달린 나뭇잎보다 더 많게 수천 조각으로 절단되더라도 이 다이아몬드는 파리 새끼만 한 돌처럼 완벽한 모양을 갖출 것이다. 여러 사람이 오랫동안 이 일에만 매달릴 것이다. 세팅된 다이아몬드는 금박의 거대한 반원 지붕에 아름답게 조각되고 오팔과 사파이어의 문(門)을 갖출 것이다. 중앙에 구멍을 만들어, 무지갯빛으로 분해되며 계속 빛깔이 변하는 라듐의 제단을 갖춘 예배당을 세울 것이다. 예배하는 이가 기도하다가 고개를 들었다가는 누구라도 그 눈이 다 타 버릴 것이다. 신을 기쁘게 하기 위해서라면 이 제단에서 그가 선택한 누구라도 살해될 것이다. 그 희생자가 가장 위대하고 강력한 사람이라 할지라도.

그 보답으로 워싱턴은 아주 간단한 것 하나만 요구했다. 신이라면 너무나도 쉽게 해 줄 수 있는 일이다. 바로 어제의 이 시간으로 돌려 주고 계속 그 상태로만 있게 해 주면 되는 것이다. 그러니 얼마나 간단한가! 하늘이 열려서 비행기들과 조종사들을 삼키고 다시 닫히면 그만이다. 노예들이 다시 건강하게 생명을 얻어서 돌아오면 된다.

지금까지는 그가 대접하거나 흥정해야 할 사람이 아무도 없었다.

그는 자기의 뇌물이 충분한지만 걱정했다. 물론 신에게도 신만의 가격이 있다. 신은 인간의 형상으로 만들어졌으니, 자신만의 가치가 있다고들 했다. 더욱이 그 가치는 유례가 없는 것이다. 여러 해 만에 건축된 성당이나 만 명의 일꾼이 일구어 낸 피라미드도 이 성당, 이 피라미드와는 같지 않을 것이다.

그는 여기에서 말을 멈추었다. 거기까지가 그의 제안이었다. 모든 것이 그가 약속한 그대로일 것이며, 야박하지는 않을 것이라는 그의 단언도 전혀 저속해 보이지 않았다. 그는 신에게 자신의 제안을 받아들이거나 그냥 놔두라고 넌지시 비쳤다.

그의 말이 끝나 가면서 문장이 끊어지고 짧아지고 불확실해졌다. 그의 몸이 굳은 것 같았다. 자기 주변의 공간에서 발생하는 극히 미묘한 압력이나 생명체의 속삭임 하나도 놓치지 않으려고 긴장한 듯했다. 그가 말하는 사이에 머리칼이 점차 회색으로 변했다. 이제 그는 고대 예언자처럼 하늘로 고개를 높이 쳐들었다. 당당한 광인의 모습이었다.

존은 머리가 빙그르 돌고 뭔가에 홀린 것처럼 시선을 집중했다. 그때 기묘한 현상이 벌어지기 시작했다. 하늘이 잠시 어두워지고, 돌풍 속에서 급작스러운 웅얼거림이 들렸다. 멀리에서 트럼펫 소리가 나고, 커다란 실크 가운이 마찰하는 듯한 한숨 소리가 들렸다. 잠시나마 주변의 모든 자연이 이 어둠에 동참했다. 새는 노래를 멈추고 나무는 고요해졌다. 멀리 산 너머로 위협적인 천둥소리가 둔중하게 울렸다.

그게 전부였다. 바람은 계곡의 키 큰 풀숲을 따라 잦아들었다. 새벽과 한낮은 다시 제자리를 찾았고 떠오른 태양은 앞의 길을 환하게 밝히며 노란 안개의 뜨거운 파도를 보냈다. 햇볕을 받으며 나뭇잎들이 웃어 대자 나무가 다 흔들리고, 나뭇가지 하나하나가 요정 나라의 여학교 같았다. 신이 뇌물을 거부한 것이다.

존은 잠시 한낮의 승리를 지켜보았다. 몸을 돌려 보니 호숫가에 갈색 물결이 퍼덕이고 있었다. 황금빛 천사가 구름에서 내려와 춤추는 것 같았다. 비행기가 착륙한 것이다.

존은 바위에서 몸을 일으켜 산기슭의 나무숲으로 달려갔다. 잠에서 깬 두 소녀가 그를 기다리고 있었다. 키스마인이 벌떡 일어났다. 주머니에서 보석이 딸랑거리고, 질문을 머금은 입술이 벌어졌다. 그러나 존은 이야기할 시간이 없다는 것을 본능적으로 깨달았다. 잠시도 지체하지 말고 산에서 도망쳐야 한다. 그는 두 소녀의 한 손씩을 붙잡았다. 그들은 아무 말 없이 나무 사이를 뚫고 나가면서 빛과 피어오르는 안개를 담뿍 받았다. 뒤쪽의 계곡에서는 아무 소리도 들리지 않았다. 멀리에서 공작새가 불평하는 듯한 소리와 나지막하고 즐거운 아침의 소리만 들려왔다.

그들은 1킬로미터도 채 못 가서 정원을 피해 그다음의 언덕으로 이어지는 좁은 길을 택했다. 언덕 정상에서 걸음을 멈추고 사방을 둘러보았다. 그들의 시선이 조금 전에 지나온 산 쪽으로 꽂혔고, 그들은 곧 비극이 닥칠 거라는 모호한 느낌에 짓눌렸다.

하늘을 등지고 비탄에 잠긴 한 백발의 남자가 천천히 가파른 경사지를 내려오고 있었다. 그 뒤로 무표정하고 거대한 흑인 둘이 여전히 태양에 번쩍이는 짐을 지고 따라왔다. 그 아래쪽에서 두 사람이 더 합류했다. 존은 그들이 워싱턴 부인과 아들이며, 부인이 아들의 팔에 기대어 있다는 것을 알았다. 조종사들은 비행기에서 내려 성 앞의 너른 잔디밭으로 나갔다. 그리고 총을 들고 전초전 대열로 다이아몬드 산을 향해 돌진했다.

멀리 위에서 작은 대열을 이룬 다섯 명이 모든 목격자들의 시선을 받으며 바위 위에 멈춰 섰다. 흑인들이 몸을 숙여서 산 옆쪽으로 비밀문 같은 것을 잡아당겼고 일행 모두 그 안으로 사라졌다. 백발의 남자가 먼저 들어갔고 다음은 부인과 아들, 마지막으로 흑인들이었다. 흑인들의 머리에 있던 보석 박힌 화려한 장식 끄트머리가 잠시 태양에 반짝이더니 곧 비밀문이 내려와 모두를 삼켰다.

키스마인이 존의 팔을 잡고 흥분해서 외쳤다. "아, 어딜 가는 거지? 뭘 하려는 거야?"

"지하에 피난처가 있나……."

두 소녀의 입에서 작은 외침이 터져 나와 그의 말을 가로막았다.

키스마인이 신경질적으로 흐느끼며 말했다. "모르겠어? 산에 장치가 되어 있다고!"

그녀의 말을 들으며 존은 두 손을 들어 올려 눈을 가렸다. 산 표면 전체가 갑자기 화려하게 노란색으로 타올랐다. 사람의 손가락 틈으로 빛이 새어 나오듯이 잔디밭 사이로 노란빛이 쏟아져 나왔다. 견디기 힘들 정도로 강렬한 빛이 쏟아지다가 필라멘트가 꺼지듯이 사라지고 검은 잔해만 남았다. 그 잔해에서 서서히 푸른 연기가 피어올라 남아 있는 식물과 인간의 몸을 모두 앗아 갔다. 조종사들의 피도, 뼈도 남은 게 없었다. 그들은 안으로 들어간 다섯 영혼과 마찬가지로 완전하게 소멸되었다.

그와 동시에 성이 문자 그대로 허공으로 날아올라 엄청난 굉음을 내면서 연기를 터트렸다. 그리고 성은 연기 덩어리처럼 호수 위로 반쯤 튀어 올랐다가 가라앉았다. 불길 하나 없었다. 남았던 연기는 햇빛과 뒤섞여 흘러갔고, 대리석 가루 먼지가 한때 보석의 저택이던 거대한 무형의 더미 위를 잠시 떠다녔다. 아무런 소리도 들리지 않았다. 계곡에는 세 사람뿐이었다.

11

해가 질 무렵 존 일행은 워싱턴가 영토와 경계를 이루던 높은 절벽에 올라가 뒤를 돌아보았다. 어둑어둑한 황혼에 물든 계곡이 조용하고 아름다워 보였다. 그들은 자리를 잡고 앉아 재스민이 바구니에 담아 온 음식을 마저 먹었다.

재스민이 식탁보를 펼치고 샌드위치를 깔끔하게 쌓아 올리며 말했다. "저기, 맛있어 보이지 않아? 밖에서 먹으면 더 맛있을 거라고 늘 생각했어."

"그런 말 하는 걸 보니 언니도 이제 중산층이네." 키스마인이 말했다.

존이 진지하게 말했다. "이제 주머니에 어떤 보석을 담아 왔는지 꺼내 보자. 선택을 잘했다면 우린 평생 편안하게 살 수 있을 거야."

키스마인이 고분고분하게 주머니에 손을 넣었다가 반짝이는 돌 두 움큼을 존 앞으로 던졌다.

존이 흥분해서 "괜찮은데. 아주 크진 않지만, 어!"라고 말하면서 지는 햇빛에 돌 하나를 들어 비춰 보았다. 그의 표정이 바로 돌변했다. "어, 이건 다이아몬드가 아니잖아! 큰일인데!"

키스마인이 깜짝 놀라 외쳤다. "어머! 난 정말 바보야!"

"그래, 이건 인조 보석이야!" 존이 큰 소리로 대꾸했다.

키스마인이 웃음을 터트렸다. "나도 알아. 다른 서랍을 열었나 봐. 언니가 초대했던 여자애의 드레스에 달려 있던 건데 다이아몬드와 바꿨지. 준보석은 처음 봤거든."

"그래서 그걸 가져온 거야?"

그녀는 빛나는 돌들을 만지작거리며 잠시 생각에 잠겼다. "그런 것 같아. 난 이게 더 좋은데. 다이아몬드는 좀 싫증이 났거든."

존이 우울하게 말했다. "좋기도 하겠다. 우린 헤이즈에서 살아야 할 거야. 시간이 흘러 네가 늙은 뒤에, 그때 보석이 든 서랍이 아닌 다른 서랍을 열었다고 말하면 다른 여자들이 믿질 않겠지. 불행히도 네 아버지의 수표책도 함께 날아갔단 말이야."

"음, 헤이즈가 어때서?"

"내가 이 나이에 아내까지 데려가면 아버지가 뜨거운 숯으로 날 어떻게 할지도 몰라. 거기 아래에선 그렇게 말하지."

재스민이 입을 열고 나지막하게 말했다. "난 빨래가 좋아. 늘 내 손수건을 직접 빨았거든. 내가 세탁업을 해서 너희 둘 다 부양할게."

"헤이즈에도 세탁부가 있어?" 키스마인이 순진하게 물었다.

존이 대답했다. "물론이지. 다른 데나 마찬가지야."

"나는 말이지, 너무 더워서 옷을 안 입을지도 모른다고 생각했거든."

존이 크게 웃더니 이렇게 제안했다.

"한번 그렇게 해 봐. 네가 옷을 다 벗기도 전에 쫓겨날걸."

"아버지가 거기 계실까?" 그녀가 물었다.

존이 놀라서 그녀를 바라보다가 침울하게 말했다. "네 아버지는 돌아가셨어. 또 왜 헤이즈에 가시겠어? 오래전에 없어진 다른 곳과 혼동했나 보다."

저녁 식사를 마친 그들은 식탁보를 접고 밤을 지새울 참으로 담요를 펼쳤다.

키스마인이 한숨을 쉬며 별을 올려다보았다. "대단한 꿈이었어. 입을 거라고는 이 드레스 하나뿐인 데다가 무일푼인 약혼자와 여기 있다니 정말 이상해! 그것도 별빛 아래에서 말이지. 전에는 별이 있다고 인식해 본 적이 없어. 늘 다른 사람에게 속한 커다란 다이아몬드라고 생각했지. 이제 별이 두려워. 별은 모든 게 꿈이었다고, 내 젊음이 모두 꿈이었다고 느끼게 해."

존이 조용히 말했다. "그래, 모두의 젊음은 꿈이야. 일종의 화학적인 광기야."

"미친다는 게 얼마나 즐거운지!"

존이 침울하게 말했다. "그렇다고 들었어. 그 이상은 나도 몰라. 어쨌든 일 년 정도는 우리 서로 사랑하자. 그게 우리로서는 유일하게 신처럼 마취될 수 있는 시도이니까. 이 세상에는 다이아몬드들이 있어. 또 다이아몬드와 환멸이라는 시시껄렁

한 선물이 있겠지. 음, 그건 마지막에 갖고 무시해 버릴래."

그가 몸을 떨었다. "코트 깃을 올려. 넌 아직 어려서 이 추운 밤에 폐렴에 걸릴 수도 있어. 의식(意識)이라는 것을 처음 만들어 낸 자는 큰 죄를 지은 거야. 우리 몇 시간만이라도 다 잊어버리자."

존은 담요를 뒤집어쓰고 잠이 들었다.

집으로의 짧은 여행

1

나는 그녀 옆에 서 있었다. 거실에서 현관까지 몇 걸음이나마 같이 걷고 싶어서 뒤에서 얼쩡거린 덕분이다. 그것만으로도 대단한 일이었다. 그녀가 갑자기 꽃처럼 피어났지만 겨우 한 살 연상인 나는 전혀 피어나지 못한 처지였고, 그래서 둘 다 집에 돌아온 지난 일주일간 나는 감히 그녀 곁에 가지도 못했다. 3미터 정도는 함께 걷겠지만 아무 말도 하지 못하고 만져보지도 못할 것이다. 그러나 그녀가 무언가를, 예컨대 사소하지만 즐겁고 사적으로 느껴질 그런 일을 우리 둘만 함께 있을 때에 해 주리라는 바람을 조금이나마 가져 보았다.

그녀의 목덜미에 난 짧은 머리카락이 매혹적으로 반짝였다. 매력적인 미국 소녀들은 열여덟 살 정도가 되면 자신감이 더욱 뚜렷해지고 넘쳐 나는데, 그녀에게서도 그 자신감이 분명하게 느껴졌다. 그녀의 노란 머리카락 사이로 램프의 불빛이 빛났다.

그녀는 이미 다른 세계, 차에서 기다리는 조 젤크와 짐 캐스카트의 세계로 미끄러져 가는 중이었다. 내년이면 그녀는 나를 영원히 지나치리라.

내가 눈 내리는 밤에 밖에 있는 다른 이들을 의식하고, 크리스마스 주간의 흥분된 분위기와 여기 있는 꽃처럼 피어오르면서 방 안을 '성적 매력'— 이 진부한 표현은 실은 전혀 다른 것을 표현하는 데 사용된다 — 으로 채우는 엘렌의 흥분감을 느끼면서 기다리고 있을 때 식당에서 하녀가 나오더니 엘렌에게 나지막하게 이야기하고는 쪽지를 건네주었다. 그 쪽지를 읽던 엘렌의 눈가가 어두워졌다. 시골 순회공연에서 유행이 시들다가 허공으로 사라지는 것 같았다. 그녀가 나를 기묘하게 바라보았으나 — 실은 나를 보지도 않는 것 같았지만 — 그러더니 한마디 말도 없이 하녀를 따라 식당을 지나 사라져 버렸다. 나는 자리에 앉아 십오 분 정도 잡지를 뒤적거렸다.

조 젤크가 들어왔다. 추위에 얼굴이 빨개지고, 모피 코트 위에서는 하얀 실크 머플러가 번쩍였다. 그는 뉴헤이븐의 4학년생이고 나는 2학년이다. 그는 '스크롤 앤드 키스'의 멤버이고 눈에 잘 띄는 인물이며, 내가 보기에도 남들보다 뛰어나고 잘생겼다.

"엘렌은 안 나오나?"

"모르겠어. 준비는 다 했던데." 내가 신중하게 대답했다.

"엘렌! 엘렌!" 그가 불렀다.

그가 현관문을 열어 놓은 바람에 서리를 머금은 공기가 구름처럼 집 안으로 굴러들었다. 그가 계단을 반쯤 올라가서(그는 집 구조를 잘 알았다.) 다시 이름을 부르자 베이커 부인이 계단으로 나와 엘렌은 아래층에 있다고 했다. 그때 조금 상기된 표정의 하녀가 식당 문 앞에 나타났다.

하녀가 낮게 말했다. "젤크 씨."

조가 그녀를 향해 얼굴을 돌렸다. 나쁜 소식을 예감했는지 표정이 좋지 않았다.

"엘렌 양이 먼저 파티에 가시라고 하십니다. 나중에 가시겠대요."

"무슨 일이지?"

"지금은 가실 수 없습니다. 나중에 가실 겁니다."

그는 혼란스러운 마음에 주춤거렸다. 휴가 중 마지막으로 열리는 큰 파티인 데다가 그는 엘렌에게 홀딱 빠져 있었다. 크리스마스 때 엘렌에게 반지를 주려다 주지 못하고 대신 200달러는 족히 나가는 금색 메시 가방을 사 주었다고 한다. 그만 그런 게 아니었다. 그처럼 제정신이 아닌 남자가 서넛은 더 있었다. 그녀가 집에 돌아온 지 겨우 열흘밖에 되지 않았는데. 하지만 그에게는 우선권이 있었다. 부자인 데다 품위가 있어서 당시 세인트폴의 '킹카'였다. 내가 보기에도 그녀가 다른 사람을 더 좋아할 수는 없을 것 같았다. 그런데 그녀가 조를 너무 완벽하다고 평했다는 소문이 나돌았다. 그에게 신비감이 없어 보여서 그런 모양이었다. 더욱이 결혼의 현실적인 측면에 대해 생각하지 않는 젊은 아가씨라면, 글쎄······.

조가 화를 내며 말했다. "부엌에 있군."

"아뇨, 안 계십니다." 하녀는 도전적으로 대답했지만 다소 겁에 질린 듯했다.

"맞아."

"뒷문으로 나가셨습니다, 젤크 씨."

"가 봐야겠어."

나도 그를 따라갔다. 우리가 들어가자 스웨덴 하녀들이 설거지를 하다 말고 곁눈으로 우리를 올려다보았고, 우리가 그 사이를 뚫고 지나가자 냄비들이 달가닥달가닥 부딪혔다. 바람막이 문은 빗장이 열린 채 펄럭였고, 눈 내리는 뒷마당으로 나가 보니 뒷골목을 도는 자동차의 미등이 보였다.

조가 느릿느릿 말했다. "따라가야겠어. 도무지 이 사태를 이해할 수 없군."

나는 이 불행한 사태에 압도되어 뭐라 반박할 수도 없었다. 우리는 서둘러 그의 차로 달려갔다. 자동차로 이리저리 주택가를 누비며 필사적으로 길거리의 자동차 안을 전부 들여다보았지만 아무 성과도 없었다. 반시간이 지난 후에야 그는 그래 봤자 소용이 없다는 걸 깨달았다. 세인트폴은 주민이 거의 30만에 달하는 도시였던 것이다. 짐 캐스카트가 아가씨를 한 명 더 태워야 한다고 일러 주었다. 조는 상처 입은 동물처럼 차 한구석에 웅크리고 앉아 모직 코트를 뒤집어쓰고 우울한 기분에 빠져들었다. 그는 몇 분마다 등을 세우고는 항의와 절망의 몸짓으로 몸을 앞뒤로 흔들었다.

이미 준비를 다 마치고 있던 짐의 여자가 안달을 부렸지만 이런 일을 겪고 나니 그 정도는 아무것도 아니었다. 그녀는 아주 아름다워 보였다. 크리스마스 휴가라는 게 바로 이런 것이다. 평생 알아 오던 사람이 성장과 변화와 모험의 소동을 거쳐 낯선 딴 사람이 되기도 하는 것이다. 조 젤크는 멍한 상태였지만 그녀에게 예의 바르게 굴었다. 그는 말하다 말고 불현듯 짧고 크고 거칠게 웃음을 터트렸다. 우리는 그렇게 호텔까지 차를 타고 갔다.

운전기사가 우리가 내리려던 쪽이 아닌 반대 방향에 차를 세웠다. 그러나 이 실수 때문에 우리는 엘렌 베이커가 작은 쿠페에서 막 내리는 장면을 목격할 수 있었다. 우리의 차가 멈추기도 전에 조 젤크가 흥분해서 뛰어내렸다.

엘렌은 우리 쪽으로 고개를 돌렸다. 다소 방심한 표정이었는데, 놀란 것 같긴 하지만 그렇다고 경악할 정도는 분명 아니었다. 사실 그녀는 우리를 거의 인식하지 못했다. 조가 단호하면서도 위엄 있고 상처받은 표정으로 그녀에게 다가갔다. 그의 표정에 적당한 만큼의 책망이 담긴 것 같았다. 나도 따라갔다.

쿠페에 앉아 있던 남자는 엘렌이 차에서 내리는데 도와주지도 않았다. 남자는 서른다섯 살 정도에 단단하고 악당 같아 보였다. 얼굴은 비쩍 말랐고 흉터가 있을 것 같은 분위기에 사악한 미소까지 지었다. 그의 눈은 인간이라는 종족에 대해 냉소적인 것 같았다. 다른 종족 앞에서 조용히 침묵하는 동물의 눈이었다. 무기력하지만 잔혹하고, 바라는 게 없어도 자신감이 넘친다. 먼저 어떤 행동을 취할 능력이 스스로에게 없다는 걸 알고 있는 듯했지만, 상대가 약한 몸짓 하나만 보이더라도 그걸 이용할 능력이 무한해 보였다.

그 남자는 내가 아주 어려서부터 '배회하는 유형'이라고 의식해 온 그런 부류의 인간 같았다. 그는 담배 가게 카운터에 팔꿈치 한쪽을 기대고 분주히 오가는 사람들을 바라본다. 그에게 어떤 약점이 있는지는 아무도 모른다. 주차장에서 낮은 목소리로 은밀한 사업을 처리하거나 이발소나 극장 로비에서 어슬렁댄다. 어쨌든 그런 유형이 있다면 바로 저 남자 같을 것이라는 느낌을 주는 사내였다. 그의 얼굴이 더욱 야만적인 태드의 만화 같아 보일 때도 있었다. 나는 아주 어렸을 때부터 그가 서 있는 그 흐릿한 경계의 땅을 과민하게 바라보았다. 그가 나를 바라보면서 경멸하는 것도 보았다. 한번은 꿈속에서 그가 나에게 몇 걸음 다가와서 고개를 뒤로 젖히고 일부러 안심시키는 목소리로 "어이, 꼬마." 하고 중얼댔는데, 그때 나는 공포에 질려 문으로 달려갔다. 그가 바로 이런 유형의 사내였다.

조와 엘렌은 아무 말 없이 서로를 바라보았다. 그녀는 제정신이 아닌 것 같았다. 날이 추웠지만 그녀는 바람에 외투가 뒤로 휘날리는 것도 알아채지 못했다. 조가 손을 내밀어 그녀의 외투 깃을 잡아 주자 그제야 자신의 외투를 부여잡았다.

쿠페 안에서 아무 말 없이 그들을 바라보던 남자가 느닷없이 웃었다. 내뱉는 듯한 적나라한 웃음소리였다. 그저 요란하게 고개를 젖히는 행동이었고, 또한 모욕적이었다. 너무나 분명하고 절대로 무시할 수 없는 것이었다. 성질이 급한 조가 화가 나서 입을 연 것도 당연했다.

"당신 문제가 뭐요?"

그 남자는 잠시 조용해졌다. 그의 두 눈은 양쪽으로 움직이면서도 여전히 무언가를 노려보았다. 그가 다시 웃자 엘렌이 불안한지 몸을 움직였다.

"이자가…… 이자가…… 누구지?" 조의 목소리가 짜증이 섞여서 흔들렸다.

"좀 볼까?" 그 남자가 천천히 말했다.

조가 나에게 고개를 돌리고 얼른 말했다.

"에디, 엘렌과 캐더린을 데리고 안으로 들어가 주겠어? 엘렌, 에디와 같이 가."

"좀 볼까?" 그 남자가 다시 말했다.

엘렌은 혀와 이로 작게 소리를 냈다. 그러나 내가 그녀의 팔을 잡고 호텔 옆문으로 데려가자 순순히 따라왔다. 이렇게 긴박한 상황에서 아무 말 없이 묵묵히 따라올 정도로 그녀가 무기력하다니, 그야말로 기이한 노릇이었다.

내가 어깨 너머로 외쳤다. "그만 가자, 조. 들어와."

엘렌은 내 팔을 잡아당기며 서둘러 함께 들어왔다. 우리가 회전문 안으로 들어섰을 때 그 남자가 쿠페에서 내리는 것 같았다.

십 분 후에 여성 탈의실 밖에서 기다리고 있는데 조 젤크와 짐 캐스카트가 엘리베이터에서 내렸다. 조의 얼굴은 너무나 창백했고, 시선은 흐리멍덩한 데다가, 이마와 하얀 머플러 위로는 검붉은 피가 흘렀다. 짐이 둘의 모자를 쥐고 있었다.

"그자가 쇳조각을 낀 주먹으로 짐을 내리쳤어. 조는 일 분 정도 의식을 잃었지. 벨보이에게 타박상 약과 반창고를 가져오라고 해." 짐이 낮은 목소리로 말했다.

시간이 너무 늦어서 홀에는 아무도 없었다. 아래층 댄스파티장의 금관악기 소리가 위까지 올라왔다. 마치 바람에 두꺼운 커튼이 나부끼다가 다시 제자리에 내려오는 것 같았다. 엘렌이 나오자 나는 그녀를 데리고 곧장 아래층으로 내려갔다. 우리는 손님을 맞이하는 줄을 피해 어두운 방으로 들어갔다. 호텔이라 제대로 자라지 못한 야자수가 방 안에 있었다. 댄스

파티 중에 남녀가 가끔 앉아 쉬기도 하는 방이다. 나는 그녀에게 어떤 일이 벌어졌는지 일러 주었다.

그녀가 놀라서 말했다. "조가 잘못한 거야. 간섭하지 말라고 그랬는데."

사실이 아니었다. 그녀는 조에게 아무 말도 하지 않았고, 그저 초조함에 기이한 소리를 한번 중얼거렸을 뿐이다.

내가 항의했다. "넌 뒷문으로 도망쳐서 거의 한 시간이나 사라졌어. 그리고 저 험상궂은 사람과 함께 나타났고, 그자는 조의 면전에서 웃어 댔지."

"험상궂은 사람이라." 그녀는 내가 한 말을 음미하듯이 그대로 따라 했다.

"음, 아니었어? 도대체 그런 사람을 어떻게 알게 된 거지?"

"기차에서." 그녀가 대답했다. 하지만 곧 그렇게 말한 것을 후회하는 것 같았다. "에디, 네 일도 아닌데 괜히 끼어들지 마. 조가 어떻게 되었는지 봤잖아?"

말 그대로 숨이 탁 막힐 지경이었다. 신선함과 절묘함을 연달아 내비치면서 흠 없이 빛나는 여자를 내 옆에 두고 바라볼 수 있다니! 또 그 여자가 이런 식으로 말을 하다니!

"그자는 악한이야. 어떤 여자라도 그자와 함께 있으면 안전하지 못해. 조에게 쇳조각을 휘둘렀어. 쇳조각이라고!" 내가 소리쳤다.

"그게 그렇게 나쁜 거야?"

그녀는 몇 년 전에나 보였을 법한 태도로 질문하면서 비로소 나를 제대로 바라보았다. 진심으로 대답을 원하는 것 같았다. 잠시 동안 그녀는 자신에게서 거의 떠났던 태도를 되찾으려는 것처럼 보이더니 다시 냉담해졌다. '냉담하다'라고 말한 이유는 엘렌이 그자와 연관되는 말이 나오면 눈꺼풀을 살짝 내려뜨리고는 나머지 모든 것을 시야에서 차단했기 때문이다.

뭐라고 말을 해야 할 순간 같았는데도 그녀를 도와줄 수가 없었다. 나는 그녀의 아름다움과 그 마력에 푹 빠져 있었다. 그래서 그녀를 위한 변명까지 찾아보기 시작했다. 그자가 겉모습과는 다를 것이라거나, 좀 더 낭만적으로는 다른 여자가 빠져드는 것을 막기 위해 그녀가 자신의 의지와는 무관하게 그와 연루되었을 것이라는 등이었다. 그때 사람들이 방 안으로 들어와 말을 걸었다. 더 이상 우리끼리 이야기할 수가 없어서 밖으로 나가 후견인들과 인사를 나누었다. 그리고 쉬지 않고 이어지는 환한 춤의 바다로 그녀를 인도했다. 그녀는 식탁에 차려진 화려한 음식이라는 즐거운 섬과 홀 건너편에서 불어 대는 금관악기의 남풍 사이로 파도처럼 움직여 갔다. 얼마 후 나는 이마에 반창고를 붙인 채 구석에 앉아 있는 조 젤크를 보았다. 그는 엘렌이 자기를 때려눕혔다는 듯한 표정으로 그녀를 쳐다보았지만, 나는 그의 옆으로 가 보지 않았다. 나도 이상한 기분이 들었다. 오후 내내 잠이 들었는데 그사이에 무슨 일이 벌어져서 내가 보지 못한 모든 것의 가치를 바꿔 버린 것 같은 기이하고 불길한 기분에 잠자리에서 벌떡 일어난 느낌이었다.

밤이 흐르면서 마분지 뿔피리, 아마추어 활인화, 아침 신문에 실리기 위한 플래시 촬영 등이 이어졌다. 그다음에야 대행진과 저녁 식사가 있었고, 새벽 2시경에 국세청 직원처럼 차려입은 위원회 위원 몇 명이 파티 분위기를 흐리더니 그날 저녁 사건을 희극적으로 보도한 신문이 배포되었다. 그날 내내 나는 엘렌의 어깨에 달린 반짝이는 난초 한 송이가 스튜어트의 깃털*처럼 움직이는 것을 곁눈질로 지켜보았다. 어느새 최후까지 버티던 무리들이 졸린 눈으로 엘리베이터로 몰려가 두루뭉술하고 큼직한 모피 코트를 입고 선명하고 건조한 미네소타의 밤으로 흘러 들어갈 때까지, 어떤 분명한 예감을 갖고 그 꽃을 지켜보았다.

2

우리 도시에는 언덕의 주거 지역과 강변의 상업 지구 사이에 경사진 중간 지대가 있다. 이 지역은 시내에서 눈에 띄지 않는 곳이며, 경사진 정도에 따라 삼각형이나 그 외 '일곱 모퉁이' 같은 지명처럼 기이한 모양으로 나뉘어 있다. 열두 명이 달라붙어도 이 지역의 지도를 제대로 그릴 수 있을 것 같지 않지만 사람들 모두 하루에 두 번씩 전차나 자동차 또는 도보로 이곳을 지나다닌다. 또 이 지역이 분주하긴 해도 대표적인 산업이 뭐냐고 묻는다면 한마디로 대답하기 힘들었다. 어딘가로 출발하는 전차들이 늘 길게 대기 중이고, 대형 극장 한 곳과 그 외 수많은 군소 영화관에는 「후트 깁슨**과 놀라운 개, 놀라

---

* 남북 전쟁의 남부군 기마 대장 스튜어트는 타조 깃털이 달린 모자를 쓰고 다닌 것으로 유명하다.
** 로데오 챔피언이자 카우보이, 영화배우, 감독, 제작자.

운 말」 등의 포스터가 붙어 있다. 창문에 『올드 킹 브래디』와 『76의 리버티 보이스』* 등의 광고지를 걸어 놓은 작은 가게들에서는 공깃돌, 담배, 캔디를 판매한다. 또한 우리 모두 적어도 일 년에 한 번은 찾아가는 화려한 의상실도 있다.(적어도 여기는 확실하다.) 어둠침침한 거리의 구석에 사창가가 있다는 건 소년 시절에 이미 알았다. 또한 전당포, 싸구려 보석 가게, 소규모 운동 클럽, 체육관, 영락한 술집 등이 산재했다.

코티용 클럽 파티** 다음 날 아침에 게으른 기분으로 느지막하게 일어났다. 하루이틀 정도는 예배나 수업이 없다는 것이 기분이 좋았고, 오늘 밤의 파티만 기다리면 그뿐이었다. 차갑고 밝은 날이었다. 뺨이 얼고 나서야 얼마나 추운지 알게 되는 그런 날 말이다. 그래서인지 전날 밤의 사건이 오래전의 일처럼 아득했다. 점심을 먹고 가볍게 내리는 눈을 즐겁게 맞으며 시내로 걸어갔다. 눈은 오후 내내 내릴 것 같았다. 시내 중심부(내가 아는 한 이곳을 포괄하는 지명은 없다.)를 반쯤 갔을 때 갑자기 머릿속의 게으른 생각들이 바람결의 모자처럼 날아가고 그때부터 엘렌 베이커 생각만 났다. 그녀가 걱정되었다. 전에는 나 자신 외에는 무엇에 대해서도 걱정한 적이 없었다. 다시 언덕길을 올라가서 그녀를 만나 이야기하고 싶은 욕구에 발걸음이 오락가락했다. 그녀가 다과회에 갔다는 것이 기억나서 다시 걸음을 옮겼지만 여전히 그녀 생각만 났고, 그 생각은 더욱 깊어졌다. 바로 그때 그 일이 일어났다.

---

* 20세기 초에 유행하던 싸구려 소설들.
**후견인을 동반한 정식 무도회.

조금 전에 말한 대로 눈 내리는 12월의 어느 날 오후 4시였다. 날이 어둑어둑해질 것 같다가 가로등에 막 불이 들어왔다. 당구장 겸 레스토랑 앞을 지나치는데 창가 난로에 핫도그가 즐비하고 문가에는 손님 몇 명이 어슬렁댔다. 홀 안에 불이 켜져 있었는데, 천장 높이 달린 흐릿하고 노란 전구 몇 개뿐이어서 서리가 내리는 어둑한 바깥으로 퍼져 나온 불빛은 들여다보라고 유혹할 정도는 아니었다. 이때도 엘렌 생각만 하면서 가게 앞을 지나가는데 남자 네 명이 서 있는 모습이 옆눈으로 힐끗 보였다. 채 여섯 걸음도 가지 않아서 그중 하나가 나를 불렀다. 내 이름을 부르지는 않았지만 분명히 내 귀에 들리라고 하는 소리였다. 너구리털 코트를 칭찬하는 거라 여기고 관심도 기울이지 않았는데 일 분 후에 누가 명령조로 나를 다시 부르기에 짜증이 나서 고개를 돌려 보았다. 3미터도 채 떨어지지 않은 곳에 서 있던 무리 중 한 명이 나를 노려보았다. 얼굴에 상처가 나고 핼쑥한 그 사내는 전날 밤에 조 젤크를 쳐다보듯 냉소적으로 나를 바라보았다.

　그는 비싸 보이는 검은 코트를 입고 몹시 추운 듯 목까지 단추를 채웠다. 중산모를 쓰고 주머니에 손을 깊숙이 찌르고는 발목까지 올라오는, 단추 달린 구두를 신었다. 나는 깜짝 놀라 멈칫했다. 무엇보다 화가 났고, 내가 조 젤크보다는 주먹이 빨랐기 때문에 그를 향해 한 걸음 나아갔다. 다른 사람들은 나를 쳐다보지 않았다.(그들은 애초에 나를 본 것 같지도 않았다.) 하지만 그자가 나를 알아본 게 틀림없었다. 그의 표정에는 우연이나 오해 같은 건 전혀 없었다.

　"여기 내가 있다. 그러니 어쩔래?" 그의 눈이 이렇게 묻는 것 같았다.

그가 있는 쪽으로 한 걸음 더 나갔다. 그러자 그는 소리 없이 경멸조로 웃으면서 무리에게 돌아갔다. 나도 따라갔다. 그에게 말을 걸려고 (무슨 말을 해야 할지 확신이 서지 않았다.) 다가갔는데, 그가 마음이 변했는지 물러섰다. 어쩌면 나에게 자기를 따라 안으로 들어오라는 신호였는지도 모른다. 그가 사라지자 나머지 셋이 아무것도 궁금한 게 없다는 듯이 나를 바라보았기 때문이다. 그들은 똑같은 종족이었다. 운동선수 유형이지만 그자와는 다르게 공격적이라기보다는 유연했다. 단체로 바라보는 시선에 개인적인 악의는 찾아볼 수 없었다.

"그자가 안으로 들어갔나요?" 내가 물었다.

그들은 신중하게 서로를 바라보며 눈을 찡긋했다. 한참 후에야 그중 하나가 물었다.

"누가 안으로 들어갔다고?"

"이름은 모르는데요."

다시 눈짓이 오갔고, 나는 짜증이 났지만 단호하게 그들 앞을 지나쳐서 당구장으로 들어갔다. 한구석의 간이식당 테이블에 몇 사람이 있고 당구를 치는 사람은 더 많았지만 그는 어디에도 보이지 않았다.

나는 다시 멈칫했다. 그자가 그 건물에서 눈에 띄지 않는 곳으로 날 불러들인 거라면 — 뒤쪽으로 반쯤 열린 문이 몇 개 보였다 — 좀 더 확실한 증거가 필요했다. 탁자에 앉아 있는 남자에게 다가가 물어보았다.

"좀 전에 여기 들어온 사람은 어디 있죠?"

그 사람이 곧 방어적인 태도를 취했는지, 아니면 내 상상이 지나쳤는지는 잘 모르겠다.

"어떤 친구?"

"마른 얼굴에 중산모요."

"얼마 전?"

"음, 일 분 전인데요."

그가 다시 고개를 저었다. "못 봤는데."

나는 잠시 서 있었다. 바깥에 있던 세 남자가 들어와서 카운터의 내 옆에 한 줄로 섰다. 그들이 이상한 눈으로 나를 쳐다본다고 생각하니 몸에서 힘이 빠져나가고 점차 불안해졌다. 몸을 돌려서 밖으로 나갔다. 도로를 따라 조금 내려가다가 다시 몸을 돌려서 나중에라도 다시 찾아갈 수 있게 그곳을 유심히 살펴보았다. 그런 다음 모퉁이를 돌자마자 냅다 달려서 호텔 앞에서 택시를 잡아타고 다시 언덕길을 올라갔다.

베이커 부인이 아래층까지 내려와서 엘렌이 없다고 말해 주었다. 부인은 자기 딸의 미모에 대단히 만족하고 또 자랑스러워하는 것 같았다. 무엇보다 전날 밤에 벌어진 불미스럽고 이상한 일에 대해서는 전혀 아는 바가 없었다. 부인은 방학이 다 끝나가서 다행이라고, 엘렌이 그런 긴장 상태를 잘 참아 내지 못한다고 말했다. 또 내가 찾아와 줘서 고맙다고도 했다. 물론 부인은 엘렌이 날 만나고 싶어 할 거라 생각했고 시간도 얼마 없기 때문에 한 말이었다. 엘렌은 그날 밤 8시 반에 돌아갈 예정이었다.

내가 소리쳤다. "오늘 밤이라고요! 모레인 줄 알았는데요."

베이커 부인이 대답했다. "시카고에 있는 브로커가를 방문할 거라던데. 엘렌을 대단한 파티에 데려가고 싶어 한대. 오늘 막 결정된 일이야. 엘렌은 오늘 밤 잉거솔가의 소녀들과 같이 떠날 거야."

너무 기쁜 나머지 나도 모르게 베이커 부인의 손을 잡고 흔들었다. 엘렌은 안전하다. 그 사건은 우연한 모험의 순간에 불과했다. 바보가 된 기분이었지만 나는 내가 엘렌을 얼마나 배려하는지, 그녀에게 끔찍한 일이 일어난다면 얼마나 참을 수 없을지 깨달았다.

"곧 돌아오나요?"

"금방 올 거야. 대학 클럽에서 막 전화했더라."

부인에게는 나중에 다시 들르겠다고 했다. 우리 집은 바로 옆집이었고, 나는 혼자 있고 싶었다. 밖으로 나갔다가 집 열쇠가 없다는 게 떠올라 베이커 씨네 앞길로 올라갔다. 어렸을 때 다니던 두 집 사이에 난 오래된 샛길이다. 여전히 눈이 내렸고 날이 어두워지면서 눈발이 한층 굵어졌다. 눈에 파묻힌 샛길을 찾다가 베이커 씨네 뒷문이 열려 있는 것을 보았다.

내가 왜 걸음을 돌려서 그 집 부엌으로 들어갔는지는 잘 모르겠다. 베이커 씨네 하인들의 이름을 모두 알던 때도 있었다. 지금은 아니지만, 그들은 날 알았다. 안으로 들어가는데 갑자기 긴장감이 전해졌다. 대화뿐 아니라 분위기나 그들 사이에 충만한 기대감으로 인한 긴장감이었다. 그들은 지나치다 싶을 정도로 신속하게 일을 시작하더니 불필요할 정도로 움직이고 소리를 냈다. 잔심부름하는 하녀가 두려워하는 눈으로 나를 바라보았다. 그녀가 다른 쪽지를 전달하려고 대기 중이라는 생각이 퍼뜩 스쳤다. 그래서 그녀에게 식료품실로 오라고 손짓했다.

"이 일에 대해 다 알고 있어. 아주 심각한 문제야. 내가 지금 베이커 부인에게 갈까, 아니면 네가 저 뒷문을 닫고 잠글래?"

"베이커 부인에게 말하지 마세요, 스틴슨 씨!"

"그렇다면 엘렌 양을 방해하지 마. 그렇게 되면, 그래서 내가 안다는 걸 엘렌 양이 알게 되면……." 직업소개소로 찾아가 다시는 시내에서 일거리를 찾지 못하게 하겠다고 협박했다. 내가 나갈 때 그녀는 완전히 겁에 질렸다. 일 분도 지나지 않아 내 뒤에서 뒷문이 잠기고 걸쇠가 채워졌다.

그때 커다란 차가 집 앞에 서는 소리가 들렸다. 부드러운 눈길에 타이어가 뽀드득거렸다. 엘렌을 태운 차였고, 나는 작별 인사를 하려고 안으로 들어갔다.

조 젤크와 두 청년이 더 따라왔는데 셋 다 나에게는 인사도 못할 정도로 엘렌에게서 눈을 떼지 못했다. 그녀의 절묘한 장밋빛 피부는 아름답지만, 우리 지역에서 그런 피부는 흔한 편이었다. 아무리 아름답던 피부도 마흔 살이 되면 실핏줄이 터지기 시작할 것이다. 그러나 지금 추위로 발갛게 달아오른 그녀의 피부는 카네이션처럼 사랑스럽고 섬세한 절정의 분홍빛이었다. 조와는 이럭저럭 화해를 한 모양이었다. 아니면 조가 그녀에게 푹 빠져 있어서 전날 밤 일을 다 잊었는지도 모른다. 그러나 엘렌이 웃음을 많이 흘리긴 해도 조나 다른 청년들에게 전혀 관심이 없다는 사실이 눈에 보였다. 그녀는 그들이 가기만을 바랐다. 그러면 부엌에서 기다리는 쪽지를 볼 수 있으리라. 그러나 그 쪽지는 오지 않을 것이며, 그녀도 안전할 것이다. 우리는 뉴헤이븐에서 펌프와 슬리퍼 댄스파티가 열리고 프린스턴에서도 프롬파티*가 있다는 말들을 나누었다. 우리 넷은 각자 다른 기분으로 밖에 나가 곧 헤어졌다. 우울한 기분으로 집으로 걸어가 뜨거운 물에 한 시간이나 몸을 담갔다. 엘렌이 가 버리니 방학도 다 끝난 셈이라는 생각이 들었다. 그녀가 내 인생에서 벗어났다는 생각이 어제보다 더 깊어졌다.

그때 할 일이 더 있다는 생각이 들었다. 오후에 여러 일들이 있어서 깜빡했다가 다시 확인해야겠다고 다짐했건만 그게 무엇이었는지 전혀 떠오르지 않았다. 베이커 부인과 관련된 거라고 어렴풋이 떠올리면서 부인과 이야기한 내용을 되새겨 보는데 뭔가가 퍼뜩 떠올랐다. 엘렌에게 별일 없을 거라고 안도한 나머지 베이커 부인에게 물어보려다 깜빡했던 것이다.

엘렌이 방문할 예정이라는 브로커가, 바로 그거였다. 나는 빌 브로커와 예일대 동기여서 잘 아는 사이였다. 드디어 기억해 내고는 욕조에서 벌떡 일어나 앉았다. 올 크리스마스에 브로커가는 시카고가 아니라 팜비치에 있는데!

물을 뚝뚝 흘리며 아래위가 붙은 내의를 대충 걸치고 내 방 전화기 앞으로 달려갔다. 전화는 바로 연결되긴 했지만, 엘렌은 벌써 정거장으로 떠났다고 했다.

다행히도 집 차가 대기 중이었다. 아직 축축한 몸 위에 옷을 걸치고 나가 보니 운전기사가 차를 문 앞에 대기시켜 두고 있었다. 밤은 차갑고 건조했다. 차는 단단하게 얼어붙은 눈길을 뚫고 정거장으로 향했다. 이런 식으로 가자니 기이하고 불안한 기분이 들었다. 그래도 차갑고 어두운 밤길 저편에 정거장이

* 미국식 졸업 파티.

환하게 보이자 자신감이 생겼다. 지난 오십 년간 우리 집안이 이 정거장 부지를 소유했기 때문에 나의 무모한 행위도 이럭저럭 정당해 보였다. 천사들도 밟기 두려워하는 땅으로 혼자서 서둘러 들어가게 될 가능성은 누구에게나 있다. 그러나 과거에 단단하게 뿌리를 내리고 있다는 생각에 그래도 좋다는 마음이 들었다. 이 일은 모두 잘못되었다. 무지막지하게 잘못된 일이다. 아무런 해도 없을 거라는 생각은 이제 사라졌다. 애매하지만 엄청난 재난과 엘렌 사이에 내가 서 있는 것이다. 아니면 경찰과 추문 사이에 서 있거나. 나는 도덕주의자가 아니다. 여기에는 어둡고 두려운 요인이 더 있었는데, 엘렌이 혼자서 그 일을 경험하지 말았으면 싶었다.

세인트폴에서 시카고까지 가는 열차는 세 종류가 있었다. 모두 8시 반을 지나 몇 분 차이로 출발한다. 엘렌이 타고 갈 기차는 벌링턴행이다. 정거장을 가로지르는데 쇠창살이 올라가고 그 위의 조명이 꺼지는 것이 보였다. 엘렌은 잉거솔가의 소녀들과 함께 특별 전용실에 탔을 것이다. 엘렌의 어머니가 그 표를 샀다고 말해 주었다. 그러니 그녀는 말 그대로 내일까지 그 안에 콕 틀어박혀 있을 것이다.

맞은편 끄트머리에 미네소타 주 시카고와 세인트폴을 오가는 다른 기차가 있어서 그쪽으로 달려가 간신히 올라탔다. 그러나 한 가지 걱정거리 때문에 나는 기차에서 거의 한잠도 이루지 못했다. 이 기차는 엘렌이 탄 기차보다 십 분 늦게 시카고에 도착한다. 그러니 엘렌이 세계 최대 도시 중의 하나로 사라질 확률도 십 분만큼 있는 셈이다.

짐꾼을 시켜서 밀워키발 전보를 집으로 보냈다. 다음 날 아침 8시가 되자마자 나는 승객들과 통로에 쌓인 짐들을 마구 밀치고 짐꾼의 등에 거의 업힌 상태로 문을 열고 뛰쳐나갔다. 소음과 메아리, 종소리, 연기 등 혼란스러운 대형 정거장의 분위기에 잠시 무기력한 기분이 들었다. 그래도 엘렌을 찾을 수 있는 유일한 장소인 출구로 달려갔다.

예측대로였다. 엘렌은 전보 치는 줄에 서서 아무도 모를 내용의 새까만 거짓말을 어머니에게 보내는 중이었다. 그녀는 나를 보고는 놀라움과 공포가 섞인 표정을 지었다. 교활한 표정도 엿보였다. 그녀는 빠르게 머리를 굴렸다. 그 자리에 내가 없다는 듯이 걸어 나가 자기 일을 볼 수만 있다면 좋았을 것이다. 그러나 그럴 수는 없었다. 그녀의 인생에서 나라는 존재는 너무나 구체적이었다. 그래서 우리는 아무 말 없이 서로를 바라보며 각자 열심히 머리를 굴렸다.

일 분 후에 내가 말했다. "브로커 가족은 플로리다에 있어."

"그 말을 해 주려고 이 먼 길을 오다니 참 친절도 하네."

"너도 알게 되었으니 학교로 가는 편이 낫지 않겠어?"

"제발 그냥 좀 놔둬, 에디."

"나는 너와 함께 뉴욕까지 갈 거야. 일찍 돌아가기로 결심했어."

"그냥 놔두라니까." 그녀의 사랑스러운 두 눈이 작아지고, 미약한 동물이 저항하는 듯한 표정이 어렸다. 그녀가 애를 쓴다는 건 누가 봐도 알 정도였다. 그 얼굴에 교활한 표정이 잠깐 내비치더니 두 표정 모두 사라지고 대신 즐겁고 확신에 찬 미소로 바뀌어서 나는 깜빡 넘어갈 뻔했다.

"에디, 이 바보야. 내가 내 처신도 못할 정도로 어리다고 생각해?"

나는 아무 대답도 하지 않았다.

"너도 알겠지만, 만날 사람이 있어. 오늘 꼭 만나고 싶어. 5시에 출발하는 동부행 기차표도 끊어 두었어. 믿지 못하겠다면 내 가방을 열어 봐."

"믿어."

"네가 아는 사람은 아니야. 솔직히 말해서 넌 아주 뜻밖이고 못 말리겠어."

"누군지 알아."

엘렌은 애써 가장한 표정을 다시금 잃었다. 그 끔찍한 표정이 다시 돌아오고 그녀는 으르렁대듯 말했다.

"날 혼자 놔두라니깐."

나는 그녀의 손에 쥐어진 백지를 낚아채서 그녀의 어머니에게 상황을 설명하는 내용의 전보를 썼다. 그리고 엘렌을 바라보며 약간 거칠게 말했다.

"우리는 5시에 동부행 기차를 같이 탈 거야. 그동안은 나와 함께 있어."

이 말을 하면서 나는 큰 자신감을 얻었고, 그녀도 감동받았다고 생각했다. 어쨌거나 그녀는 잠시나마 수긍하는 것 같았고, 별로 저항하지도 않고 내가 표를 사는 동안 기다려 주었다.

그날 일어난 일들을 한데 모아 정리하자니 내 기억과 자의식이 아무것도 밝히고 싶지 않은 듯 그저 머릿속이 혼란스러울 뿐이다. 밝고 차가운 아침에 택시를 타고 백화점으로 갔다. 엘렌은 사고 싶은 게 있다고 해 놓고는 뒷문으로 몰래 달아나려 했다. 누군가가 레이크쇼 드라이브길을 택시로 따라온다는 기분이 한 시간 정도 들었다. 획 뒤돌아보거나 느닷없이 기사석의 거울을 들여다보면서 누군지 확인해 보려고 했지만 아무도 없었고, 뒤돌아보면 즐거움이 싹 가신 엘렌의 얼굴만 부자연스러운 미소로 일그러져 있었다.

아침 내내 호수에서 황량한 바람이 불어왔고, 점심을 먹으려고 블랙스톤에 갔을 때는 창밖으로 가는 눈발이 휘날렸다. 친구들에 대한 일상적인 이야기를 주고받던 중이었다. 엘렌이 목소리를 갑자기 바꾸더니 진지한 표정으로 내 눈을 똑바로 바라보았다.

"에디, 넌 나의 가장 오래된 친구야. 날 절대 못 믿겠다고는 하지 말아 줘. 5시에 출발하는 기차를 타겠다고 내 명예를 걸고 약속할 테니까 오후 몇 시간만이라도 혼자 있게 해 주겠어?"

"왜?"

그녀는 주저하며 잠시 머리를 숙였다. "음, 누구에게나 작별할 권리는 있는 것 같은데."

"작별하고 싶은 거야? 그……."

그녀가 서둘러 대답했다. "그래, 그래. 몇 시간이면 돼, 에디. 그 기차를 타겠다고 진심으로 약속할게."

"음, 두 시간 내에 별일이야 없겠지. 진심으로 작별 인사를 하고 싶다면……."

나는 갑자기 고개를 들었다가 그녀의 얼굴에 긴장되고 교활한 표정이 다시 나타난 것을 보고 깜짝 놀랐다. 실은 얼마 전에도 그 표정에 몸이 움찔한 적이 있었다. 또다시 입술이 양쪽으로 올라가고 두 눈이 가늘어지고, 공정하거나 진정한 표정

따위는 완전히 사라졌다.

우리는 말다툼을 벌였다. 엘렌은 애매한 태도를 보였고, 나는 조금 힘들었지만 말을 아꼈다. 그녀의 나약한 모습에 넘어가거나 어떤 것에도 휘말리지 않으려 했으나, 사악한 분위기가 전달되는 것 같았다. 그녀는 내세울 근거도 없으면서 전부 괜찮을 거라는 식으로 우겼다. 하지만 그녀는 본질적으로 마음속에 너무 많은 것 — 그게 무엇이든 간에 — 을 품고 있어서 어쨌든 실질적으로 이야기를 만들어 내지 못했다. 그녀는 내 마음속에서 남의 말을 믿고 따를 만한 생각의 꼬리를 붙잡아 내서 기필코 자기 뜻을 관철하고자 했다. 나를 설득하기 위해 온갖 시도를 다해 본 다음에 그녀는 나를 진지하게 바라보았다. 내가 자기에게 한바탕 설교를 늘어놓고 그다음에 과자라도 주었으면 하는 것 같았다. 이 경우에 과자는 그녀에게 맘대로 하는 권리를 주는 것이지만. 그녀는 나 때문에 조금씩 지치기 시작했다. 건드리기만 해도 눈물을 흘릴 지경에까지 이른 것도 두어 번이나 되었다. 물론 그게 내가 원하는 바였지만 막상 닥치면 어떻게 해야 할지 알 수 없었다. 그녀를 손에 넣고 거의 관심을 돌려놓은 것 같았는데, 어느새 그녀는 빠져나가고 말았다.

4시경 나는 엘렌을 심하게 다그쳐서 택시에 태우고 역으로 출발했다. 바람이 다시 거칠어지고 눈까지 날렸다. 사람들은 거리에서 버스와 전차를 기다렸지만 차량은 턱없이 부족했고, 차에 타지 못한 사람들은 춥고 어지럽고 불행해 보였다. 편안한 삶을 누리며 보호받고 있는 우리는 정말 운이 좋다고 여기려고 노력해 보았으나 어제까지만 해도 내가 속해 있던 그 따뜻하고 훌륭한 세계가 나에게서 멀어져 갔다. 지금 우리는 그 모든 것의 적이자 반대가 되는 무언가와 함께 있었다. 택시 안의 우리 옆에, 우리가 지나친 거리에 그 무언가가 존재했다. 나도 모르게 엘렌의 정신 상태로 빠져드는 게 아닌가 생각하니 두렵기까지 했다. 기차를 기다리며 길게 줄 서 있는 승객들이 다른 세계에서 온 사람들처럼 멀게 느껴졌다. 그러나 멀리 흘러가면서 그들을 뒤에 남겨 두는 사람은 다름 아닌 나였다.

나는 엘렌과 같은 객차를 이용하게 되었다. 오래된 객차여서 조명이 침침하고 카펫이며 좌석에 이전 세대의 먼지가 가득했다. 승객은 여섯 명 정도였지만 별다른 점은 없었고, 내가 주변에서 느끼기 시작한 비현실성을 공유하고 있다는 점에서만 유별났다. 우리는 엘렌의 칸막이 방으로 들어가 문을 닫고 자리에 앉았다.

나는 갑자기 두 팔로 그녀를 안고 내 쪽으로 끌어당겼다. 최대한 부드럽게, 그리고 어린 소녀를 대하듯. 실제로 그녀는 어린 소녀이기도 했다. 그녀는 처음엔 약간 저항했지만 곧 포기하고 긴장해서 뻣뻣하게 내 품에 안겼다.

나는 힘없이 말했다. "엘렌, 넌 널 믿어 달라고 부탁했어. 사실 네가 날 믿을 이유가 더 많을 거야. 네가 조금만 더 이야기해 준다면 이 모든 것에서 벗어나는 데 도움이 되지 않을까?"

그녀가 아주 낮은 목소리로 대답했다. "그럴 수 없어. 무슨 말이냐 하면, 할 말이 없어."

"집으로 돌아오는 기차에서 그 남자를 만나 사랑하게 된 거지, 맞지?"

"모르겠어."

"말해 봐, 엘렌. 그 남자를 사랑하는 거야?"

"모르겠다니까. 날 좀 내버려 둬."

"네가 뭐라고 말할지 모르겠지만, 그 남자는 너에게 영향력을 행사하고 있어. 널 이용해서 뭔가를 뺏으려고 해. 그 남자는 널 사랑하지 않아."

"그게 왜 중요한데?" 그녀가 약한 목소리로 물었다.

"중요하지. 넌 그, 그 남자와 싸우려 하지 않고 오히려 나와 싸우려 해. 그리고 난 널 사랑해, 엘렌. 내 말 들어? 갑작스럽겠지만, 나로서는 갑자기가 아니야. 널 사랑해."

그녀는 부드러운 얼굴에 경멸스러운 표정을 지으며 나를 쳐다보았다. 집에 가기를 고집스럽게 거부하는 사람들의 얼굴에서 봤던 표정이었다. 그러나 인간적인 표정이다. 지금 나는 멀리에서 소심하게 그녀에게 손을 내미는 거였지만, 그전보다는 더 가까워졌다.

"엘렌, 한 가지만 대답해 줘. 그 남자도 이 기차에 탈 거야?"

그녀는 멈칫하다가 고개를 저었다. 하지만 이미 늦었다.

"조심해, 엘렌. 이제 하나만 더 물을게. 솔직하게 대답해 주면 좋겠어. 서부로 올 때 그 남자가 언제 기차에 탔지?"

"나도 몰라." 그녀가 애써 대답했다.

그 순간 나는 그가 바로 문 밖에 있다는 사실을 깨달았다. 그건 오직 진실을 위해 유보된 확실한 인식이었다. 엘렌 역시 그 사실을 알았다. 그녀의 얼굴에서 핏기가 사라지고 하위동물의 본능적인 표정이 다시 돌아왔다. 나는 두 손에 얼굴을 파묻고 생각에 잠겼다.

우리는 거의 아무 말도 하지 않고 한 시간이 넘도록 그 자리에 그대로 앉아 있었다. 시카고의 불빛이 보이더니 다음에는 잉글우드, 곧이어 끝없는 교외의 불이 휙휙 지나져 갔다. 그 후에는 더 이상 불빛이 나타나지 않았고, 우리는 일리노이의 어두운 평원을 달리고 있었다. 기차는 자신 속으로 빨려 들어가 홀로 떨어져 나간 것 같았다. 짐꾼이 문을 두드리고는 내게 잠자리를 마련해 주겠다고 했지만 괜찮다고 하자 가 버렸다.

얼마 후 나는 불가피하게 이 싸움을 해야겠지만, 사물과 사람이 원래 건전하다는 나의 신념이나 나의 온전한 정신을 능가할 정도는 아니라고 생각했다. 당연히 그자의 의도는 소위 '범죄적'이라고 할 만했다. 그렇다고 그자가 인간적이거나 비인간적인 노력 이상의 지능이 있다고 여길 필요는 없었다. 나는 아직 그를 인간으로 보았고, 그를 이해하는 대신 그의 본질이나 그가 원하는 개인적인 이익이 무엇인지를 알아내려고 했다. 그러면서도 나는 칸막이 방의 문을 열면서 무엇을 발견하게 될지 이미 알았던 것 같다.

내가 자리에서 일어났을 때 엘렌은 나를 쳐다보는 것 같지도 않았다. 그녀는 한구석에서 몸을 웅크리고 앞만 노려보았는데 몸과 정신이 잠시 떨어진 상태인 것처럼 눈빛이 공허했다. 나는 그녀의 상체를 일으켜서 머리 밑에 베개를 두 개 넣어 주고 무릎에 내 모피 코트를 덮어 주었다. 그리고 그녀 옆에 무릎을 꿇고 두 손에 키스하고는 문을 열고 통로로 나갔다.

등 뒤로 문을 닫고 잠시 문에 기대서 있었다. 통로 양끝의 조명을 제외하면 객차 안은 어두웠다. 기차 연결 장치의 철커덕하는 소리와 철로가 딸각거리는 소리, 그리고 멀찌감치 앉은 승객이 심하게 코 고는 소리를 제외하면 아무 소리도 들리지 않았다. 얼마 후 흡연실 바깥의 냉수기 옆에 서 있는 한 남자가 눈에 들어왔다. 그는 중산모를 쓰고 몹시 추운 것처럼 코트 깃을 세우고 손은 코트 주머니에 깊이 찔러 넣고 있었다. 내가 그를 바라보자 그가 몸을 돌려 흡연실로 들어갔다. 나도 따라 갔다. 그는 긴 가죽 의자의 먼 끝에 앉았고 나는 문 옆의 안락의자에 앉았다.

들어가면서 그에게 까닥 고갯짓으로 인사를 건네자 그는 그 끔찍한 소리 없는 웃음으로 내 존재를 인정해 주었다. 이번에는 웃음이 길었고 영원히 이어질 것 같아서 나는 웃음을 멈추게 할 요량으로 질문을 던졌다.

"어디 출신이죠?" 나는 되도록 무심결에 질문하는 것처럼 보이려고 노력했다.

그가 웃음을 멈추더니 눈을 가늘게 뜨고 나를 바라보았다. 내가 어떤 게임을 벌이려는 건지 궁금한 모양이었다. 그가 입을 열자 실크 스카프로 입을 막은 듯한 목소리, 먼 길을 뚫고 나오는 소리가 울렸다.

"세인트폴 출신이라네, 친구."

"집으로 가는 여행인가요?"

그가 고개를 끄덕였다. 그런 다음 길게 숨을 내쉬고는 거칠고 위협적으로 말했다.

"포트웨인에서 내리게, 친구."

그는 죽은 사람이다. 완전히 죽은 사람이다. 내내 죽은 사람이다. 그런데 정맥에 흐르는 피처럼 그를 관통하여 세인트폴로 나갔다가 돌아온 힘이 이제 그를 떠나려 했다. 새로운 소식, 즉 그가 죽었다는 사실이 조 젤크를 쓰러뜨렸던 구체적인 인간의 모습 사이로 새어 나왔다.

그가 경련을 일으키듯 다시 말했다.

"포트웨인에서 내리게, 친구. 아니면 없애 버리겠어." 그는 코트 주머니 안의 손을 움직여서 권총의 윤곽을 드러내 보였다.

나는 고개를 저으며 대답했다. "당신은 날 건드릴 수 없어. 난 알아."

그의 무시무시한 두 눈이 빠르게 나를 훑었다. 내가 과연 아는지 확인하려는 것 같았다. 그리고 그는 펄쩍 뛰어 오를 것처럼 으르렁거렸다.

"여기에서 기어 나가지 않으면 가만두지 않겠어, 친구!" 그가 거칠게 외쳤다.

포트웨인이 가까워지면서 기차의 속도가 줄고 조용해졌기 때문에 그의 목소리가 더욱 크게 울렸다. 그래도 그는 의자에서 꼼짝하지 않았고, 너무도 나약해 보였다. 우리는 그렇게 서로를 노려보았다. 일꾼들은 차창 밖에서 여기저기 다니면서 브레이크와 바퀴를 두드렸고 엔진은 앞에서 큰 목소리로 애도하듯 울었다. 우리 칸에는 아무도 들어오지 않았다. 잠시 후에 짐꾼이 지나갔고 통로 문이 닫혔다. 기차는 역사의 침침하고 노란 불빛에서 빠져나와 긴 어둠 속으로 들어갔다.

그다음으로 기억나는 일들은 대여섯 시간 정도에 걸쳐서 벌어진 게 분명했지만, 나에게는 시간이 전혀 존재하는 것 같지 않았다. 그 일은 오 분 만에, 혹은 일 년에 걸쳐 일어난 것인지도 모른다. 무언가가 나를 천천히 계획적으로 공격하기 시작했다. 나는 공포에 질려 한마디도 하지 못했다. '기괴함'이라고 부를 수밖에 없는 것이 나를 덮치는 것 같았다. 그날 오후 내내 느꼈던 기괴한 기분과 비슷하면서도 정도가 더 심했다. 어딘가로 흘러 내려가는 기분과 그나마 비슷할까? 나는 발작적으로 의자의 팔걸이를 붙잡았다. 살아 있는 세계의 유일한 물체에 매달리는 심정이었다. 내가 서둘러 달려 나간다는 기분이 들기도 했다. 안도하는 심정, 아무것도 배려하지 않는 심정이기도 했다. 나는 그런 심정을 격렬하게 누르면서 다시 현실로 돌아왔다.

어느 순간부터 더 이상 그를 미워하지 않는다는 것을, 그에게 격렬하게 낯선 기분이 들지 않는다는 것을 갑자기 깨달았다. 그와 동시에 몸에 오한이 들었고 머리 위로 땀이 스멀스멀 솟았다. 그자는 서부행 열차에서 엘렌을 손에 넣은 것처럼 나의 혐오감도 쥐락펴락했다. 그자는 바로 그 힘을 이용해서 사람들을 희생하고 결국 세인트폴에서 물리적인 폭력까지 휘두를 수 있었다. 이제 점차 시들고 명멸하면서도 그는 여전히 투쟁 중이었다.

내가 진정으로 주저한다는 것을 그도 알아챈 게 분명했다. 그는 낮고 부드러운 목소리로 말했다. "이제 가도 좋네."

"아, 안 가요." 나는 힘들게 대답했다.

"편히 있게, 친구."

그는 내 친구인 척했다. 그는 나와 함께 있는 게 어떤 것인지 알았고, 또 나를 도와주고 싶어 했다. 그는 나를 동정했다. 너무 늦기 전에 가는 게 나을 것이다. 그가 공격할 때의 리듬은 노래처럼 부드러웠다. 나는 가는 게 낫다. 그리고 그자에게 엘렌을 손에 넣게 하라. 나는 작게 비명을 지르며 벌떡 일어났다.

"그녀에게 원하는 게 뭐죠? 생지옥이라도 만들 건가요?" 내가 떨리는 목소리로 물었다.

그가 멍하고 놀라는 표정으로 나를 바라보았다. 마치 내가 자기 잘못이 뭔지도 모르는 동물을 벌준다는 표정 같았다. 나는 잠시 멈칫했다가 계속 밀어붙였다.

"당신은 그녀를 잃었어요. 그녀는 나를 신뢰해요."

그의 얼굴이 갑자기 사악한 악마처럼 일그러지더니 이윽고 그가 외쳤다. "이 거짓말쟁이!" 얼어붙은 손처럼 차가운 목소리였다.

"그녀는 나를 신뢰해요. 당신은 그녀를 건드릴 수 없어요. 그녀는 안전해요!"

그는 자기 감정을 억눌렀다. 그의 표정이 부드러워졌고, 나는 내 속에서 기이한 나약함과 무관심이 다시 꿈틀거리는 것을 느꼈다. 이래 봤자 뭐람? 뭐가 어떻다고?

나는 간신히 입을 열어서 대놓고 진실을 밝혔다. "당신에겐 시간이 별로 없어요. 당신은 죽었어요. 아니면 살해당했죠. 여기에서 멀지 않은 곳에서!"

그때 지금까지 보지 못했던 것이 보이기 시작했다. 그의 이마에 작고 둥근 구멍이 뚫려 있었다. 석고 벽에 박혀 있던 커다란 못을 뺐을 때 생기는 구멍 같았다.

"이제 당신은 가라앉을 거예요. 몇 시간밖에 남지 않았어요. 집으로 가는 여행은 끝났다고요!"

그의 얼굴이 일그러졌고, 살았건 죽었건 인간과 닮은 모습도 모두 사라졌다. 실내에 냉기가 가득 돌았고, 발작적인 기침 소리와 무시무시하게 느껴지는 웃음소리가 들렸다. 그가 치욕스럽고 불경스러운 기운을 풍기며 자리에서 일어났다.

그가 외쳤다. "이리 와서 봐! 보여 줄 테니……."

그가 한 걸음, 또 한 걸음 다가왔다. 그때 그 뒤에서 문이 열리듯이, 상상할 수도 없는 어둠과 부패의 심연으로 문이 열렸다. 그 자에게서, 혹은 뒤의 어딘가에서 인간의 고뇌를 알리는 비명이 들렸다. 갑자기 길고 거친 한숨과 함께 그에게서 힘이 빠져나가고, 그는 바닥으로 무너져 내렸다…….

내가 공포에 질리고 기진맥진한 상태로 얼마나 서 있었는지는 모르겠다. 그다음에 기억나는 건 건너편에서 구두를 닦으며 졸고 있던 짐꾼과 창밖으로 평원을 깨트리고 나타난 피츠버그의 강철 불길이었다. 또한 사람이라고 보기엔 너무 희미하고 그렇다고 밤의 그림자로 보기엔 너무 강한 무언가였다. 그것은 긴 의자에 늘어져 있다가 희미해지며 내 눈앞에서 천천히 사라졌다.

몇 분 후에 엘렌의 객실 문을 열어 보았다. 그녀는 내가 나갔을 때와 마찬가지로 잠들어 있었다. 아름다운 뺨은 창백하고 지쳐 보였지만 누운 모습은 자연스러웠다. 두 손도 편해 보이고 숨도 고르고 깨끗했다. 자신을 사로잡았던 것이 빠져나가면서 그녀는 지치긴 했지만 본래의 사랑스러운 모습으로 되돌아가게 되었다.

나는 엘렌이 좀 더 편안하게 자도록 자세를 바꿔 주고 담요를 목까지 끌어당겨 준 후에 불을 끄고 나왔다.

3

부활절 방학 때 집에 돌아오자마자 '일곱 모퉁이' 근처의 당구장으로 내려가 보았다. 물론 계산대의 남자는 석 달 전에 내가 급하게 찾아왔던 일을 기억하지 못했다.

"어떤 사람을 찾고 싶습니다. 얼마 전에 여기 자주 왔었던 것 같은데요."

그자의 행색에 대해 꽤 자세하게 설명하자 그는 아주 중요한 일이 있어서 기억하지 못하겠다는 분위기를 풍기며 옆에 앉아 있던 젊은 친구를 불렀다.

"이봐, 땅딸보. 이 친구에게 말 좀 해 주게. 조 발랜드를 찾는 모양인데."

그 작은 남자가 나에게 의심의 시선을 던졌다. 나는 그 남자 옆에 가서 앉았다.

"조 발랜드는 죽었네, 친구." 그가 마지못해서 말했다. "지난 겨울에 죽었어."

나는 또다시 그자에 대해 설명했다. 그의 외투와 웃음소리, 늘 짓던 눈가의 표정.

"자네가 찾는 작자가 조 발랜드가 맞긴 한데, 그는 죽었어."

"그에 대해 알고 싶은 게 있어요."

"뭘 알고 싶은데?"

"어떤 일을 하던 사람인가요?"

"내가 어떻게 알겠나?"

"이봐요! 난 경찰이 아니에요. 그저 그의 습관에 대해 알고 싶을 뿐입니다. 이제 죽었으니 그에게 해가 되지도 않잖아요. 또 그런 이야기를 딴 데 가서 하지도 않을게요."

그가 나를 바라보면서 주저하다가 대답했다. "음, 그자는 여행으로 한몫 잡았었지. 그런데 피츠버그 역에서 싸움에 말려

들었다가 어떤 탐정에게 물렸어."

나는 고개를 끄덕였다. 퍼즐의 깨진 조각들이 내 머리에서 조합되기 시작했다.

"왜 그자가 기차를 많이 탔죠?"

"내가 그걸 어떻게 알겠나, 친구."

"10달러를 드리면 그 일에 대해 당신이 아는 이야기를 전부 들을 수 있을까요?"

땅딸보가 마지못해 말했다. "음, 그자가 기차에서 작업을 했다고 이야기하던 걸 들은 게 전부인데."

"기차에서 작업했다고요?"

"그자는 절대로 털어놓지 않았지만 나름대로 부정한 수법을 썼어. 혼자 기차 여행 하는 여자들에게 작업을 걸었다는데, 그 일에 대해서는 아무도 잘 몰라. 그자는 상당히 수완이 좋았어. 가끔씩 돈을 잔뜩 들고 여기 나타나서는 여자들에게서 뜯어낸 거라고 했어."

나는 그에게 고맙다고 말하고 10달러를 주고 나왔다. 나는 조 발랜드의 집으로 가는 마지막 여행길에 대해서는 일부러 아무 말도 하지 않았다.

부활절에 엘렌은 서부로 돌아오지 않았다. 또 왔다 하더라도 그녀에게 이 이야기를 해 주지는 않았을 것이다. 이번 여름에 거의 매일 그녀와 만나 다른 모든 것에 대해 이야기를 나누긴 했다. 하지만 가끔씩 갑자기 말이 없어지면서 내 옆으로 가까이 오고 싶어 할 때면 나는 엘렌이 무슨 생각을 하는지 알 수 있다.

물론 그녀는 이번 가을에 올 것이고 나는 뉴헤이븐에서 이

년을 더 지내야 한다. 그러나 몇 달 전과는 달리 앞으로의 일
들이 그렇게 불가능해 보이지는 않는다. 어떤 면에서 그녀는
나에게 속해 있다. 설사 내가 그녀를 잃는다 해도 그녀는 나에
게 속해 있다. 누가 알겠는가? 어쨌든 나는 늘 그 자리에 있을
터이니.

해외여행

1

오후가 되자 하늘은 메뚜기 떼로 시커멓게 뒤덮였고, 여자 몇 명은 비명을 지르며 버스 바닥에 주저앉아 여행용 담요로 머리를 감쌌다. 메뚜기 떼는 북쪽에서 내려오면서 이것저것 닥치는 대로 먹어 치웠는데, 이 지역에서는 대단하지도 않은 현상이었다. 메뚜기 떼는 검은 눈송이처럼 일직선으로 조용히 날았다. 바람막이 유리나 차에 부딪히는 경우도 전혀 없어서 낙천적인 사람들은 곧 손을 뻗어서 메뚜기를 잡아 보려고 했다. 십 분 후에 메뚜기 구름이 줄어들다가 완전히 사라졌고, 담요를 뒤집어썼던 여자들도 머리가 뒤엉키고 엉망인 기분으로 일어났다. 그리고 다들 떠들어 대기 시작했다.

모두가 시끄럽게 떠들어 댔다. 사하라 사막의 한 귀퉁이에서 메뚜기 떼를 관통한 다음에 아무 말도 하지 않는다면 그게 더 이상하게 보일 것이다. 스미르나계 미국인은 비스크라로 내려가는 영국인 미망인에게 아직 만나지도 못한 추장과 마지막으로 재미나 보라고 말했고, 샌프란시스코 주식시장 직원은 한 작가에게 수줍게 물었다. "당신은 작가인가요?" 윌밍턴에서 온 부녀는 팀북투로 비행할 예정인 런던 출신의 조종사에게 말을 걸었다. 프랑스인 운전사조차 고개를 돌리고 크고 분명한 소리로 설명했다. "뒝벌이죠." 운전사의 말에 뉴욕에서 온 수련간호사가 신경질적으로 웃음을 터트렸다.

여행자들이 아무렇게나 엉키는 가운데 좀 더 사려 깊은 이야기도 오갔다. 리들 마일스 부부는 일심동체처럼 고개를 뒤로 돌리고는 뒤에 앉은 젊은 미국인 부부에게 미소를 지으며 말을 걸었다.

"혹시 메뚜기가 머리칼에 붙진 않았나요?"

젊은 부부가 공손하게 미소를 지었다.

"아뇨. 이 재난을 잘 버텨 낸걸요."

그들은 아직 신혼의 즐거운 기분이 남아 있는 이십 대의 잘생긴 부부였다. 남자는 다소 민감하고 강렬해 보였고, 여자는 눈동자와 머리카락 빛이 연하고 매력적이었다. 여자의 얼굴에는 그림자가 없었고, 생기발랄하고 신선하면서도 사랑스럽고 자신감이 넘치고 평온해 보였다. 마일스 부부는 그들이 좋은 교육을 받았고 특히 '일류' 가문 출신이라는 것을 알아챘다. 그들은 지나치게 세련되거나 딱딱하지 않으면서도 타고난 과묵함을 내보였다. 그들이 남들과 동떨어진 것처럼 보였다면, 그건 상대방과 같이 있는 것만으로도 충분히 두드러져 보였기 때문이다. 반면 마일스 부부가 다른 여행객들과 동떨어져서 행동했던 것은 의식적인 가면이나 사교적 태도 때문이었다. 그건 모두에게 왕따를 당하는 스미르나계 미국인이 누구에게나 들이대는 것과 마찬가지로 공공연한 사실이었다.

마일스 부부는 그 젊은 부부가 친구로 '가능'하다고 보았고 부부끼리만 지내는 게 지겨웠던 참에 노골적으로 접근했다.

"아프리카에 와 본 적이 있나요? 아주 매혹적인 곳이죠. 튀니스에 갈 예정인가요?"

파리라는 특정한 환경에서 십오 년을 지내면서 내면적으로 어느 정도 닮고 닳은 마일스 부부에게는 매력이라고 불릴 수도 있는, 분명하게 선호하는 스타일이 있었다. 저녁에 부사아다의 작은 오아시스 마을에 도착하기 전에 이들 넷은 어느새 친구가 되었다. 알고 보니 뉴욕에 모두를 아는 친구까지 있었다. 그들은 트랜스아틀란틱 호텔 바에서 칵테일을 마셨고, 저녁 식사를 같이 하기로 했다.

얼마 후 젊은 켈리 부부는 아래층으로 내려갔다. 니콜은 약간 후회가 되었다. 서로 행로가 달라질 콘스탄티네에 도착할 때까지는 이제 이 새 친구들을 상당히 오래 봐야 하기 때문이었다.

결혼하고 여덟 달 동안 너무 행복했기 때문에 이 교제는 무언가를 망치는 것 같았다. 그들은 지브롤터 해협까지 타고 온 이탈리아 정기선의 바에서 필사적으로 서로 기대던 무리와 어울리지 않았다. 대신 그들은 프랑스어를 열심히 공부했고, 넬슨은 최근 물려받은 유산 50만 달러와 관련해서 사업 공부를 하고, 굴뚝 그림도 한 장 그렸다. 바에서 즐겁게 떠들던 무리 중의 한 사람이 아조레스 제도의 이쪽 편에서 대서양으로 영원히 사라졌을 때 켈리 부부는 오히려 기쁠 지경이었다. 자신들이 동떨어져서 지냈던 것이 그 사고로 정당화되었기 때문이다.

그러나 니콜이 후회하는 이유는 하나 더 있었다. 그래서 그녀는 넬슨에게 그 문제에 대해 털어놓았다. "홀에서 막 그 부부를 지나쳤어."

"누구? 마일스 부부?"

"아니, 그 젊은 부부. 있잖아, 나이는 우리 정도이고 다른 버스에 타고 있던 부부 말이야. 점심 식사 후에 비르라발루 낙타 시장에서 봤던 그 근사해 보이던."

"정말 근사해 보였지."

그녀가 강조했다. "매력적이었어. 남자와 여자 둘 다. 전에 여자를 만났던 적이 있는 게 분명해."

그 부부는 저녁 식사 때 식당 건너편에 앉아 있었는데, 니콜은 아무래도 그들에게 눈이 쏠렸다. 그들에게도 지금은 친구가 있었다. 니콜은 지난 두 달 동안 자기 또래의 그 여자에게 한 번도 말을 걸어 보지 못한 게 조금 안타까웠다. 공식적으로는 세련됐지만 솔직히 말해서는 속물적인 마일스 부부와는 다른 사람들이었다. 마일스 부부는 놀랄 정도로 여러 곳을 다녀봤고, 신문에서 번쩍이는 허깨비는 모두 알고 있는 것 같았다.

그들은 호텔 베란다에서 저녁을 먹었다. 하늘은 어두웠고, 그들을 감시하는 낯선 신의 존재가 가득 느껴졌다. 호텔 모퉁이에서 밤은 지나치게 낯선 소리들로 이미 흔들리기 시작했다. 세네갈의 북소리, 원주민의 피리 소리, 이기적이고 여성스러운 낙타울음소리, 낡은 타이어 신발을 신고 달려가는 아랍인들의 발소리, 그리고 배화교도의 울부짖는 기도 소리까지. 이것들에 대해 종종 읽어보긴 했지만 그래도 지나치게 낯선 소리였다.

호텔 데스크에서 한 동료 여행객이 환율에 대해 직원과 지루한 논쟁을 벌였고, 그 부적절한 논쟁으로 인해 남쪽으로 향하면서 계속 커져 간 격리감만 더욱 증폭되었다.

마일스 부인이 허공을 떠도는 침묵을 처음으로 깨트렸다. 그녀는 밤에 푹 빠져 있는 그들을 더 이상 참지 못하고 식탁으로 끌고 왔다.

"옷을 제대로 차려입을 걸 그랬어요. 정장을 하면 느낌이 달라지니까 저녁 식사가 더 즐겁죠. 영국인들은 그런 걸 알아요."

그녀의 남편이 반대했다. "여기에서 정장을 하겠다고? 왜, 아까 길에서 만났던 낡아 빠진 정장 차림으로 양 떼를 모는 사람 같을 텐데."

"정장을 하지 않으면 늘 여행객 같아요."

"음, 우린 여행객이 아닌가요?" 넬슨이 물었다.

"난 내가 여행객이라고 생각하지 않아요. 여행객이란 일찍 일어나서 성당에 가고 경치에 대해 말하는 사람이죠."

페스*에서 알제**에 이르기까지 알려진 장소는 전부 가 보았고 영화를 보면서 발전했다고 느껴 왔던 니콜과 넬슨은 자신들의 여행담이 마일스 부인에게 흥미가 없을 거라고 여겼다.

마일스 부인이 말을 이었다. "어디나 똑같아요. 중요한 건 거기 누가 있느냐죠. 새로운 장소는 아무리 좋아도 삼십 분이면

---

* 모로코의 오래된 도시.
** 알제리의 수도.

끝이고, 그다음에는 자기 나름대로 보고 싶어 해요. 그래서 여행지도 유행을 타는 거예요. 사실 장소 자체는 중요하지 않아요."

넬슨이 반박했다. "하지만 처음에 누군가가 좋다고 했으니까 사람들이 찾게 된 거 아닌가요?"

"올봄에 어딜 갈 생각이죠?" 마일스 부인이 물었다.

"산레모나 소렌토를 생각 중이에요. 유럽은 가 본 적이 없어서요."

"여러분, 나는 소렌토와 산레모 둘 다 알아요. 두 군데 다 일주일도 버티질 못할걸요. 거기에는 아주 혐오스러운 영국인들이 우글대면서 《데일리메일》을 읽고 편지를 기다리고 믿을 수 없이 지루한 이야기들을 해요. 브라이턴이나 번무스에 가서 하얀 푸들과 양산을 사서 선창을 걷는 편이 나아요. 유럽에 얼마나 머물 예정인가요?"

니콜이 주저하며 대답했다. "잘 모르겠어요. 아마 몇 년이 될 수도 있죠. 남편이 유산을 조금 물려받았고, 우리에겐 변화가 필요했어요. 저는 어렸을 때 아버지의 천식 때문에 아주 우울한 요양원에서 몇 년을 지냈어요. 남편은 알래스카에서 모피업을 했지만 아주 싫어했고요. 그래서 자유로워지면서 해외로 나왔어요. 남편은 그림을, 저는 성악을 공부할 생각이죠." 그녀는 의기양양하게 남편을 바라보았다. "지금까지는 끝내 줬죠."

마일스 부인은 젊은 여인의 옷차림을 보고 유산이 상당한 모양이라고 생각했다. 더욱이 그들 부부의 열정은 옆에 앉은 이에게도 퍼져 나갔다.

부인이 그들에게 충고했다. "비아리츠에는 꼭 가 봐요. 아니면 몬테카를로나."

마일스가 샴페인을 주문하며 말했다. "여기에서 근사한 쇼가 있다고 하던데요. 울레드 나일스* 카페에서요. 산악 지대에서 내려온 부족 소녀들인데 무용수가 되는 훈련을 받았다고 호텔 관리인이 그러더군요. 돈을 충분히 모으면 다시 산으로 돌아가 결혼한대요. 음, 오늘 밤에 공연이 있다던데."

울레드 나일스 카페로 걸어가면서 니콜은 이 고즈넉하고 부드럽고 환한 밤에 남편과 단둘이서 걷지 못한다는 게 아쉬웠다. 넬슨은 저녁 식사 때 마일스가 술을 산 데 대한 보답으로 샴페인을 샀는데, 넬슨 부부는 그렇게 많이 마시는 데 익숙하지 않았다. 슬픈 플루트 소리가 가까워지자 그녀는 안에 들어가지 않고 차라리 야트막한 언덕 위로 올라가고 싶었다. 언덕 위에 서 있는 하얀 이슬람 사원이 밤의 행성처럼 뚜렷하게 빛났다. 삶은 어느 쇼보다 낫다. 그녀는 남편에게 몸을 기대며 그의 손을 잡았다.

작은 굴 같은 카페 안은 버스 두 대에서 내린 여행객들로 우글거렸다. 섬세하고 그늘진 눈매에 연한 갈색 피부를 지닌 코가 납작한 베르베르 소녀들이 무대에서 이미 한 명씩 춤을 추고 있었다. 그들은 면직 드레스를 입어서 남부의 흑인 유모 같았다. 느린 춤사위를 따라 무용복 밑의 살이 출렁거렸다. 춤은 배꼽춤으로 절정에 달했는데, 은으로 만든 허리띠가 심하게 흔들리고, 진짜 금화가 달린 체인이 목과 팔에서 달랑거렸다. 희극 배우이기도 한 플루트 연주자는 무희들을 희화화하며 춤

* 알제리의 부족 이름.

을 추었다. 수단 출신의 진짜 흑인이 마법사처럼 염소 가죽으로 몸을 휘감고 북을 쳤다.

허공에서 피아노를 치듯 무희들이 한 명씩 손가락을 움직이며 담배 연기 사이로 지나갔다. 겉으로 보기에는 부드러웠지만 절도 있고 정확한 동작이었다. 그다음에 그들은 아주 나른하면서도 역시 정확한 동작으로 발을 굴렀다. 이런 움직임은 절정에 오른 선정적인 춤의 준비 동작에 불과했다.

얼마 후에야 춤사위가 진정되었다. 공연이 완전히 끝나지 않았지만 관객 대부분이 일어났다. 그때 사람들이 수군거렸다.

니콜이 남편에게 물었다. "무슨 일이야?"

"음, 울레드 나일스 족이 춤을, 다소 동양적인 춤을 추는데 보석을 빼고는 거의 입지 않을 것 같아."

"아."

마일스 씨가 즐겁게 말했다. "우리 모두 남기로 하죠. 결국 우리는 이 나라의 진짜 관습과 예절을 보러 왔으니까요. 정숙한 척하면서 분위기를 망칠 필요는 없어요."

남자들은 대부분 남았고, 여자도 몇 명 있었다. 니콜이 갑자기 일어났다.

"난 밖에서 기다릴래."

"여기 있지 그래, 니콜? 마일스 부인도 있는데."

플루트 연주자가 화려하게 전주곡을 불었다. 높은 단상에서 열네 살 정도 되어 보이는 창백한 갈색 피부의 소녀 둘이 무명 드레스를 벗고 있었다. 니콜은 정숙한 척하는 것으로 보이기 싫은 마음과 혐오감 사이에서 잠시 주저했다. 그때 젊은 미국인 여자가 얼른 일어나 문 쪽으로 걸어가는 것이 보였다. 다른 버스를 탔던 매력적인 젊은 부인인 것을 확인하고 니콜도 결단을 내리고 따라갔다.

넬슨이 서둘러 따라왔다. "당신이 가면 나도 갈래."

말은 그러면서도 주저하는 게 분명했다.

"일부러 그러지 마. 밖에서 안내인과 기다리면 돼."

북소리가 시작되자 넬슨이 타협안을 내놓았다. "음, 딱 일 분만 있을게. 어떤 건지 궁금하거든."

니콜은 신선한 밤공기를 맡으며 기다리면서 왠지 상처받은 느낌이 들었다. 넬슨이 마일스 부인이 남아 있다는 핑계로 당장 나오지 않은 것에 기분이 상했다. 화가 난 그녀는 안내인에게 돌아가고 싶다고 손짓했다.

넬슨은 이십 분 후에 돌아왔다. 아내가 먼저 가 버려 화가 난 데다 자기가 아내를 혼자 내버려 두었다는 죄의식을 숨기고 싶어서 초조해했다. 그들은 더 이상 서로를 믿지 못하고 돌연 다투고 말았다.

한참 후에 부사다*에서 그 어떤 소리도 들리지 않고, 시장의 유랑객들이 모자 달린 외투를 둘둘 감고 꼼짝 않고 누웠을 즈음 그녀도 그의 어깨에 몸을 기대고 잠이 들었다. 삶은 우리의 의도와 상관없이 계속되지만, 누군가는 상처를 입으며 합의가 이루어지지 않을 수 있다는 선례도 생겨난다. 그래도 이 같은 사랑 싸움은 상당히 오래 견딜 수 있다. 그녀와 넬슨은 젊은 시절에 외로웠다. 이제 그들은 살아 있는 세계의 맛과 냄새를 원했으며, 지금까지는 서로에게서 그것을 갈구했다.

---

* 알제리 중북부의 오아시스 도시.

한 달 후에 그들은 소렌토로 갔다. 니콜은 성악 수업을 받고 넬슨은 나폴리 만 안에 새로운 것을 그려 넣고 싶어 했다. 그들이 계획하고, 책에서도 종종 읽어 봤던 존재 방식이었다. 그러나 목가적인 휴식은 한 사람이 '파티를 여는 것'에 따라 매력적일 수 있다는 사실을 그들 역시 알게 되었다. 다시 말해서, 한 사람이 배경과 경험, 인내를 제공하면 그에 대한 반작용으로 상대방이 어린 시절의 목가적인 평화로움을 다시 즐기는 것처럼 보인다는 것이다. 니콜과 넬슨은 나이가 너무 많은 동시에 또 너무 젊었고 또 속속들이 미국인이었다. 그래서인지 그들은 이 이국땅과 즉각적으로 부드럽게 일치할 수 없었다. 그들은 자신들의 생명력 때문에 불안해졌다. 아직까지 그의 그림에는 방향성이 없고 그녀의 노래도 진지해질 전망이 보이지 않았다. 그들은 자기들이 "이룬 바가 없다."라고 말했다. 저녁은 길었고 그들은 저녁 식사 때 카프리 와인을 많이 마시기 시작했다.

호텔은 나이가 들자 좋은 날씨와 마음의 안정을 찾아 남부로 내려온 영국인 소유였다. 넬슨과 니콜은 지루한 일상에 슬슬 부아가 치밀었다. 몇 달이 지나도 어떻게 사람들은 여전히 날씨 이야기만 하고 똑같은 길을 산책하고 저녁마다 똑같은 마카로니를 먹을 수 있는 것일까? 그들은 매일이 지겨워졌고, 지겨워진 이 미국인들은 어느새 흥밋거리를 찾기 시작했다. 어느 날 밤에 일들이 한꺼번에 터졌다.

그들은 포도주를 곁들여 저녁을 먹으면서 이제 파리로 건너가 아파트를 구하고 진지하게 일해야겠다고 결정했다. 파리에 가면 전 세계에서 모여든 사람들과 어울리고 또래 친구들도 사귈 수 있을 것이다. 이탈리아와는 달리 모두가 강렬할 것이다. 그들은 저녁을 먹고 나서 새로운 희망에 불타 살롱에 들렀다. 그날 넬슨은 그곳의 낡고 큰 전기 피아노를 열 번째로 보았는데 한번 쳐 보고 싶은 마음이 들었다.

살롱 맞은편에 영국인들이 앉아 있었는데, 그곳에서 그들이 유일하게 아는 사람들이었다. 이블린 프라젤 장군 부부였다. 사실 그 부부와의 관계라는 게 찰나적이고 불편한 것이긴 했다. 한번은 켈리 부부가 수영을 하려고 실내복 차림으로 호텔 밖으로 나오는 것을 보고 그때 몇 미터나 떨어진 곳에 있던 프라젤 부인이 그들의 차림이 너무 혐오스러우니 절대로 허용해서는 안 된다고 발언했던 것이다.

그러나 전기 피아노에서 처음으로 근사한 소리가 튀어나왔을 때 부인이 보인 반응과 비교해 보면 수영복 사건은 아무것도 아니었다. 피아노가 진동하면서 건반에 몇 년간 쌓였던 먼지가 털려 나가자 부인은 전기의자에 앉은 것처럼 움찔거렸다. 넬슨은 「로버트 E. 리를 기다리며」의 갑작스러운 소음에 스스로 깜짝 놀라 의자에 제대로 앉지도 못했는데 건너편에 앉아 있던 프라젤 부인이 치마 뒷장식을 질질 끌며 달려와서는 켈리 부부를 쳐다보지도 않고 전원을 꺼 버렸다.

분명하고 정당한 몸짓이라고도, 그렇다고 분노한 몸짓이라고 할 수도 없는 반응이었다. 넬슨은 잠시 상황을 판단하지 못하고 주저했다. 그러나 프라젤 부인이 자기 수영복에 대해 오만하게 논평했던 것이 떠오르자 그는 부인의 옷자락이 아직도 펄럭이는 가운데 다시 악기 앞으로 가서 전원을 켰다.

이 일은 이제 국제적인 사건으로 비화되었다. 살롱에 앉은

이들의 눈이 일제히 사건의 주동자들에게 향했다. 다음에 어떤 일이 벌어질지 기다리는 시선들이었다. 니콜이 얼른 넬슨에게 달려가서 이제 그만하자고 했지만, 때는 이미 너무 늦었다. 격노한 영국 부인과 한 테이블에 앉아 있던 이블린 프라젤 장군이 벌떡 일어났다. 그로서는 레이디스미스*를 구조한 이후 가장 심각한 상황이 벌어진 것이었다.

"터무니없어, 터무니없어!"

"지금 뭐라고 하셨죠?" 넬슨이 물었다.

이블린 경이 중얼댔다. "이곳에서 십오 년이나 있었는데! 이런 일은 듣도 보도 못했네!"

"이 물건은 손님들 즐기라고 이 자리에 마련해 놓은 걸로 아는데요."

이블린 경은 대답하기를 거부하고, 무릎을 구부려 악기를 잡으려다가 그만 잘못해서 악기를 밀어 버리고 말았다. 그 바람에 악기의 속도와 소리가 세 갑절쯤 빨라지고 커져서 살롱은 아수라장이 되었다. 이블린 경은 군인답게 격노했고 넬슨은 미친 사람처럼 웃음을 터트리기 직전이었다.

곧 호텔 매니저의 듬직한 손이 그 문제를 해결해 주었다. 악기는 뜻밖의 낯선 소음 때문인지 잠시 떨다가 꾸르륵 하고 멈추더니 깊은 침묵을 지켰다. 이블린 경이 매니저를 바라보며 말했다.

"내 평생 이런 어처구니없는 사건은 처음이네. 내 아내는 악

---

* 남아프리카공화국 북서부의 도시로, 영국이 이 지역을 병합, 건설하면서 당시 케이프 식민지 총독 부인의 이름을 따서 지었다.

기를 껐는데 저자가……." 경이 처음으로 넬슨을 악기와 구별해서 말했다. "저자가 다시 켰네!"

"여긴 호텔의 공공장소이죠. 그리고 이 악기는 분명 사용하라고 있는 겁니다!" 넬슨이 반박했다.

니콜이 속삭였다. "괜히 싸움에 말려들지 마. 나이 드신 분들이잖아."

그러나 넬슨이 말했다. "사과를 해야 한다면 그건 분명 나에게 해야지."

이블린 경은 매니저에게 위협적인 시선을 던지며 그가 자신의 의무를 다하기를 기다렸다. 매니저는 이블린 경이 십오 년이나 호텔에 상주했다는 사실을 떠올리고 굽신거렸다.

"저녁에는 악기를 연주하는 관례가 없습니다. 손님들은 각자 자기 테이블에서 조용히 지내죠."

"미국 애송이들이란!" 이블린 경이 받아쳤다.

"좋습니다. 우리가 내일 이 호텔에서 떠나지요." 넬슨이 말했다.

그들은 이 사건의 반동이자 이블린 프라젤 경에 대한 항의로 파리 대신 몬테카를로로 갔다. 둘이서만 지내는 것도 이제 싫증이 나던 참이었다.

2

켈리 부부가 몬테카를로에서 머문 지 이 년이 조금 지난 즈음이었다. 니콜은 어느 날 아침에 일어났다가 자신이 늘 지내

온 장소가 완전히 다른 곳이 되는 그런 날을 맞이했다.

파리나 비아리츠에서 잠시 몇 달을 지내긴 했어도 이제는 이곳이 그들의 집이었다. 별장도 있고 봄과 여름에 방문하는 사람들도 많이 사귀게 되었다. 물론 여행사에서 주선하거나 지중해 크루즈를 따라온 사람들은 예외였다. 이런 사람들은 '여행객'으로 보였다.

그들은 친구도 많고 밤에는 음악이 흘러넘치는 여름의 리비에라를 사랑했다. 아침에 하녀가 강한 햇볕을 가리려고 커튼을 내리기 전에 니콜은 창문 너머로 T. F. 골딩의 요트를 바라보았다. 요트는 실제로 어딜 가는 건 아니고 그저 영원히 여행을 떠나는 자세를 취하듯 모나카 만의 파도 사이에 잠잠하게 떠 있었다.

해안가의 느린 박자를 택한 요트는 세계 일주를 할 수 있는데도 칸 정도까지만 갔다가 돌아와서 여름 내내 정박해 있었다. 그날 밤 켈리 부부는 요트 선상에서 만찬을 즐길 예정이었다.

니콜은 프랑스어를 능수능란하게 구사했다. 새 이브닝드레스가 다섯 벌이고 입을 만한 게 네 벌 더 있었다. 남편이 있고, 그녀를 사랑하는 남자가 두 명 더 있었다. 그중 한 명에게는 동정심도 들었다. 그녀는 얼굴도 예뻤다. 10시 30분에 그녀는 세 번째 남자를 만날 예정인데, 그는 '해를 입히지 않는 방식으로' 그녀를 이제 막 사랑하게 된 남자다. 1시에는 매력적인 열두 명의 친구와 오찬을 가질 예정이었다. 그녀의 삶은 그런 식이었다.

니콜은 환한 블라인드를 바라보며 생각했다.

'난 행복해. 젊고 아름다운 데다가, 여기저기 참석한다고 신문에도 종종 나오지. 사실 통속적인 것에 대해서는 그다지 신경 쓰지 않아. 아주 멍청한 짓이라고 생각하지만 이왕 사람을 만난다면 세련되고 재미있는 사람들이 나아. 누가 나를 속물이라고 한다면 그건 질투하는 거야. 그 사람도 그걸 알고 있고, 또 다들 알고 있지.'

두 시간 후에 몽타젤의 골프장에서 오스카 데인에게 니콜이 이런 생각을 털어놓자 그가 조용히 그녀를 비난했다.

"천만에, 당신은 그저 늙은 속물이 되어 가는 중이야. 당신이 만나는 그 술주정뱅이들이 재미있다고? 음, 세련되지도 못한 자들이지. 너무 고집불통이라 밀 자루에 든 못처럼 유럽 아래로 가라앉았다가도 지중해로 삐죽 튀어나오겠지."

화가 난 니콜이 누군가를 거명하자 그가 대꾸했다. "C급이군. 처음 시작하는 것치고는 괜찮았지만."

"콜비 부부, 어쨌든 부인은……."

"세 번째라지."

"칼브 후작 부부는?"

"부인이 약을 먹지 않고, 남편에게 그 괴상망측한 버릇이 없다면."

"음, 그러면 재미있는 사람들은 모두 어디 갔지?" 니콜이 더 이상 참지 못하고 물었다.

"자기네끼리 어딘가에 있겠지. 특별한 경우를 제외하면 무리 지어서 사냥에 나서진 않으니까."

"당신은 어때? 내가 거명한 사람들이 초대하면 당신은 냉큼 초대에 응할걸. 당신이 상상 이상으로 방탕하다는 이야기를 들었어. 당신을 여섯 달 동안 알아 온 사람치고 당신 수표를 10달러에라도 가져갈 사람이 없다고 하던데. 당신은 술고래에 기생충이고……."

그가 그녀의 말을 막았다. "잠깐만. 지금 이 티샤츠을 망치고 싶지 않아……. 그저 당신이 헛짚는 걸 보고 싶지 않을 뿐이야. 당신에게 국제 사회로 여겨지는 것들이 요즘은 크루살*의 라운지에 들어가는 거나 마찬가지라니까. 또 내가 만약 남을 등쳐 먹고 살 수만 있다면 당신에게 내가 번 것보다 스무 배를 더 주겠어. 아마 우리처럼 빈둥대는 사람들이 유일하게 그러는 사람들일 거고 또 그래야 하니까 그러는 거지."

니콜은 크게 웃었고, 그가 아주 좋아졌다. 또 그의 손톱칼과 《뉴욕헤럴드》 당일자를 오스카가 들고 갔다는 걸 알면 넬슨이 얼마나 화를 낼지 궁금해졌다.

후에 니콜은 오찬을 준비하기 하기 위해 집으로 운전해 가면서 생각했다.

'어쨌거나 우리는 곧 여기에서 빠져나갈 거고 좀 더 진지해지고 아기도 가질 거야. 이 마지막 여름이 끝나면.'

그녀는 꽃가게에 들렀다가 한 젊은 여자가 꽃을 한 아름 안고 나오는 것을 보았다. 그 젊은 여자가 화려한 색깔 너머로 자기를 힐끗 쳐다볼 때 니콜은 그녀가 아주 세련된 데다가 낯이 익다고 느꼈다. 한때 알긴 했지만 그다지 잘 아는 사람은 아니었다. 이름이 떠오르지 않아 고개를 끄덕일 수도 없었다. 니콜은 오후가 되자 그 일을 잊어버렸다.

---

* 카지노를 비롯한 유흥지.

오찬에는 모두 열두 명이 모였다. 요트에서 만난 골딩 부부 일행, 리들과 카딘 마일스 부부, 데인스 씨까지 모두 일곱 개국 출신이라고 니콜은 헤아렸다. 그중에는 프랑스 출신의 젊고 아름다운 들로니 부인도 있었는데, 니콜이 가볍게 '넬슨의 여자'라고 부르는 여자였다. 노엘 들로니는 아마 니콜의 가장 가까운 친구일 것이다. 골프를 치거나 여행을 갈 때 네 명이 필요하면 노엘은 넬슨과 짝이 되었다. 그러나 니콜은 오늘 노엘을 '넬슨의 여자'라고 농담조로 소개하면서 혐오감을 느꼈다.

니콜은 오찬 때 큰 소리로 말했다. "넬슨과 나는 여기를 떠날 거예요."

그러자 모두 자기네도 떠날 거라고 했다.

누군가가 말했다. "영국인들에게는 괜찮은 일이죠. 일종의 죽음의 춤을 추는 셈이니까. 곧 파멸할 요새에는 세포이 병사들*이 수문을 지키고 있고 소란스럽죠. 춤출 때의 얼굴을 보면 알 수 있어요. 그건 강렬함이죠. 그들은 그걸 알고 원할 뿐, 어떤 미래도 보지 않죠. 그렇지만 당신네 미국인들은 방탕한 시간을 즐겨요. 초록색 모자건 구겨진 모자건 무어라도 쓰고 싶다면 언제나 고개를 약간 기울여야 해요."

"우리는 완전히 떠날 거예요." 니콜은 단호하게 선언하면서도 마음속에서 무언가가 저항한다고 느꼈다. '정말 유감이야. 아름답고 푸른 바다와 이 행복한 시간.'

그다음은 뭘까? 그저 긴장이 완화되었다고 받아들였을까?

---

* 영국의 동인도 회사에 고용된 인도인 용병으로, 영국에 대항하여 전국적인 민족 항쟁을 촉발시켰다.

이에 대답하는 것이 넬슨이 해야 할 일이었다. 그는 아무 성과도 내지 못한 데 대한 불만감을 폭발시키고 둘을 위한 새로운 삶으로 뻗어 가야 했다. 아니면 새로 희망을 갖고 삶에 만족하거나. 그건 그가 남자로서 지켜야 할 비밀이었다.

"음, 모두 잘 가요."

"근사한 점심 식사였어요."

"완전히 떠난다는 거, 잊지 말아요."

"나중에 만나요……."

손님들은 각자 자기의 차를 향해 걸어갔다. 술을 마셔서 불쾌해진 오스카만 니콜과 함께 베란다에 남았다. 그는 자신이 수집한 우표를 보여 주려고 어떤 여자를 초대한 일에 대해 쉬지 않고 수다를 떨었다. 니콜은 갑자기 사람들이 지겨워져 혼자 있고 싶었다. 그녀는 그의 말을 잠시 듣다가 오찬 테이블에 놓인 유리 꽃병을 들고 프렌치 창문*을 지나 그늘지고 어두운 집 안으로 들어갔다. 수다를 떠는 그의 목소리가 계속 그녀의 뒤를 따라왔다.

베란다에서 여전히 오스카의 독백 소리가 들릴 때 니콜은 첫 번째 방을 가로질렀다. 그때 옆방에서 다른 목소리가 들리기 시작했다. 그 목소리는 오스카의 목소리와 예리하게 엇갈려 나왔다.

"아, 또 키스해 줘." 그 목소리가 잠시 멈추었다. 니콜도 얼어붙은 것처럼 멈추었고, 베란다의 목소리만 가끔씩 침묵을 깨트렸다.

---

* 양옆으로 열리는 창문으로 보통 정원으로 통한다.

"조심해."

니콜은 노엘 들로니의 희미한 프랑스식 억양을 알아챘다.

"조심하는 것도 지겨워. 어쨌든 그들은 베란다에 있으니까."

"아니, 늘 만나던 장소가 더 나아."

"자기, 사랑하는 자기야."

베란다에서 오스카 데인의 목소리가 서서히 잦아들다가 멈추었다. 그러자 니콜은 마비에서 풀려나듯이 한 걸음을 떼었지만 앞으로 가려던 건지 뒤로 가려던 건지 알 수 없었다. 복도에서 그녀의 하이힐 소리가 나자 옆방에 있던 두 사람이 재빠르게 떨어지는 소리가 들렸다.

니콜은 안으로 들어갔다. 넬슨은 담배에 불을 붙이는 중이었고 노엘은 등을 돌린 채 의자에 놓였던 모자와 지갑을 찾는 모양이었다. 니콜은 들고 있던 유리 꽃병을 던졌다. 분노보다는 맹목적인 공포감으로 인해 꽃병을 자신에게서 밀쳐 낸 것이었다. 굳이 누구를 겨냥했다면 그건 넬슨이었겠지만 자신의 감정이 그 무생물에도 스며들었는지 꽃병은 그를 지나쳐서 막 고개를 돌리던 노엘 들로니의 머리와 얼굴을 정통으로 가격했다.

넬슨이 외쳤다. "어, 이런!"

노엘은 그녀가 서 있던 앞의 의자에 천천히 앉아서 손으로 얼굴 옆을 조심스레 가렸다. 꽃병은 두꺼운 양탄자에 떨어졌지만 깨지지 않았고 꽃만 사방에 떨어졌다.

"조심해!" 노엘 옆에 서 있던 넬슨이 어떻게 되었는지 보려고 그녀의 손을 얼굴에서 떼어 내려 했다.

노엘이 프랑스어로 속삭였다. "이 액체가 피야?(C'est liquide, Est-ce que c'est le sang?)"

넬슨이 그녀의 손을 억지로 떼어 내고는 숨 가쁘게 소리쳤다. "아니, 그냥 물이야!" 그러더니 막 방으로 들어온 오스카에게 "코냑 좀 가져와!"라고 외치더니 니콜에게 "당신 바보야? 당신은 미쳤어!"라고 소리 질렀다.

니콜은 가쁘게 숨을 내쉴 뿐 아무 말도 하지 않았다. 오스카가 술을 가져온 후에도 침묵이 이어졌다. 다들 수술 장면을 주시하는 사람들 같았다. 넬슨이 노엘의 목에 술을 부었다. 니콜은 오스카에게 한잔하자고 신호를 보냈다. 술 없이는 침묵을 깨기가 두렵다는 듯이 다들 브랜디를 마셨다. 노엘과 넬슨이 동시에 입을 열었다.

"당신이 내 모자를 찾아 준다면……."

"이 일은 정말 바보 같고……."

"……당장 가겠어요."

"……한심해. 난……."

모두 자신을 바라보자 니콜이 말했다. "노엘의 차를 문 앞에 대기시켜요."

오스카가 얼른 나갔다.

넬슨이 걱정스럽게 노엘에게 물었다. "의사에게 가 보지 않아도 되겠어?"

"집에 가고 싶어."

차가 떠난 후에 넬슨이 안으로 들어와서 브랜디를 한 잔 더 따랐다. 그의 표정에 긴장감이 파도처럼 넘쳐 났다. 니콜은 그것을 보았고 또한 그가 최대한 그걸 이용하려 한다는 것도 알아챘다.

"당신이 왜 그런 짓을 했는지 알고 싶어, 아니, 가지 말게, 오스카." 그는 그 이야기가 사방으로 퍼져 나갈 거라고 생각했다.

"어떤 이유로……."

"아, 입 닥쳐!" 니콜이 짧게 말했다.

"내가 노엘과 키스한다 해도 그리 끔찍해할 이유가 없어. 전혀 심각하지 않아."

그녀가 냉소적으로 말했다. "당신이 그녀에게 뭐라고 하는지 들었어."

"당신은 미쳤어."

니콜은 넬슨이 자기를 미쳤다는 식으로 말하는 데 아주 화를 냈다.

"당신은 거짓말쟁이야! 내내 공정한 척하고 또 내 일에는 그렇게 까다롭게 굴더니 결국 내 등 뒤에서 놀아났어. 저 어린……."

그녀는 욕설을 퍼부었고 그런 다음에 더욱 화가 나서 그의 의자로 돌진했다. 넬슨은 이 갑작스러운 공격을 막으려고 재빨리 팔을 들어 올렸다가 그만 손으로 그녀의 눈을 쳤다. 그녀는 십 분 전의 노엘처럼 손으로 얼굴을 가리면서 바닥에 쓰러져 울었다.

"너무 지나친 거 아닌가?" 오스카가 소리쳤다.

넬슨도 인정했다. "그래, 그런 것 같아."

"자네는 베란다로 나가서 진정 좀 하게."

오스카는 니콜을 소파에 앉히고 옆에 앉아 그녀의 손을 잡고 말했다.

"진정해, 진정해. 당신이 잭 뎀프시*라도 돼? 프랑스 여자들을 치고 다니면 안 돼. 그러다 고소당할 거야."

그녀가 신경질적으로 소리쳤다. "그이가 그 여자에게 사랑한다고 했어. 그리고 그 여자는 늘 만나던 장소가 낫다고 했어……. 지금 그이가 거기로 가 버린 거야?"

"베란다로 나갔어. 거기서 서성이면서 당신을 쳐서 너무나 미안하다고, 노엘 들로니를 만나서 미안하다고 하고 있어."

"그래, 잘났어!"

"당신이 잘못 들었을지도 모르고 그건 아무것도 입증하지 않아, 어쨌든."

이십 분 후에 넬슨이 갑자기 들어와서는 아내 옆에 무릎을 꿇고 앉았다. 오스카 데인은 자신이 해야 할 일 이상을 했다는 확신이 들어서 신중하게 문 뒤로 물러났다.

한 시간 후에 넬슨과 니콜은 팔짱을 끼고 별장에서 나와 천천히 카페드파리로 걸어갔다. 그들은 한때 누렸던 소박함으로 회귀하려는 듯이, 또한 지나치게 엉클어진 것을 다시 풀려는 듯이 자동차도 타지 않고 걸었다. 니콜은 그의 변명을 받아들였다. 믿을 만해서가 아니라 너무나 믿고 싶었던 것이다. 둘 다 말이 없었지만 마음속으로는 유감스러웠다.

그 시간의 카페드파리는 쾌적했다. 노란 차양과 붉은 파라솔을 뚫고 해가 지는 모습이 마치 스테인드글라스 그림 같았다. 니콜은 주위를 둘러보다가 그날 아침 맞닥뜨렸던 젊은 여자를 보았다. 그 여자는 어떤 남자와 함께 있었는데, 넬슨은 그들이 삼 년 전에 알제리에서 만났던 바로 그 젊은 부부임을 알아챘다.

---

* 미국의 전설적인 프로 복서.

그가 말했다. "그들은 변했어. 우리도 그렇겠지만 저 정도는 아닌데. 표정도 거칠고 남자는 알코올 중독인 것 같아. 중독성은 언제나 어두운 곳보다 밝은 곳에서 드러나지. 저 여자는 여기 식으로 표현하자면 유행의 모든 것(tout ce qu'il y a de chic)이지만 여자의 표정에도 거친 구석이 있군."

"난 저 여자가 좋은데."

"가서 그때 그 부부냐고 물어볼까?"

"그러지 마! 그러면 우리도 외로운 관광객 같을 거야. 저들은 일행이 있을 텐데."

그때 한 무리의 사람들이 그들의 테이블로 와서 앉았다.

얼마 후에 니콜이 물었다. "넬슨, 오늘 밤은 어때? 그런 일이 있었는데 우리가 골딩스에 갈 수 있을까?"

"그럴 수 있을 뿐만 아니라 그래야 해. 우리도 없는데 그 이야기가 돈다면 아주 짜릿한 소문거리를 주는 셈이 될 거야……. 어! 도대체 무슨 일이야……."

카페 건너편에서 눈에 거슬리는 격렬한 소란이 벌어졌다. 한 여자가 소리를 지르자 한 테이블에 앉았던 사람들이 모두 벌떡 일어서서 우왕좌왕했다. 그러자 다른 테이블에 앉았던 사람들도 모두 일어나서 앞으로 몰려갔다. 켈리 부부는 그들이 바라보던 여자의 얼굴을 잠시 보았다. 분노로 일그러지고 창백한 얼굴이었다. 니콜은 공포에 질려 넬슨의 소매를 잡아당겼다.

"나가자. 오늘 밤은 더 이상 못 참겠어. 집에 데려다 줘. 모두 미친 거야?"

넬슨은 집으로 돌아가면서 니콜의 얼굴을 쳐다보고는 흠칫 놀랐다. 결국 그들은 골딩스의 요트에 가서 저녁을 먹지 못할

것이다. 니콜의 눈에 든 멍은 눈에 잘 띄고 분명했다. 11시까지
는 사방의 화장품을 아무리 덕지덕지 바르더라도 어쩔 도리가
없으리라. 그는 가슴이 철렁했고 집에 갈 때까지 아무 말도 하
지 않아야겠다고 다짐했다.

3

　죄의 근원을 피하라*는 진부한 경구에는 현명한 충고가 담
겨 있다. 한 달 후에 켈리 부부는 파리에 도착해서 더 이상 가
서는 안 되는 곳과 다시 보고 싶지 않은 사람들의 명단을 양
심적으로 작성했다. 인기 있는 술집 몇 군데와 유난히 예의를
따지는 곳 두어 군데를 제외하고 나이트클럽 전부, 새벽까지
문을 여는 갖은 종류의 클럽, 그리고 요란스럽고 의기양양하고
아무런 규제도 없는 모든 여름 휴양지도 포함시켰다. 여름이면
사람들의 발길을 가장 많이 끄는 곳들이다.

　그들이 관계를 끝장내기로 한 사람 중에는 지난 이 년간 서
른네 번째로 지나쳤던 사람들도 포함되었다. 그들은 속물주의
때문이 아니라 자기 보존을 위해 이런 일을 감행했는데, 사람
들과의 관계가 영원히 단절될 수 있다는 두려움을 느끼지 않
은 것도 아니었다.

　그러나 세상은 언제나 호기심을 끄는 곳이었고, 다가갈 수
없다는 이유만으로 가치가 더욱 높아지는 사람들도 있었다. 그

---

　* 가톨릭교 '통회의 기도'의 일부.

들은 다수에서 분리된 사람들에게만 흥미를 느끼는 자들이 파리에 많다는 것을 알게 되었다. 그들이 처음 알게 된 무리는 주로 미국인들이고 유럽인이 몇 명 포함되어 있었다. 두 번째는 주로 유럽인들이고 미국인이 양념처럼 끼어 있었다. 이 두 번째 무리는 '사회'였고 여기저기에 궁극적인 분위기를 안겨 주었다. 높은 지위, 대단한 재산, 천재성과 권력을 지닌 사람들로 이루어진 사회였다. 켈리 부부는 대단한 자들과 친해지진 않았지만 더욱 보수적인 유형의 새 친구들을 사귀었다. 게다가 넬슨은 다시 그림을 그리기 시작했다. 개인 스튜디오도 가졌고 브랑쿠시와 레제르와 뒤샹의 화실에도 가 보았다. 그들은 전보다 더 중요한 무언가의 일부가 된 것 같았고, 천박한 교제에 대한 이야기가 언급될 때면 유럽에서 보냈던 첫 이 년에 대해 모멸감을 느꼈다. 그래서 그들은 과거의 지인들을 '그 무리'나 '시간만 허비하는 사람들'이라고 칭했다.

그들은 나름대로 규칙을 지키면서도 손님을 집으로 자주 초대했고, 다른 사람들의 집에도 들렀다. 그들은 젊고 잘생기고 머리도 좋았다. 어떤 것이 유행이고 또 어떤 것이 한물간 것인지 알게 되었고 그에 적응해 나갔다. 더욱이 천성적으로 관대한 편이어서 상식의 범위 안에서라면 기꺼이 돈을 쓸 준비가 되어 있었다.

사람은 밖에 나가면 보통 술을 마신다. 그러나 니콜에게는 이런 것이 별로 중요하지 않았다. 그녀는 다만 자신이 공들여 만든 분위기, 예컨대 꽃의 촉감이나 찬미의 빛을 잃을까 두려워했다. 그러나 그녀보다 약간 삐딱한 넬슨은 좀 더 솔직하고 천박한 세상에서 그러는 것처럼 이런 소규모 저녁 모임에서도 자주 술을 마시고 싶어 했다. 그는 알코올 중독자가 아니어서 남의 눈에 띄거나 어리석은 짓을 하지는 않았으나 술의 자극이 없는 사교 모임에는 더 이상 나가기를 꺼려했다. 파리에서 일 년을 지낸 후에 니콜은 남편이 책임감을 갖고 더 진지해질 수 있도록 아이를 가져야겠다고 결정했다.

바로 이 무렵에 그들은 치키 사롤라이 백작을 알게 되었다. 백작은 오스트리아 궁정의 매력적인 유물과 같은 존재로, 재산도 없고 허세를 부리지도 않았지만 프랑스의 사교계나 재계에서 꽤 탄탄한 입지를 얻고 있었다. 그의 누이는 드라클로뒤롱델 후작 부인이었는데, 후작은 오래된 가문의 귀족일 뿐만 아니라 파리에서 성공한 은행가였다. 솔직히 말해서 치키 백작은 여기저기 돌아다니면서 오스카 데인처럼 기식하는 편이었지만 차원이 달랐다.

백작은 주로 미국인들에게 기대었다. 그는 그들이 곧장 돈을 버는 신비한 공식을 흘릴 것 같다는 확신을 갖고 처량할 정도로 그들의 말에 집착했다. 그는 우연히 켈리 부부를 알게 되자마자 부부에게 관심을 쏟았다. 니콜이 임신한 동안 그는 늘 그들의 집에 찾아와 미국의 범죄, 속어, 재정, 예절 등 무엇에나 끊임없이 흥미를 보였다. 그는 점심이나 저녁 식사 시간에 갈 데가 없으면 들르곤 했다. 그리고 감사하다는 무언의 표시로 자기 누이에게 니콜을 방문하라고 말했고, 이 일로 니콜은 아주 기분이 우쭐해졌다.

니콜이 입원한 동안 백작이 그들의 아파트에 머물면서 넬슨의 친구가 되어 주기로 했다. 둘은 만나면 늘 술이었기 때문에 니콜로서는 그다지 내키지 않는 일이었다. 그러나 이 일이 결정된 날에 백작은 센 강의 이름 높은 운하 유람선 파티를 자기 매제가 주최할 거라는 소식을 가져왔다. 켈리 부부 역시 초대를 받았는데 파티는 다행히도 분만 예정일에서 삼 주 뒤로 잡혀 있었다. 결국 니콜이 아메리칸 병원에 이송되었을 때 치키 백작이 집으로 들어왔다.

태어난 아이는 사내애였다. 니콜은 사람들이며 그들이 가진 지위며 가치를 잠시 잊고 지냈다. 그녀는 심지어 한때 자기 역시 속물이었다는 사실에 놀라워했다. 하루에 여덟 번씩 자신의 젖가슴 앞에 대령하는 이 신생아와 비교하면 다른 모든 것들이 시시해 보였기 때문이다.

니콜과 아기는 두 주 후에 아파트로 돌아왔지만 백작과 그의 시종은 계속 머물렀다. 이즈음 켈리 부부는 백작이 자신의 매제가 주최하는 파티 때까지만 머물 거라고 생각하고 묵인하고 있었다. 그래도 아파트는 비좁았고, 니콜은 백작 일행이 떠났으면 싶었다. 그러나 이왕 사람들을 만나야 한다면 최고여야 한다는 그녀의 오래된 생각은 드라클로뒤롱델 부부에게 초대되는 것으로 구체화되었다.

파티가 거행되기 전날이었다. 니콜이 긴 의자에 누워 있을 때 백작이 그의 입김이 들어간 것이 분명한 파티 절차에 대해 설명해 주었다.

"파티에 온 사람들은 미국식으로 칵테일 두 잔을 마셔야만 승선할 수 있어요. 그게 바로 입장권인 셈이죠."

"생제르망처럼 세련된 곳에 사는 사람들은 칵테일을 마시지 않는 줄 알았는데요."

"아, 우리 가문은 아주 현대적이라 미국식 관습도 많이 받아들였죠."

"어떤 사람들이 오나요?"

"전부 다요! 파리의 모든 사람들."

니콜의 눈앞에서 명사의 이름들이 날아다녔다. 다음 날 그녀는 담당 의사의 진료를 받다가 결국 파티 이야기를 꺼내고 말았다. 의사의 눈에 놀라움과 차마 믿을 수 없다는 표정이 엿보이자 그녀는 다소 기분이 언짢았다.

의사가 물었다. "내가 제대로 이해했나요? 내일 당신이 무도회에 갈 거라고 말했다고 이해한 게 맞나요?"

"예, 그래요. 그러면 안 되나요?" 그녀가 머뭇거렸다.

"친애하는 부인, 앞으로 이 주 동안 집 밖으로 나가면 안 돼요. 그 후로도 이 주 동안은 춤을 추거나 격렬한 행동을 해선 안 됩니다."

그녀가 소리쳤다. "말도 안 돼요! 이미 삼 주나 지났어요. 에스더 셔먼은 아기를 낳고 미국에 갔고⋯⋯."

"그런 건 신경 쓰지 말아요. 다들 경우가 달라요. 부인은 합병증이 있어서 반드시 내 지시를 따라야 해요." 의사가 그녀의 말을 자르며 끼어들었다.

"딱 두 시간만 갔다 올 건데요. 물론 아기가 있는 집으로 돌아와야 하니까⋯⋯."

"이 분도 못 나가요."

그녀는 의사의 심각한 어조로 보아 그의 말이 옳다는 것을 알아챘지만 너무 억울해서 넬슨에게는 그런 이야기를 꺼내지도 못했다. 대신 피곤해서 못 갈 수도 있다고만 했다. 그날 밤 그녀는 잠자리에 누워 자신의 두려움과 실망감을 비교하며 밤을 새웠다. 그녀는 아침에 아기에게 젖을 주려고 일어났다가 생각했다. '리무진에서 의자까지 열 걸음만 걸어가서 삼십 분만 앉아 있다가……'

침대에서 의자까지 길게 펼쳐 놓은, 칼레*에서 주문한 연초록색 이브닝드레스를 보고 그녀는 최종 결정을 내리고 밖으로 나갔다.

손님들이 배에 올라 들뜬 기분으로 칵테일을 마시느라 배다리**가 분주한 와중에 니콜은 자기의 행동이 어리석었음을 깨달았다. 어쨌든 손님을 맞이하는 공식적인 줄 같은 건 없었다. 넬슨은 주최자들과 인사를 나누고 니콜에게 갑판의 자리를 마련해 주었고, 의자에 앉자 니콜은 곧 현기증이 사라지는 걸 느꼈다.

니콜은 파티에 온 것이 즐거워졌다. 배에 걸린 희미한 불빛의 랜턴들과 파스텔 빛깔의 다리와 어둑어둑한 센 강에 반사된 별빛이 한데 섞여 『아라비안나이트』에 나오는 아이의 꿈속 같았다. 제방에는 무슨 일인지 궁금해하는 관중들이 모여들었다. 샴페인이 술병들의 훈련처럼 소대별로 이동했고, 위층 갑판에서는 소란스럽지도 위압적이지도 않은 음악이 케이크에 설탕 장식이 흘러내리듯 떠돌았다. 니콜은 미국인이 자기들 말고도 또 있다는 걸 알게 되었다. 갑판 맞은편에 몇 년 동안 보지 못했던 리들 마일스 부부가 보였다.

'그 무리' 중의 일부이던 다른 사람들까지 보이자 니콜은 약

---

* 프랑스 북부의 항구 도시.
** 배와 부두를 연결하는 트랩.

간 실망했다. 이 파티가 후작의 최고의 파티가 아니라면? 그녀
는 어머니가 집에서 보낸 두 번째 날들을 기억했다. 그녀는 옆
에 있던 백작에게 유명 인사들을 알려 달라고 부탁했다. 그러
나 그녀가 아는 유명 인사에 대해 묻자 백작은 그들이 파리에
없다거나 나중에 온다거나 올 수 없다는 식으로 애매하게 답
변했다. 니콜은 건너편에서 몬테카를로의 카페드파리에서 보
았던 여자도 본 것 같았지만 확신할 수 없었다. 거의 감지할
수 없을 정도로 미약한 배의 흔들림에 다시 현기증이 났던 것
이다. 그래서 그녀는 넬슨에게 집에 데려다 달라고 했다.

"물론 당신은 바로 다시 여기로 오면 돼. 난 곧장 잘 테니까
기다릴 필요 없어."

넬슨은 유모에게 부인을 부탁했다. 그녀가 2층으로 올라가
자 유모가 따라와 얼른 옷을 갈아입도록 도와주었다.

"너무 피곤해. 내 진주 귀걸이를 치워 줄래요?" 니콜이 부탁
했다.

"어디로요?"

"화장대의 보석 상자에."

잠시 후에 유모가 말했다. "보석 상자가 없는데요."

"그러면 서랍에 있겠지."

유모가 화장대를 샅샅이 뒤졌지만 아무런 소득이 없었다.

"당연히 거기 있어야 하는데."

니콜은 일어나려 했지만 너무 피곤해서 뒤로 나자빠졌다.
"다시 좀 찾아봐요. 전부 다 거기 있어. 어머니의 유물 전부와
내 약혼 예물도."

"죄송합니다, 켈리 부인. 설명하신 물건이 이 방 안에는 없

어요."

"하녀를 깨워요."

하녀는 아무것도 몰랐다. 그러나 니콜은 하녀를 끈질기게 심문 조사한 끝에 하녀가 뭘 아는지 밝혀냈다. 니콜이 외출하고 삼십 분 후에 사롤라이 백작의 시종이 그의 가방을 들고 밖으로 나갔다는 것이다.

니콜은 갑자기 몰려드는 고통이 너무 극심해서 몸까지 비틀었다. 의사가 급작스레 불려 와서 옆자리를 지켰고, 넬슨은 그로부터 몇 시간은 지난 후에야 집으로 돌아온 것 같았다. 그는 시체처럼 창백한 얼굴에 미친 사람처럼 눈을 번득이며 곧장 그녀의 방으로 들어왔다.

"당신은 어떻게 생각해?" 그가 거칠게 물었다가 의사를 보고는 다시 물었다. "어, 무슨 일이야?"

"넬슨, 아파 죽겠는데 보석 상자가 사라지고 치키의 시종도 사라졌어. 경찰에게도 알렸어. 치키라면 그자가 어디 있는지 알지도……."

그가 천천히 말했다. "치키는 다시는 이 집에 오지 않을 거야. 그게 누가 주최한 파티였는지나 알아? 누구 파티였는지 아냐고!" 그가 웃음을 터트렸다. "그건 우리 파티였어. 우리 파티였다고. 알아듣겠어? 우리가 주최한 파티였어. 우리도 몰랐는데 우리가 열었다고!"

"잠깐만요, 부인을 흥분시켜서는 안 됩니다.(Maintenant, monsieur, il ne faut pas exciter madame.)" 의사가 말했다.

"후작이 일찍 돌아가는 것을 보고 이상하다고 생각했지만 전혀 의심하지 않았어. 그들은 그저 손님에 불과했어. 치키가 사람들을 모두 초대했어. 파티가 끝나자 음식업자들과 연주자들이 나에게 와서 청구서를 어디로 보내야 하냐고 물어보더라고. 치키라는 우라질 작자는 내가 이미 아는 줄 알았다고 그러더군. 자기 매제가 여는 일종의 파티를 도와주겠다는 것과, 거기에 그의 누이가 참석할 거라는 것만 약속했다고 하던데. 아마도 내가 술에 취했거나 프랑스어를 이해하지 못했나 보다고 잡아떼던데. 우리가 자기에게 영어는 절대 쓰지 않았다는 식으로 굴더라고."

"돈을 내면 안 돼! 돈을 낸다는 건 생각할 수도 없어!" 그녀가 말했다.

"내가 그렇게 말했더니 유람선 사람이며 다른 사람들 모두가 우릴 고소하겠대. 모두 12000달러를 내놓으라는데."

그녀는 갑자기 기운이 빠졌다. "그만 가 버려! 신경도 쓰지 않을 거야! 보석을 몽땅 잃어버렸고 아파도 너무 아파!"

4

이것이 해외여행의 이야기인데, 지리적인 요소를 무시해서는 안 된다. 켈리 부부가 북아프리카, 이탈리아, 리비에라, 파리와 그 사이의 여러 곳을 방문한 후에 결국 스위스로 간 것은 놀라운 일도 아니다. 스위스는 일어나는 일은 별로 없고 많은 일들이 끝나는 나라이다.

과거에 여러 곳을 찾아다닐 때는 선택의 요소가 있었지만, 그들은 스위스에 꼭 가야 했다. 결혼하고 사 년이 지난 어느

봄날에 그들은 유럽 중심부의 호수에 도착했다. 산을 뒤로하고 평온하고 쾌적한 목가적인 언덕이 펼쳐졌고, 물은 엽서에 나오는 것처럼 푸르렀다. 수면 아래로는 유럽 구석구석에서 여기까지 끌려온 모든 비참함이 흐르는 탓에 다소 음산해 보였다. 피로에 지쳐서 회복되기 힘들고, 죽어야 할 운명이다. 이곳에도 학교들은 있고, 햇볕이 잘 드는 양지에서는 젊은이들이 물을 튕긴다. 보니바르의 지하 감옥과 칼뱅의 도시가 있고 밤만 되면 바이런과 셸리의 유령이 어두운 물가를 떠돈다. 그러나 넬슨과 니콜 부부가 찾아온 제네바 호는 요양원과 휴양 호텔뿐인 황량한 곳이었다.

그들을 늘 따라다니던 불행한 운명 아래에 존재하는 깊은 동정심 때문인지 부부는 동시에 건강이 나빠지기 시작했다. 니콜은 연달아 두 번이나 수술을 받고 호텔 발코니의 침대에 누워 천천히 회복되기 시작했고, 넬슨은 3킬로미터 정도 떨어진 병원에서 황달 때문에 목숨을 걸고 투병했다. 스물아홉 살의 남은 힘으로 버티긴 했지만 앞으로 몇 달은 조용히 살아야 했다. 유럽에서 즐거움을 찾아 나선 하고많은 사람들 중에서 왜 자기들이 이런 불행을 맞아야 하는지에 대해 그들은 종종 생각해 보았다.

"우리 삶에 사람들이 너무 많았어. 한 번도 그들에게 저항할 수 없었지. 아무도 없었던 첫해엔 너무나 행복했는데." 넬슨이 말했다.

니콜도 동의했다. "다시 우리만 남는다면 우리끼리 삶을 만들어 갈 수 있을 거야. 노력해 보자. 그러자, 여보."

두 사람 다 진심으로 친구가 필요한 날도 있었지만 그들은 상대에게 그 사실을 숨겼다. 그들은 비만인, 마약 중독자, 장애인 등 호텔을 채운 온갖 국적의 사람들 중에서 흥미로운 사람을 찾아보기도 했다. 그들로서는 새로운 삶이었다. 매일 의사두 명이 찾아오기를 기다리거나 파리에서 우편물과 신문이 도착하기를 기다렸고, 마을 언덕을 산책하거나 호숫가의 울적한 휴양지를 케이블카를 타고 올라가 보기도 했다. 휴양지에는 카지노와 잔디 해변과 테니스 클럽과 관광버스들도 있었다. 그들은 타우크니츠 문고판과 노란 표지의 에드거 월러스도 읽었다. 매일 일정한 시간에 아기가 목욕하는 것을 보았고, 일주일에 사흘은 저녁 식사 후에 라운지에서 교향악단이 피곤해하면서도 끈기 있게 연주하는 것을 들었다. 그게 다였다.

　호수 건너편의 포도 덩굴로 덮인 언덕에서 쾅 소리가 날 때도 있었다. 우박을 머금은 구름을 포격하면 포도밭에 폭풍이 오지 않도록 예방할 수 있었기 때문이다. 구름이 빠르게 떨어졌다. 처음에는 하늘에서 떨어지다가 나중엔 산에서 쏟아져 내리면서 격류로 변해 도로며 돌 도랑을 요란하게 씻어 내렸다. 그럴 때면 하늘은 어두컴컴하고 무시무시했고, 거친 번개가 번쩍이면서 세상을 쪼갤 것 같은 천둥이 내리쳤다. 산산조각으로 갈라진 구름들이 호텔 너머 바람을 향해 달아났다. 산과 호수는 완전히 사라졌고, 요동과 혼란과 어둠 속에서 호텔만이 몸을 웅크렸다.

　그런 폭풍우 중이었다. 문이 저절로 열리면서 비바람이 몰아쳤고, 켈리 부부는 몇 달 만에 처음으로 아는 얼굴을 보았다. 그들은 신경 쇠약에 걸린 다른 환자들과 함께 1층에 앉아 있다가 새로 온 두 사람을 보았다. 남자와 여자였다. 알제에서 처음 만난 이후로 여러 번 엇갈린 부부였다. 넬슨과 니콜은 입 밖으로 말을 내진 않았지만 같은 생각을 했다. 마침내 여기, 이 황량한 곳에서 그들을 알아야 한다는 것이 무슨 운명 같았다. 상대 부부 역시 모호한 태도로 그들을 눈여겨보고 있었다. 그러나 무언가가 켈리 부부를 붙들었다. 그들의 삶에 사람들이 너무 많다고 막 불평하지 않았던가?

후에 폭풍이 잦아들어 소리 없는 비로 변했을 때 니콜은 유리로 된 베란다에 있는 여자의 옆에 있게 되었다. 그녀는 책을 읽는 척하면서 여자의 얼굴을 자세히 들여다보았다. 여자는 탐문하고 계산하는 듯한 얼굴이었다. 눈은 영리해 보였지만 그 속엔 평화가 없었다. 단 한 번의 시선으로도 사람들을 훑으면서 평가할 수 있는 그런 눈이었다.

"끔찍한 이기주의자로군." 니콜은 그 여자가 맘에 들지 않았다. 지쳐 보이는 뺨에, 눈 아래도 축 처져 있어서 건강이 좋지 않다는 걸 알 수 있었다. 팔다리마저 축 늘어져서 전체적으로 건강하지 못해 보였다. 여자는 비싼 옷을 걸쳤지만 그다지 단정하지 않았고, 호텔 사람들을 하찮게 여기는 것 같았다.

니콜은 여자가 별로였다. 말을 트지 않은 것이 다행이었다. 그러나 과거에 여자와 우연히 엇갈렸을 때 이런 점을 알아채지 못했다니 뜻밖이었다.

니콜이 저녁을 먹으면서 그 여자의 인상에 대해 말하자 넬슨 역시 같은 생각이라고 했다.

"바에서 그 남자와 부딪쳤는데, 우리 둘 다 광천수만 마셨길래 그래서 말을 걸어 보려다가 거울에 비친 남자의 얼굴을 보고 그러지 말기로 했어. 표정이 너무 나약하고 제멋대로여서 비열해 보일 지경이더군. 술을 대여섯 잔은 마셔야 눈이 뜨이고 입도 제대로 돌아갈 것 같던데."

저녁 식사 후에 비가 그쳤다. 이럴 때면 바깥의 밤이 좋았다. 켈리 부부는 선선한 공기를 찾아 어두운 정원을 돌아다녔다. 돌아오는 길에 얼마 전에 그들이 화제에 올렸던 부부를 만났다. 그 부부가 갑자기 옆길로 빠졌다.

"저 사람들도 우리를 알고 싶어 하지 않는 것 같은데." 니콜이 웃었다.

그들은 들장미 덤불과 향기롭게 젖은 이름 모를 꽃들 사이를 걸어 다녔다. 호텔 아래쪽의 테라스에서 300미터만 가면 호수에 닿았다. 몽트뢰와 베리의 불빛이 목걸이처럼 펼쳐지고 로잔은 어두컴컴한 펜던트 같았다. 호수를 가로질러 희미하게 반짝이는 불빛은 에비앙과 프랑스였다. 아래쪽 어디에선가 ─ 아마도 카지노에서 ─ 댄스 음악 소리가 크게 들렸다. 미국 노래 같았다. 몇 달 만에 미국 노래를 들으니 멀리에서 벌어지는 일의 메아리 같았다.

알프스의 파노라마 경치 너머, 물러나는 폭풍의 후위인 검은 구름 띠 위로 달이 떠오르고 호수도 밝아졌다. 음악과 먼 불빛은 희망 같았고, 아이들이 사물을 바라볼 때의 매혹적인 거리(距離) 같았다. 넬슨과 니콜은 자신들의 삶이 그와 같았던 때를 마음속으로 돌이켜 보았다. 니콜이 그의 팔을 잡으면서 가까이 끌어당겼다.

"다시 모든 것을 가질 수 있어. 노력해 봐요, 여보." 그녀가 속삭였다.

두 개의 어두운 형체가 옆쪽의 그림자 속으로 들어와 아래의 호수를 내려다보자 니콜은 멈칫했다.

넬슨이 니콜에게 팔을 두르고 그녀를 끌어당겼다. 니콜이 말을 이었다.

"무엇이 문제인지 이해하지 못했을 뿐이야. 왜 우리가 평화와 사랑과 건강을 차례차례 잃었을까? 우리가 안다면, 누가 우리에게 말해 준다면, 노력할 수 있을 거야. 아주 열심히 노력할 텐데."

베른 알프스 위에서 마지막 남은 구름들이 스르르 사라졌다. 최후의 강렬함처럼 서쪽에서 희멀건 번개가 번쩍였다. 넬슨과 니콜이 고개를 돌리자 옆의 부부도 고개를 돌렸다. 밤은 잠시나마 대낮처럼 훤해졌다. 어둠과 나지막한 폭풍 소리, 공포에 질린 니콜의 고함 소리가 따라왔다. 그녀는 넬슨에게 몸을 던졌다. 그녀는 어둠 속에서도 그의 얼굴이 자기처럼 창백하고 긴장된 것을 보았다.

"봤어? 그들을 봤어?" 그녀가 울먹이며 속삭였다.

"그래!"

"그들은 우리야! 그들이 우리라고! 봤어?"

그들은 몸을 떨며 서로를 껴안았다. 구름이 어두운 산 덩어리와 섞였다. 잠시 후 넬슨과 니콜은 사방을 둘러보면서 조용한 달빛 아래 자신들 단둘뿐인 것을 깨달았다.

작품 해설

 F. 스콧 피츠제럴드는 문단에 등단한 이후 십여 년 동안 비평계로부터 호평을 받고 상업적으로도 크게 성공을 거두다가 뒤이어 방황과 좌절, 육체적 고통을 한꺼번에 경험해야 했다. 더욱이 작가로서의 짧은 경력도 1940년 그가 겨우 마흔네 살의 나이로 심장마비로 숨을 거두면서 끝이 났다. 하지만 그로부터 70여 년이 지난 지금 그의 책은 그가 살아 있는 동안에 팔렸던 것보다 훨씬 많이 팔리고 있으며, 그의 장편 소설과 단편 소설들은 미국 내 거의 모든 고등학교와 대학교에서 교재로 사용되고 있다. 1920년 그가 『낙원의 이쪽(This Side of Paradise)』에서 "글에 대한 나의 모든 이론은 한 문장으로 정리될 수 있다. 작가는 자기 세대의 젊은이와 다음 세대의 비평가, 그 후의 교장들을 위해 글을 써야 한다."라고 밝혔던 그의 이상이 그야말로 제대로 실현되고 있는 것이다.
 피츠제럴드의 진정한 매력은 낭만적인 상상력과 그만의 글

쓰기 형식을 통해 소설의 경계선을 초월한다는 데 있다. 소재와 주제에 있어 다양한 영역을 아우르는 그의 소설만큼 오늘날의 독자들에게 널리 영향을 미치는 작품도 없을 것이다. 그가 살았던, 그리고 그가 그려 냈던 제1차 세계 대전 이후 재즈 시대의 인물들이나 그와 그의 아내 젤다에 대한 이야기는 여전히 독자들 사이에 널리 회자되고 있다. 그의 작품에는 작가의 시적인 상상력과 극적인 이상, 그만의 독특한 개성과 우아함이 인장처럼 박혀 있다. 그가 자신의 법률 대리인이었던 해럴드 오버에게 "좋은 이야기는 저절로 써지지만 나쁜 이야기는 억지로 써야 한다."라고 말한 것에서 볼 수 있듯 그는 거장답게 별다른 힘을 들이지 않은 것처럼 작품을 써 내려갔다. 이는 곧 그의 의식 속에서 그의 작품이 이미 충분히 이루어졌음을 보여 주는 것이라 할 수 있으며, 또한 이런 의미에서 그의 장인 정신을 나타낸다고 할 수 있다.

그러나 160여 편에 달하는 그의 단편 소설은 과소평가되거나 무시되는 경향이 있었다. 그가 잡지사에 돈을 받고 팔기 위해 글을 썼으며, 무엇보다 단편 소설을 쓰는 데 열정과 시간을 집중한 나머지 진지하게 장편 문학을 창작하는 일에는 몰입하지 못했다는 비판이 빈번했다. 물론 그의 단편 소설들에 대한 문학적인 평가는 엇갈리고 있으며 그 문학적 완성도도 각 소설마다 차이가 있다. 하지만 그중에서 최고로 꼽히는 단편들은 미국 문학 최고의 작품, 나아가 세계 최고의 작품이라 할 만하다. 사실 문학사를 되돌아보면 훌륭한 문학 작품으로 판명되는 글들이 처음 발표될 당시에는 무시되거나 문단의 공격을 받는 경우가 허다하다. 1920년대에 F. 스콧 피츠제럴드의 단편 소설들이 문학계의 고전이 되리라고 인정했다가는 비평가들의 불신과 조롱을 피해 가기가 어려웠을 것이다. 문학 작품이 궁극적으로 적절한 자리를 찾아가는 과정을 설명하기란 불가능하다. 피츠제럴드는 문단에 등장하자마자 인기와 명성을 얻으며 화려한 성공을 거두었으나 곧 아내의 사치스러운 성향과 정신 병원을 드나드는 병력 때문에 경제적으로 궁핍한 상태에 이르고 만다. 그가 잡지사에 소설을 팔고, 또한 작가 스스로 자신의 작품을 비판하는 것을 보면서 비평가들은 그가 손쉽게 돈을 벌려고 글을 쓴다고 여겼다. 그러나 그의 작품을 단순히 돈을 벌기 위해 쓰인 것으로 평가할 수만은 없으며, 또한 잡지사에 돈을 받고 팔았다고 해서 작품의 질이 떨어지는 것만도 아니다. 그는 "나의 모든 이야기는 소설처럼 상상되며 특별한 감정과 경험을 요구한다."라고 고백하기도 했다. 그가 단편 소설을 써 내는 자신의 능력을 감정적인 요구의 견지에서 평가했다는 점은 의미심장하다.

또한 그는 1930년대의 비평가들이 사회적으로 중요한 문제라고 여기는 것들을 다루지 않았기 때문에 작품들이 쉽고 가볍다는 비판도 들어야 했다. 그러나 글의 소재에 따라 문학적인 가치가 정해지는 것은 아니며, 그보다는 그 소재에 얼마나 문학적인 완성도를 부여하느냐에 따라 문학적인 가치가 정해지는 것이다. 더욱이 그는 사실을 기록하는 작가는 아니었지만 유려한 문체와 세계를 바라보는 그만의 시각, 시간과 장소에 대한 의식, 자신이 그 안에 존재한다는 인식을 갖고 현실을 표현해 낸 뛰어난 사회·역사학자였다.

실상 그가 단편 소설을 팔아서 얻은 수입으로 장편 소설을 쓸 시간을 얻기는 했지만 그는 대개 한 단편 소설을 팔고 그 돈으로 버티며 다음 단편 소설을 써 가면서 지낸 경우가 많았다. 그는 베스트셀러 작가도 아니었다. 『위대한 개츠비(The Great Gatsby)』(1925)와 『밤은 부드러워(Tender Is the Night)』(1934)는 상업적으로 실패작이었으며, 그의 장편 소설의 총 인세는 31.77달러였다.(『위대한 개츠비』는 5.10달러였다.) 이러한 상황에서 경제적으로 어려움을 겪었던 그가 단편 소설을 쓴 것은 어쩌면 당연한 일이었는지도 모른다. 그렇지만 단지 상업적으로 성공을 거두었다는 이유로 그의 단편 소설을 매도해서는 안 된다. 왜냐하면 그는 독자에게 확신을 주는 작가의 목소리로 이야기하는 천부적인 이야기꾼이었기 때문이다. 또한 그는 단편소설에서 새로운 미국인의 모습, 즉 결단력을 지닌 여성상을 새로이 등장시켰다. 만화에 나오는 말괄량이 소녀가 아니라 용기 있고 매력적이며 독립적인 젊은 여성이 자신의 미래를 걸고 자신의 인생과 사랑을 위해 고군분투하는 것이다. 이러한 진취적인 여성 이외에도 그는 야심 있는 젊은 등장인물들을 통해 사랑과 돈, 남부와 북부, 미국과 유럽, 이상주의와 환멸, 성공과 실패, 시간과 변화 등의 주제를 복합적으로 다루었으며, 종결부에서 글의 주제를 다시 언급하거나 확장하는 등 웅변이나 위트를 터뜨리는 기법을 즐겨 사용했다. 여러 주제를 다양하게 선택하고 통제하는 그의 문재(文才)는 「집으로의 짧은 여행(A Short Trip Home)」(1927)과 「해외여행(One Trip Abroad)」(1930) 등 환상적이거나 초자연적인 단편 소설에서 재기발랄하게 드러난다.

이 책에 실린 단편들은 저명한 피츠제럴드 학자 매슈 J. 브루콜리가 편집한 『F. 스콧 피츠제럴드의 단편 소설』(1989)에 수록된 것들이다. 그중에서 「얼음 궁전(The Ice Palace)」은 1920년 《새터데이 이브닝 포스트》에 발표되었으며, 후에 『말괄량이 아가씨들과 철학자들(Flappers and Philosophers)』에도 수록되었다. 이 이야기는 피츠제럴드가 북부와 남부의 사회·문화적인 차이에 대해 처음 살펴본 글이기도 하다. 1940년에 그는 "포크너가 제시한 바와 마찬가지로, 나 역시 이 지역(남부)이 기괴한 그림과도 같다는 사실을 오래전부터 인지해 왔다."라고 말한 적이 있다. 그는 앨라배마 출신의 젤다 세이어와 결혼한 이후 남부라는 지역이 그 지역 여인들에게 어떤 영향력을 행사했는지에 대해 더욱 큰 관심을 보였다.

「해변의 해적(The Offshore Pirate)」은 1920년 《새터데이 이브닝 포스트》에 게재된 것으로, 피츠제럴드가 다양한 분야를 다루는 작가로서 성장하는 모습을 잘 드러낸 글이다. 또한 용기 있는 남자 주인공이 특별한 행동으로 매력적인 여자 주인공의 사랑을 얻게 된다는, 그가 빈번하게 사용하는 주제를 처음 선보인 작품이기도 하다. 그는 처음에는 모든 것이 여주인공 아디터의 꿈이었다는 결말을 썼다가 이야기의 극적인 재미를 강조하기 위해 다시 고쳐 썼다고 한다. 그는 "로리머 씨(《새터데이 이브닝 포스트》의 편집자)는 마지막 줄을 읽고는 더 이상 할 말을 잃고 말았다. 내가 지금껏 써 본 문장 중 최고였다."라고 회고하기도 했다. 이 단편 역시 『말괄량이 아가씨들과 철학자들』에 수록되었다.

「벤저민 버튼의 기이한 사건(The Curious Case of Benjamin

Button)」(1922)는 잡지사에 판매하기조차 어려운 글이었다고
한다. 그래서 피츠제럴드는 법률 대리인 해럴드 오버에게 "잡
지사가 풋내기 여자 이야기만 원한다는 걸 알고 있소. 당신
이 「벤저민 버튼의 기이한 사건」과 「리츠 호텔만 한 다이아몬
드」를 잡지사에 파느라 그렇게 애를 썼다는 것이 바로 그 증
거요."라는 편지를 보내기도 했다. 1920년 「컷글라스 그릇(The
Cutglass Bowl)」 이후 두 번째로 환상적이거나 초자연적인 스타
일의 이야기를 다룬 소설이기도 하다. 낭만주의와 현실주의 사
이의 갈등을 다루는 스타일에 매료된 그는 환상을 통해 있을
법하지 않은 사건에 설득력을 부여하고자 시도했다.

　「리츠 호텔만 한 다이아몬드(The Diamond as Big as the Ritz)」
는 1915년 여름에 피츠제럴드가 프린스턴 대학교에서 사귄 친
구 찰스 도나호의 몬태나 주 화이트설퍼 스프링스 인근의 집
을 방문한 후에 쓴 글로, 1922년 《스마트 셋》에 처음 발표되었
다. 이 작품에서는 엄청난 갑부의 경박함과 부도덕성, 미국인
의 부에 대한 환상과 그 허망함 등을 주제로 다루고 있는데,
이러한 주제는 후에 『위대한 개츠비』에서 다시 사용하기도 했
다. '하늘의 다이아몬드'라는 원제의 이 고전적인 단편 소설
은 피츠제럴드가 원래의 2만 단어를 15000단어로 줄이고 나서
도 《새터데이 이브닝 포스트》 등 대규모 잡지사로부터 거절당
했다.(정리된 단어들은 현재 찾아볼 수 없다.) 그는 800단어를 더
정리하고 내용을 압축시킨 후에 『재즈 시대의 이야기(Tales of
the Jazz Age)』(1922)에 이 작품을 실었는데, 출판사 측에서는
이 글의 내용이 신성 모독적이며 부에 대해 지나치게 냉소적이
라는 반응을 보였다. 피츠제럴드는 《새터데이 이브닝 포스트》

에 보통 1500달러에 긴 이야기를 넘기곤 했는데, 이 소설에 대해《스마트 셋》은 겨우 300달러만 지불했다. 그는 출판사들이 이 소설에 당혹해하며 비판적인 반응을 보이자 몹시 실망했다. "나는 3주일이나 이 이야기에 진심으로 열정을 불어넣었다. (중략) 그러나 하느님과 로리머의 도움으로 나도 돈을 벌 날이 언젠가 오리라." 그는 『재즈 시대의 이야기』에서 「리츠 호텔만 한 다이아몬드」에 대해 "주로 내가 재미있으려고 만들어 낸 소설이다. 나는 완전한 호사스러움을 열망했고, 이 이야기는 상상의 음식으로 그 열망을 채워 보려는 시도였다. 한 저명한 평론가는 나의 어떤 글보다 더 호사스러운 이 글이 좋다고 했지만, 개인적으로 나는 「해변의 해적」이 더 마음에 든다."라고 말했다.

「집으로의 짧은 여행」은 1927년《새터데이 이브닝 포스트》에 게재되었고 그의 네 번째 단편집 『기상나팔 소리(Taps at Reveille)』(1935)에 수록되었다. 피츠제럴드는 이 소설을 여타의 환상 소설과 구별해서 "처음으로 진짜 유령 이야기"를 썼다고 말했다.《새터데이 이브닝 포스트》는 이 소설을 문제시하면서도 "이야기의 구성이 너무 잘 짜여 있어서 거절할 수 없었다." 라고 밝혔다. 피츠제럴드는 그다지 잘 알려지지 않은 이 이야기에서 성적인 타락과 죽음이라는 주제를 탁월한 솜씨로 그려내고 있다.

「해외여행」은 1930년《새터데이 이브닝 포스트》에 처음 발표되었다. 피츠제럴드는 이 소설을 발전시켜서 『밤은 부드러워』를 썼기 때문에 따로 선집에 수록하지 않았다. 「수영하는 사람들(The Swimmers)」(1929)과 「다시 찾아온 바빌론(Babylon

Revisited)」(1931)과 마찬가지로 「해외여행」은 유럽에서 추방자처럼 살았던 그의 경험을 다룬 이야기이다. 1920년대에는 외국에서의 생활이 더 풍요롭다는 시각이 만연했으나, 피츠제럴드가 그의 작품 속에서 그린 미국인의 모습은 오히려 유럽의 피해자들이었다. 1930년대에 부인 젤다가 신경 쇠약으로 스위스 병원에 입원해 있던 동안 피츠제럴드는 자신의 결혼 생활과 건강, 직업 등의 문제에 대해 돌아보며 회고적인 태도로 이 단편을 썼다. 특히 이 글은 도플갱어(같은 공간과 시간에서 자신과 똑같은 대상을 보는 현상)라는 소재를 적절하게 이용했다는 점에서 높이 평가받고 있다.

2009년 1월

한은경

작가 연보

1896년   9월 24일 미국 미네소타 주 세인트폴에서 출생. 아버지 에드워드 피츠제럴드는 아일랜드 출신이며 어머니 메리 (몰리) 매퀼런 피츠제럴드는 켄터키 주의 명문 가문 출신. 성조가를 작사한 먼 친척 프랜시스 스콧 키의 이름을 따서 프랜시스 스콧 키 피츠제럴드(Francis Scott Key Fitzgerald)로 불림.

1898년   4월 아버지가 운영하던 세인트폴의 가구 회사가 파산한 후 온 가족이 뉴욕 주 버펄로로 이사.

1908년   7월 다시 세인트폴로 이사하고 피츠제럴드는 세인트폴 아카데미에 입학.

1909년   10월 세인트폴 아카데미의 교지 《나우 앤드 덴》에 단편 「레이먼드 저당의 미스터리(The Mystery of the Raymond Mortgage)」 발표. 그의 글 중 최초로 인쇄된 것임.

1911년	8월 첫 희곡 「레이지 J에서 온 소녀(The Girl from Lazy J)」 탈고.
	9월 뉴저지 주 해켄색에 있는 가톨릭 학교 뉴먼 스쿨에 입학.
1913년	9월 프린스턴 대학교에 입학. 미래의 비평가이자 작가인 에드먼드 윌슨과 시인 존 필 비숍과 교우 관계를 맺음.《프린스턴 타이거》와《나소 리터러리 매거진》등에 여러 편의 희곡과 단편을 발표.
1914년	12월 프린스턴 트라이앵글 클럽(뮤지컬-코미디클럽)에서 쇼 「파이! 파이! 파이-파이!(Fie! Fie! Fi-Fi!)」 제작.
	크리스마스에 세인프폴에서 첫사랑 지네르바 킹과 만남.
1915년	12월 프린스턴 대학교를 휴학했다가 다음 해 9월 복학.
1917년	10월 보병 소위로 임관. 11월에 캔자스 주에 배치되고 『낭만적인 이기주의자(The Romantic Egoist)』를 쓰기 시작.
1918년	3월 『낭만적인 이기주의자』의 초고를 찰스 스크리브너스 출판사에 보냄.
	6월 앨라배마 주 캠프 셰리던에 배치되고 7월에 몽고메리의 컨트리클럽 무도회에서 앨라배마 대법관의 딸 젤다 세이어와 만남.
	8월 스크리브너스 출판사가 『낭만적인 이기주의자』의 출간을 거절.

10월 2차 수정본 역시 거절.

1919년   2월 제대하고 젤다와 약혼한 뒤 뉴욕의 광고 회사
에서 근무.

6월 젤다의 파혼 선언. 이후 광고 회사를 그만두고
부모의 집에 머물며 소설 쓰기에 몰두.

9월 스크리브너스 출판사의 편집자 맥스웰 퍼킨스
가 『낭만적인 이기주의자』를 '낙원의 이쪽'이라는
제목으로 출판하겠다는 의사를 밝힘.

11월 《새터데이 이브닝 포스트》에 단편 「머리와 어
깨(Head and Shoulders)」를 판매.

11월~1920년 2월 《스마트 셋》에 「사교계에 데뷔한
여인(The Debutante)」 등 다수의 단편을 발표.

1920년   1월 젤다와 다시 약혼.

3~5월 《새터데이 이브닝 포스트》에 「마이러가 그
의 가족을 만나다(Myra Meets His Family)」, 「낙타의
등(The Camel's Back)」, 「얼음 궁전(The Ice Palace)」
그리고 「해변의 해적(The Offshore Pirate)」 등의 단편
을 발표.

3월 『낙원의 이쪽(This Side of Paradise)』 출간. 제1차
세계 대전 이후의 세대를 다룬 이 소설로 큰 인기
를 얻음.

4월 뉴욕에서 젤다와 결혼.

7월 《스마트 셋》에 단편 「오월제(May Day)」 발표.

9월 첫 번째 단편집 『말괄량이 아가씨들과 철학자
들(Flappers and Philosophers)』 출간.

1921년	5~7월 젤다와 함께 처음으로 유럽 여행을 떠남.
	9월~1922년 3월 《메트로폴리탄》에 『저주받은 아름다운 사람들(The Beautiful and Damned)』 연재.
	10월 26일 딸 스코티가 태어남.
1922년	3월 두 번째 장편 소설 『저주받은 아름다운 사람들』 출간.
	6월 《스마트 셋》에 단편 「리츠 호텔만 한 다이아몬드(The Diamond as Big as the Ritz)」 발표.
	9월 두 번째 단편집 『재즈 시대의 이야기(Tales of the Jazz Age)』출간.
1924년	4월 유럽으로 떠나 파리, 로마, 카프리, 리비에라 등에서 거주하면서 여러 문인들과 교류.
	여름~가을 『위대한 개츠비(The Great Gatsby)』 집필.
1925년	4월 세 번째 소설 『위대한 개츠비』 출간.
	5월 프랑스에서 어니스트 헤밍웨이와 만남.
1926년	2월 연극 「위대한 개츠비」가 브로드웨이에서 공연됨.
	2월 세 번째 단편집 『모든 슬픈 젊은이들(All the Sad Young Men)』 출간.
	12월 유럽에서 미국으로 귀국.
1927년	1월 할리우드에서 「립스틱(lipstick)」 시나리오 작업에 착수.(미제작.)
1930년	4월 젤다가 신경 쇠약 증세로 파리 외곽에 있는 병원에 입원. 5월에 스위스 병원으로 옮김.
1931년	1월 아버지 에드워드 피츠제럴드 사망.
	9월 젤다의 퇴원 후 미국으로 귀국.

9월~1932년 1월 할리우드의 MGM 영화사에서 근무.

1932년   2월 젤다가 또다시 신경 쇠약으로 존스 홉킨스 병원에 입원.

10월 젤다의 첫 번째 소설 『나를 위해 왈츠를 남겨주오(Save Me the Waltz)』 출간.

1934년   1~4월 《스크리브너스》에 『밤은 부드러워(Tender Is the Night)』 연재.

1월 젤다가 세 번째 신경 쇠약으로 볼티모어 인근 병원에 입원.

4월 네 번째 소설 『밤은 부드러워』 출간.

1935년   3월 네 번째 단편집 『기상나팔 소리(Taps at Reveille)』 출간.

11월 에세이를 쓰기 시작.(나중에 『크랙업(The Crack-Up)』이라는 에세이집으로 출간.)

1936년   9월 어머니 몰리 피츠제럴드 사망. 스코티가 코네티컷 주의 에셀 워커 스쿨에 입학.

1937년   7월 부채에 시달리다 세 번째로 할리우드로 건너가 주당 1000달러의 조건으로 MGM 사와 계약.

9월~1938년 1월 그의 유일한 영화 대본인 「세 명의 동료(Three Comrades)」 집필.

12월 MGM 사와 계약을 연장하고 시나리오를 씀.

1938년   9월 스코티가 바사르 대학에 입학.

1939년   10월 『마지막 거물(The Last Tycoon)』의 집필 시작.

1940년   1월 《에스콰이어》에 단편 「팻 하비의 크리스마스 소원(Pat Hobby's Christmas Wish)」 발표.

12월 21일 할리우드에서 심장마비로 사망.

12월 27일 메릴랜드 주 로크빌 유니언 묘지에 매장.

1941년   10월 미완성 유작『마지막 거물』출간.

1945년   8월 에세이집『크랙업』출간.

1948년   3월 10일 젤다 피츠제럴드가 정신 병원 화재로 사망.

3월 17일 젤다가 피츠제럴드와 합장.

1960년   단편집 『다시 찾아온 바빌론과 다른 이야기들 (Babylon Revisited and Other Stories)』 출간.

1975년   F. 스콧 피츠제럴드와 젤다 피츠제럴드가 로크빌의 세인트메리 가톨릭 교회의 가족 묘지에 다시 매장 됨. 1986년 딸 스코티도 이곳에 매장.

세계문학전집 **199**

피츠제럴드 단편선 2

1판 1쇄 펴냄   2009년 1월 9일
1판 24쇄 펴냄   2022년 11월 8일

지은이   F. 스콧 피츠제럴드
옮긴이   한은경
발행인   박근섭, 박상준
펴낸곳   (주)민음사

출판등록   1966. 5. 19. (제 16-490호)
서울특별시 강남구 도산대로1길 62(신사동) 강남출판문화센터 5층 (우편번호 06027)
대표전화 02-515-2000   팩시밀리 02-515-2007
www.minumsa.com

© 한은경, 2009. Printed in Seoul, Korea

ISBN 978-89-374-6199-6 04800
ISBN 978-89-374-6000-5 (세트)

세계문학전집 목록

세계문학전집은 계속 간행됩니다.